逆思流

半澤直樹1 我們是泡沫入行組

（原名：オレたちバブル入行組）

作者／池井戶潤　譯者／黃涓芳
發行人／黃鎮隆　副總經理／陳君平
總編輯／洪琇菁　國際版權／黃令歡
執行編輯／呂尚燁　美術主編／李政儀
企劃宣傳／邱小祐
發行／英屬蓋曼群島商家庭傳媒股份有限公司城邦分公司　尖端出版
台北市中山區民生東路二段一四一號十樓
電話：（〇二）二五〇〇—七六〇〇（代表號）
傳真：（〇二）二五〇〇—一九七九
中彰投以北經銷（含宜花東）／楨彥有限公司
電話：（〇二）八九一九—三三六九
傳真：（〇二）八九一四—五五二四
雲嘉經銷／威信圖書有限公司　嘉義公司
電話：（〇五）二三三—三八五二
傳真：（〇五）二三三—三八六三
南部經銷／威信圖書有限公司　高雄公司
客服專線：〇八〇〇—〇二八—〇二八
電話：（〇七）三七三—〇〇七九
傳真：（〇七）三七三—〇〇八七
香港總經銷／城邦（香港）出版集團有限公司
香港灣仔駱克道193號東超商業中心1樓
電話：（八五二）二五〇八—六二三一
傳真：（八五二）二五七八—九三三七
E-mail：hkcite@biznetvigator.com
馬新經銷／城邦（馬新）出版集團　Cite(M)Sdn.Bhd.
E-mail：Cite@cite.com.my
法律顧問／王子文律師　元禾法律事務所
台北市羅斯福路三段三十七號十五樓
二〇一九年十二月一版一刷

■中文版■

郵購注意事項：
1. 填妥劃撥單資料：帳號：50003021戶名：英屬蓋曼群島商家庭傳媒（股）公司城邦分公司。2. 通信欄內註明訂購書名與冊數。3. 劃撥金額低於500元，請加附掛號郵資50元。如劃撥日起 10～14日，仍未收到書時，請洽劃撥組。劃撥專線TEL：(03) 312-4212 ・ FAX：(03) 322-4621。E-mail：marketing@spp.com.tw

國家圖書館出版品預行編目資料

我們是泡沫入行組 / 池井戶潤著 ;
黃涓芳 譯. --1版. --臺北市：尖端出版, 2019.12
面 ； 公分. --(逆思流)
譯自：オレたちバブル入行組
ISBN 978-957-10-8751-1(

861.57

杯？」

「好啊。」

半澤打開記事本，檢視時間表。

「話說回來，泡沫入行組還真是碰到不幸的年代。」渡真利帶著嘆息的聲音從聽筒傳來。「入行之後被強迫加入的持股會損失慘重，到現在還沒彌補回來。在我們之前的世代，通常賣掉股票就能蓋自己的房屋了！我們非但沒有享受到這種好處，還因為景氣跌到谷底導致薪水不如預期，主管職位減少，還要面臨裁員的浪潮，實在是太倒楣了。」

半澤說：「別抱怨了，渡真利。今後就由我來取回輸掉的部分吧。」

渡真利以充滿諷刺的口吻說：「別吹牛了。你就一直做夢吧。原本以為是夢想的東西，不知何時被悲慘的現實取代。這樣的心情，你應該無法理解吧？」

半澤一口否定：「沒這回事。要持續做夢，其實是非常困難的。只有知道這個難度的人，才能繼續做夢。不是嗎？」

渡真利沉默了片刻，但沒有對此發表評論。不久之後，他在電話另一端開始念出有空的日期，半澤也在填滿聚餐約定的時間表中尋找空白的時間。

半澤直樹 1

我們是泡沫入行組

池井戸潤

Jun Ikeido

我們是泡沫入行組・目次

序章　求職戰線

祕密般的指令有其必要性。因為這是破壞協定的行為。

八月二十日晚上九點多，產業中央銀行打電話來，首先感謝寄明信片索取求職資料一事，接著詢問是否仍舊對該行有興趣。回答「是的」，對方便下達諜報小說般的指令：「明天下午兩點到池袋分行前，看到站在那裡手持《週日每朝》週刊的人，就上前打招呼。這件事請務必保密。」說完便掛斷電話。

「《週日每朝》……」

半澤直樹緩緩放下聽筒喃喃自語，不過他依舊難以按捺內心湧起的高昂情緒。

過去針對學生求職活動，企業和大學訂定了「求職協定」，規定學生拜訪公司的解禁日為九月一日，在解禁日前企業不得接觸學生，但這項約定卻突然被打破了。銀行既然破壞了社會上通稱「紳士協定」的約定，等於是證明了自己並非紳士。

這一年的求職戰線一般公認是賣方市場，但人氣特別集中的銀行部門卻相反地是極端的買方市場。銀行真正想要的，只有少部分優秀人才。

只要一家公司破壞紳士協定，大家都會破壞。

雖然不確定是哪一家公司先破壞協定的，不過在產業中央銀行打來這通電話之後，直到將近半夜十二點，都市銀行（註1）排名前幾名的所有銀行以及某一家人壽保險都打來了。半澤的日誌上原本空白的行程全都排滿了面試約定。

「開始了！超誇張的！」

經濟系同一個專題討論班的男同學宮本興奮地打電話來。當時不像現在，沒有網頁也沒有電子郵件，資訊交流主要是靠電話。

「對了，你打算去哪裡面試？」

半澤悠閒地回答：「大概會去銀行和人壽保險之類的吧。」

宮本聽了，滔滔不絕地說：「銀行和人壽保險？你說得輕鬆！那不是激戰區嗎？聽說在最熱門的產業中央銀行，光是本校學生，競爭率也不下於五十倍。」

「怎麼可能，太誇大了吧？」

「沒有，這是真的。」

宮本堅持己見，然後在接下來的二十分鐘，半澤被迫聽他重提自己為什麼選擇製造業而非金融業。最後他突然說「啊，有插播。拜拜」就掛斷了。

1　日本普通銀行當中，總行位於東京大阪等大城市、分行遍布廣泛區域的銀行。

在連冷氣都沒有的租賃房間內，按下按鈕「3」的小型電風扇發出很大的聲音左右擺頭。這裡是距離東急東橫線新丸子站步行十分鐘左右的出租公寓二樓。從八個榻榻米大的房間敞開的窗戶，可以看到主屋黑色的三角形屋頂。半澤從傍晚就去升學補習班打工，教小學五、六年級的班級，然後又上完陪讀班，剛剛才餓著肚子回家。他簡單地吃完泡麵之後，便把剩下的湯倒入公共水槽。接著他重新想著：「終於開始了。」

半澤比約定稍早的時間抵達，看到一名穿著西裝的男子站在大太陽底下，手中拿著雜誌。

半澤報上名字，男人便稍稍點頭，然後說還有一個人要來。這個男人很年輕，和半澤年紀相仿。接著他們一起等了幾分鐘。同樣穿著求職西裝的學生在約定的兩點整出現。他們被帶到產業中央銀行池袋分行的後門，從那裡被邀入裡面。

在這個階段無從得知自己能不能進入這家銀行，不過無論如何，這是半澤第一次踏入銀行內部。階梯從後門延伸，格外蜿蜒地通往內部。

「請跟著我走。為了防盜，這裡的構造設計得很複雜，所以容易迷路。」

負責帶路的男子邊說邊沿著上上下下、左彎右拐的通道前進。從某處傳來朦朧的電話鈴聲。

他們來到會議室。有幾個學生已經在那裡等候，迅速掃視新加入的半澤和另一名男學生。在這裡彼此都是對手。

「點到名字之前，請在這裡等候。座位可以隨便挑選，請就座。」

半澤拉了窗邊的椅子，等候十分鐘左右。先前在房間裡的學生紛紛被點到名離去，接著又加入新的學生。室內幾乎沒有對話，只隱約聽到從空調設備傳出的空氣聲。

「感覺滿緊張的，對不對？」旁邊的學生突然對他說話。「請問你是哪一所大學的學生？」

「慶應。」

「啊，我也是。」

對方說完從西裝內側口袋掏出名片。現在的學生持有名片不算稀奇，但是在當時，只有少部分自視甚高的傢伙才會持有名片。半澤收下對方遞過來的歌詠團（glee club）名片，首度直視這名男子的臉。這個男人看起來家教良好，膚色白皙、臉孔圓潤，背脊挺得格外筆直，讓人印象深刻。

半澤也報上名字。或許是因為同校而感到安心，對方以稍嫌親暱的口吻詢問：「你想要應徵哪些公司？」

「除了這裡，我還打算應徵人壽保險。」

「哪一家？」

「大日本生命。」

「哦。我只打算應徵都市銀行。你是什麼系的？」

「經濟。」

「我是法律系，在端澤老師的專題討論班。」

半澤聽過這位商法老師。據說上這個專題討論班對求職很有利，有很多校友任職一流企業，大概也包括產業中央銀行在內。半澤這麼說，歌詠團學生雖然謙虛地說「也不知道在這裡管不管用」，但表情似乎頗為得意。

「如果有任何消息，就彼此交流資訊吧。可以告訴我電話號碼嗎？」

半澤告訴他租屋處的電話。

「這是你家的電話嗎？」

「我在外面租屋。這是房間的電話，所以隨時可以打來。」

「這樣啊。真辛苦。」

半澤還來不及問有什麼好辛苦的，歌詠團學生就先被點到名，離開會議室。半澤很討厭自以為是的傢伙。基本上他本來就不喜歡裝腔作勢唱歌的歌詠團，更討厭刻意表現出高格調、家教良好的傢伙。他感到有些惱火，反而解除了緊張。

過了五分鐘左右，半澤也被點到名。

三樓大廳裡，左右各設有三處連結兩張長桌組成的面試座位。這就是第一階段面試的會場。

「請到那裡。」

半澤被指定到後方的桌子。他經過大廳中央時，聽到有人說「我絕對充滿熱誠」的聲音，瞥了一眼正在接受面試的學生，看到是剛剛那個歌詠團團員。他此刻已經完全失去裝腔作勢的從容態度，紅著臉竭力陳述；相反地，面試官則顯得不感興趣，沒仔細聽他的主張。這傢伙鐵定落榜了。

半澤前往被指定的桌子，有兩名面試官在等他，並請他坐下。

「嗯，你是半澤同學吧。你為什麼希望進入本行工作？可以請你說說應徵動機嗎？」

提問的是三十五到四十歲左右的行員。在他身旁更年輕的男人似乎是記錄員，一手拿著寫字板默默地看著半澤。

「我對金融方面很有興趣，特別想要透過銀行的工作貢獻社會，因此想要進入貴公司。」

這是很制式的回答。半澤猜想對方會繼續追問，果然不出所料。

「可是銀行也有很多家吧？就算不選產業中央銀行也沒關係，不是嗎？我希望你老實回答，你的第一志願是哪裡？」

「我的第一志願當然是產業中央銀行。」

沒有回應。畢竟大家的答案都一樣。姑且不論是真是假，禮貌上都會這樣回答。接下來才是勝負關鍵。

「不過，一開始這裡並不是我的第一志願。」

兩名面試官的視線有如吸附般緊盯著半澤。半澤繼續說：「我見過好幾位學長姊之後，了解到產業中央銀行開放的特質，或者應該說是風氣。這是其他銀行所沒有的魅力。我想要和這些人一起工作。有人說銀行都是一樣的，可是我絕不認為所有銀行都一樣。在產業中央銀行工作是我的夢想。」

「哦。」面試官毫無笑容地直視半澤的眼睛。「我了解本公司是你的第一志願了。不過如果只是想要貢獻社會，也不用特地選擇銀行的工作吧？」

這樣的指摘的確很合理。

半澤回答：「我的老家經營一家很小的公司。雖然已經有二十年歷史，不過一路走來絕對不算輕鬆。」

從提問者臉上的表情可以看出，對方似乎產生了興趣。

「有一次，當我還在念國中的時候，回到家看到來了許多客人。父親公司的大客戶倒閉了。我至今都無法忘記父親面對幾十個債權人、拚命說明公司沒問題的表情。當時救了父親公司的，就是銀行。」

「是主要往來銀行吧？」

「不是的。」聽到半澤的回答，提問者挑起眉毛。

「伸出援手的是先前只有應酬程度的都市銀行。父親公司原本的主要往來銀行是當地的第二地方銀行。那裡的人很重視地方上的關係，所以父親也很信任那家銀行。然而到了關鍵時刻，地方銀行做為主要往來銀行卻不肯伸出援手，很早就打算撤回融資；反而是往來較少的都市銀行，能夠正確判斷父親的經營狀況，給予融資度過難關。事後我聽父親談起這件事，就立志進入銀行。我想要進入銀行，協助像父親那樣的公司。」

對方沒有回應，不過負責提問的行員、以及把手放在寫字板的行員都專注地盯著半澤的臉。

有幾秒鐘的時間，提問者似乎不知該說什麼，接著迅速地說「我知道了」，並且對負責記錄的年輕行員使了個眼色。

「謝謝你。我們會在事後通知結果。有緣的話再相見吧。」

「那麼我先告辭了。」

第一階段面試就這樣結束了，不知道算是簡單還是困難。半澤再度經過錯綜複雜的走廊，回到豔陽高照的街上。他不清楚過程順不順利，只是沿著街道緩緩走回租屋處。到了晚上，他便接到產業中央銀行的電話，通知第二階段面試的日期與時間。

品川的太平洋飯店大廳中，聚集了超過一百人的學生，感覺很悶熱。通過第一階段面試的半澤接到指示，在次日早晨九點到這家飯店。他原本以為九點是最早的梯次，實際上卻非如此，還有比他更早到的人。他不知道順序是依照面試成績決定，或只是依照電話順序安排。

半澤在排列在牆邊的椅子坐下，思索著這些人當中究竟有幾人能夠進入產業中央銀行。五人或十人?不不不，應該沒那麼簡單。今天恐怕也在某處進行第一階段面試，而那些人明天又會來到這個會場。這樣的流程應該會反覆好幾天。他原本期待第二階段面試人數會減少許多，但他的預期卻完全落空了。這時他開始覺得宮本提到的五十倍競爭率或許是真的。就在此時，他聽見有人說「看來還要等很久」，便回過頭。

說話的是坐在他旁邊、面帶友善笑容的男人。

「的確。我還以為人數會更少。」

「我也是，不過卻猜錯了。你是經濟系的半澤同學吧？」

半澤瞪大眼睛。

「沒錯。你是……？」

「我是押木。中沼老師專題討論班的押木。」

「哦。」

半澤這才想起，在各個專題班的聯絡會上偶爾會看到這張臉孔。之所以印象不深，是因為押木這個人原本就很寡言，也不太引人注目。中沼老師是總體經濟學的泰斗，光是要進入那個專題討論班就很困難。押木能夠代表專題班出席聯絡會，可見他雖然外表低調，卻具有相當深厚的實力。

「真希望可以進產業中央銀行，不知道進不進得去。」

押木悠閒的口吻和現場緊張的氣氛格格不入。他的語調帶有一點東北腔。有些東北人在來到東京之後，會因為在意腔調而變得沉默寡言，押木或許也是其中之一。

「你昨天在哪裡參加第一階段面試？」

押木提出這樣的問題，接著兩人聊了一陣子面試的話題。談話中，半澤感覺對方是個給人溫暖印象的男人。他和押木意外地很合得來。

押木先被叫去面試，不久之後半澤也被叫去。

飯店大廳以隔間牆區分為一間間面試間，和池袋分行三樓的面試會場規模完全不能相較。面試過程是一對一。半澤在空的面試間等候，不久一名面試官過來。問題和昨天相同：「你為什麼想要進入本公司？」半澤的第二階段面試開始了。

這天的面試比較不一樣。

面試官不只一人，而是每次一人、接連出現好幾人。後來半澤才得知，其中一人面試之後覺得「這個學生不錯」，就會由第二位面試官再次確認。即使是「這傢伙不行」的評價，為了謹慎起見也會再由另一人進行面試。當幾個人的意見達成一致，才會決定錄取與否。面試時間一人十五分鐘左右。半澤原本以為很簡單就結束了，對方卻說「請等一下」，然後來了第二人，接著又來了第三、第四人，轉眼間就過了一小時左右。

第二名面試官起身離去時，半澤聽到背後傳來流利的英語對話。

或許是提到自己很擅長英文，說話的是學生，不過對方也以英文回答，不時還傳來笑聲，想必聊得很起勁。半澤雖然也還算會說英文，不過此刻說話的人發音卻接近母語使用者，而且毫無停頓。

「滿厲害的。」

半澤邊想邊回頭，看到意料之外的景象，不禁懷疑自己的眼睛。幾乎如母語人士般操著一口流利英語的，是他剛剛見過的押木。由於和東北腔日語之間的落差太大，半澤不禁瞪大眼睛，並感覺到「這傢伙一定會上」。這是他的直覺。如果直覺可信的話，他覺得自己應該也會上。

「嗨。」

兩天後，半澤來到俯瞰大手町到八重洲一帶的產業中央銀行總行一室。比他稍晚進入室內的男人看到他，並沒有顯出驚訝的表情，而是露出那友善的笑容打招呼。

「嗨。」半澤也回應。

「你得到內定（註2）了。」

「對呀。」

押木笑咪咪地環顧室內的人。半澤是在昨天早上進行的第三次面試得到內定。面試形式和第二次面試相同，不過當他準備要和其他學生一起參加面試時，卻有人來「迎接」他。半澤側眼看著面試中的競爭對手，從面試間被帶到其他房間，在那裡得到預定錄取的通知。

押木和在場其他三人想必也得到同樣的待遇。對於想要的人才，銀行會不顧一切地錄取。這就是銀行的做法。

「果然沒錯。押木，我就猜到你會上。」

過來跟他們說話的是同樣念經濟系的渡真利忍。半澤認識渡真利。他是某知名專題討論班的班長，和半澤見過面。

「喂，過來吧。我來替你們介紹。」

受到渡真利呼喚，房間裡的另外兩人也過來了。其中一人戴著眼鏡，是個看起來有些神經質的男人。另一個男人則如運動員般體格魁梧。

2 意即錄取，約定畢業後將在該公司工作。

「這個戴眼鏡的是法學系的苅田。聽學長說，苅田是通過司法測驗短答（註3）的秀才，進入銀行之後大概會成為人事部門的菁英，將來一定會當上人事部長。另外這個高大的傢伙是商學系的近藤。近藤是蓮本老師專題討論班的班長，現任業務部長安藤先生就是這個專題班的一期生。安藤先生現在正是扶搖直上的氣勢，只要他仕途順遂，這傢伙一定也會升官。」

近藤笑著說：「不過人家也說，只要安藤倒下，大家都會一起倒。」

渡真利又介紹剛剛進來的押木：

「這傢伙是押木。他是中沼老師專題討論班的班長，成績優秀，大概是系上前三名。對不對？還有，聽他講話就知道，他是東北人，個性很好。不過他只有說日語有腔調，英語說得很流利。他的志願是成為國際型的銀行員。再過幾年，他大概就會拎著一個行李箱飛遍全世界。」

押木靦腆地笑了，但並沒有否定。他是個敦厚而包容的男人，不過除此之外，也能感受到堅強的意志力。接著渡真利指著半澤說：

「這傢伙是大平老師專題討論班的半澤，在我們經濟系上無人不知。你們今後一定會被迫了解，所以我現在什麼都不說，總之這傢伙是個毒舌的辯士。大家跟

3　司法測驗分為短答式及論文式測驗，短答測驗為選擇題。

他議論的時候要小心。」

「你說什麼？」半澤瞪了渡真利一眼，然後接著說：「這傢伙叫渡真利。姑且不論實力，他做事很得要領，人脈很廣，在慶應大學大概有一半的人都是這傢伙的朋友。如果有不知道的事情，只要問他多半就知道了。」

所有人都笑了出來。

在這個時期，得到內定的學生都會被公司限制行動，從早到晚處於銀行的監視之下。這種做法稱作「拘禁」。

事實上，半澤昨天早上得到內定之後，直到晚上九點多都不得走出銀行總部大廈一步。對銀行來說，如果大意放出去，讓好不容易錄取的學生被其他公司搶走就糟了。他獨自一人被軟禁在房間中，被交代「有事的話請從房間內敲門」。房間外有輪流值班的監視者，嚴格到甚至還會跟到洗手間。渡真利和押木想必也遇到相同的狀況，不過這天他們總算和其他內定者會合，展開以團體為單位的「拘禁」。

當時是一九八八年，正值整個社會朝著所謂泡沫經濟全盛期瘋狂突進的時代。都市銀行總數有十三家。在這個時代，銀行得到號稱護航艦隊的金融行政單位守護，大家都認為只要進入銀行就能保障一輩子。銀行員等同於菁英的代名詞。

社會上，動畫電影《龍貓》上映之後便大受歡迎；兩個月後的六月，里庫路特事件（註4）曝光；尾崎豐還活著，發售新單曲〈太陽的碎片〉；然而人們記憶最深刻的，或許是這一年九月十七日開始的漢城奧運。無論如何——

在泡沫經濟顛峰期的亂象開始之前，五名學生各自懷抱著夢想，心中充滿希望穿過銀行的大門。

他們渾然不知今後會發生什麼事。

4　一九八八年曝光的重大賄賂醜聞。當年里庫路特會長贈送子公司未上市股票給多名重量級政治人物及官僚等。影響範圍甚廣，最終導致竹下登內閣總辭。

第一章　不負責任論

1

「沒有看破他們虛飾財務報表，就是最大的敗筆。」

分行長淺野匡深深嘆息。半澤直樹雖然在意這句話中隱含的微妙意義，不過仍保持沉默。

這裡是東京中央銀行大阪西分行的分行長室。大阪西分行位在大阪市西區，座落在四橋筋與中央大通的交叉口，在東京中央銀行這家巨型銀行當中，也屬於排名前幾名的大型分行。分行長室的裝潢也恰如其分，寬敞的室內擺置著辦公桌與皮革椅套的沙發組。

融資課長半澤和下屬中西英治並肩坐在沙發上。淺野坐在對面的扶手椅，翹著二郎腿露出苦惱的表情。

現在是晚上七點半。分行長、副分行長、半澤和中西四人面對面坐下，討論該如何從今天第一次跳票的融資對象「西大阪鋼鐵公司」取回貸款。

「半澤，情況怎樣？有可能回收嗎？」

問話的是淺野身旁的副分行長江島浩。相較於曾任人事部的部長代理、長年待在總部而給人優雅印象的淺野，一直遊走在各分行的江島體格魁梧、留著短卷髮，一如外表屬於「武鬥派」。據說當他調來之後首度造訪客戶時，還被誤認為黑道而被警衛阻擋在門外。這個傳言並非虛傳。他的聲音則與外表不符，非常尖銳。

「即使要回收，這五億日圓幾乎全額都是信用貸款。」

信用貸款亦即無擔保的融資。如果對方倒閉，就會造成虧損。

半澤接著又說：「目前依然無法聯絡上東田社長。今天早上發現支票帳戶餘額不足，我就一直試圖要聯絡他……」

到這個地步，應該是找不到人了。

江島惱怒地「啐」了一聲。他的煩躁與其說是針對逃跑的東田，不如說是針對半澤。

「為什麼沒有更早發現虛飾？真是不像話！你身為融資課長，必須負起責任才行。」

綜觀貸款給該公司的原委及發現虛飾的情況，江島的發言完全錯誤。

「說實在的，沒看出虛飾這種事太丟臉了，根本沒辦法向總部報告。你要我怎麼說明？我是因為相信你，才同意融資的。」

「因為相信我才同意融資……？」半澤傻眼地問。

「當然了！」

江島宛若瞬間沸騰般漲紅了臉，怒眼瞪他。

半澤原本就對西大阪鋼鐵這家公司不是很熱衷。由於淺野強硬主導談成這項融資，因此他也無可奈何，不過要是由他來決定，他不會贊同貸款給這樣的對象。

然而淺野卻提出緊急融資的請示書，硬是取得本部的承認。

這是淺野為求功名而暴走的結果。對於無法制止他暴走這一點，半澤或許也有責任；但是當貸款無法回收時，就說得好像都是半澤的責任，讓他感到很生氣。這不就是「功勞歸自己、過失歸下屬」的典型公式嗎？

江島凶狠地問：「然後呢？債權文件應該都備齊了吧？」

「這方面已經確認過了。」

說到文件，除了基本約定之外，就只有借款契約證書和社長保證書各一張。

江島盯著攤開在桌上的該公司及社長「資產一覽表」，彷彿要盯到穿孔。他似乎在尋找有沒有可以作為擔保的不動產，但是當然不可能會有。

「有沒有可以扣押的存款？」

「沒有。本行的存款都拿來抵償融資了，可是總額也只有兩百萬日圓左右。關西城市銀行也有存款，但應該也拿去抵償借款了。」

「他的住處也抵押給關西城市銀行了吧？他們的損失金額是三億日圓，比我們還少不是嗎？話說回來，這麼大一家公司的代表人，應該有別墅之類可以拿來抵押的不動產吧？」

「據說是沒有。」

江島懷疑地挑起眉毛。

「那他太太娘家那邊呢？」

半澤嘆了一口氣。倒閉社長的妻子娘家和融資無關。江島打算要不顧一切討回這筆錢。

「如果能找到社長，我會去詢問，不過負債總額相當可觀，應該會很困難。」

聽到半澤冷靜的回應，江島越發惱火。

「什麼叫應該很困難？你真的有感受到責任嗎？就是因為這種態度，才會那麼不小心吧？基本上，如果你在發現財務報表虛飾的時候，立刻研擬債權回收對策，就不會演變成這種情況了！」

半澤不禁仔細端詳江島的臉。

這個男人是認真的嗎？

半澤不僅沒有忽略研擬債權回收對策，在發現虛飾財務報表的情況之後，他幾乎每天都到西大阪鋼鐵公司，找東田社長進行交涉。

然而當半澤拿出財務分析結果追究虛飾一事，東田卻含糊不清地找藉口逃避；在知道無法推託之後，就採取假裝不在公司或爽約等手段，使半澤完全無法執行債權回收的具體對策。這才是事實真相，而半澤也已經鉅細靡遺記錄下來，向江島和淺野做過報告。

結果江島竟然還說這種話。

「然後呢？這樣下去，本行就會有四億九千八百日圓的呆帳了。」

淺野原本以凍結般的表情盯著半澤整理的授信擔保表，此時以苦澀的表情回到原來的話題：

「的確會導致這樣的結果。剩下的就看處分那家公司之後，能夠得到多少分配額。」

「哪能期待分配額！」江島忿忿地說。

「分配額」是指公司處分所有資產後還給債權者的金額。假設有十億日圓負債的公司倒閉了，賣掉資產剩下三億日圓，最終由此償還債權者的金額就稱為分配額。當然不可能取得全額。

「太難堪了，半澤課長。」

淺野分行長伴隨著嘆息說出這句話，讓半澤不禁屏息。這句話當中充滿了對半澤的冷淡惡意。

2

大阪中心地帶以西、一直到大阪灣的扇形區域，是鋼鐵批發區。東京中央銀行大阪西分行就位在扇釘的部位。

這裡是所謂巨型銀行的一角。東京中央銀行以東京為根據地，在關西大約有五十家分行。其中大阪西分行和大阪總行、梅田、船場並列四大分行之一，定位為核心分行。

淺野是長期待在人事部門的菁英行員，睽違十八年調派到分行。如果能夠善加利用這次擔任分行長的經驗，距離高階管理職的位子就會更加接近，因此格外拚命。不例外地，東京中央銀行也是合併銀行，和高階職位相較，行員的數量相當多。對年輕人來說，過去只要一流大學畢業就能保證當上的課長職位變得遙不可及；同樣地，對於銀行員生涯一路順遂的淺野來說，晉升部長的窄門也變得比年輕人更難通過。

如果無法掌握極少的機會，好一點是橫移到其他分行擔任分行長，更糟的情況則是面臨外調到相關公司的命運。

對於像淺野這樣在同梯當中保持領先、自尊心很高的菁英而言，跌落升遷的階梯無疑是難以忍受的屈辱。

淺野是在去年六月就任大阪西分行長，半澤則是在兩個月後奉命從總部審查部轉調到此。不過去年的業績毫無起色，精力都耗在替導致業績惡化的前任分行長收拾殘局，最終變得虎頭蛇尾。

當時淺野在集合小組長以上管理職的酒席中，經常放在嘴上的話就是：「本年度已經沒辦法了。下年度再努力拉抬業績吧。」

淺野在今年二月拉來了西大阪鋼鐵的生意。這家公司位在大阪鋼鐵批發商聚集的立賣堀，是一家年銷售額五十億日圓的中堅企業。乍看起來，這似乎正是替「下年度拉抬業績」的絕佳生意。

半澤也在負責外勤的業務課新客戶開發班的資料中，看過西大阪鋼鐵公司的名字。

雖然根據先前得到的情報，這是一家優良企業，但卻相當難以攻陷。眾人一致公認投降，因此當淺野在某次會議中宣布「我昨天去見了社長」，不只是半澤，就連新客戶開發班的成員也都驚訝得說不出話來。

「您見到社長了嗎？」業務課長角田周甚至以不可置信的表情詢問。「那裡不論去造訪幾次，連見個面都不行。」

「是嗎？沒這回事。」淺野顯得有些得意，又說「他們剛好需要資金」，讓眾人更加驚訝，畢竟第一次見面要問出這麼深入的話題相當困難。

「我答應要讓承辦人員去拜訪。半澤課長，你可以去和社長討論詳情嗎？至於承辦人，對了——」

他環顧會議桌邊緣的年輕行員，然後說：「差不多也該讓中西試試看吧？」

中西是今年入行第二年的年輕人，才剛從較資深的行員接手客戶，算是個生手。

「對他來說還太早了吧？」

半澤瞥了一眼臉色蒼白的中西，委婉地拒絕，然而淺野卻毫不在意。

「沒這回事。和微型企業比起來，到那種大公司比較能學到東西。一開始請半澤課長同席，和對方進行討論。交給你們了。」

淺野的個性頗為頑固，一旦決定之後就不會改變。半澤只得接受。

在那次會議的次日早晨，半澤搭乘中西駕駛的業務用車，前往西大阪鋼鐵公司。

他們在接待處遞出銀行名片，工作人員沒有說「歡迎光臨」或「請稍等」，就迅速帶他們到會客室。半澤並不是想要憑藉銀行招牌耍威風，不過這家公司對訪客的態度絕對稱不上友善。

公司內沒有活力，缺乏緊張感，給人懶散的印象。員工抽菸談笑，卻沒有人接電話，讓刺耳的鈴聲一直響。看到半澤等訪客經過附近，不僅沒人打招呼，甚至連點個頭都沒有。

半澤感到很不滿意。

公司終究是人的集合體，看到員工的情況，大概就可以想像這家公司是什麼樣的公司。

他們明明事先約好時間，卻在會客室等了十分鐘左右。

不久之後，社長東田滿進入會客室。他是個矮個子卻體格健壯的男人。他快步走進來之後，坐在沙發上翹起二郎腿，還沒說話先把夾在指尖的香菸摁在菸灰缸中，同時粗魯地問：「銀行今天來找我幹麼？」

「事實上，我們是為了融資的事來造訪的。」

「融資？你在說什麼？」

「就是昨天淺野分行長拜訪時談到的事。很抱歉還沒有自我介紹，這是我的名片，請多多指教。」

半澤遞出名片，中西也跟著遞上。然而東田只瞥了一眼兩張名片，就撕成兩半、四半丟到垃圾桶。

「銀行的名片已經夠多了。老是要我跟他們交易，有夠煩的。反正我們只跟關西城市打交道。」

油膩的國字臉不懷好意地扭曲表情，泛起冷笑。

半澤暗罵「可惡的傢伙」，一旁的中西則渾身發抖。

「我聽說昨天您跟淺野分行長談起融資的事情。」

淺野當時的口吻彷彿對方隨時都會來借錢，沒想到完全不是那麼回事。

「哦，你是指營運資金吧？我又沒說要跟你們借。其他銀行都是承辦人員過來，你們家卻是分行長親自來了好幾次。會計課長跟我說，偶爾也該見見人家，所以我才照做。你們分行長是不是誤會了什麼？」

在一旁發抖的中西驚愕地抬起頭。半澤也很想做出同樣的反應。這個情況和先前聽到的差太多了。

話說回來，這個男人的個性還真是強烈。看起來很堅硬的額頭底下，一雙眼睛目光銳利，給人咄咄逼人的感覺。

然而都已經來到這裡，總不能空手回去。半澤詢問：

「如果不介意的話，可以告訴我這筆營運資金是多少嗎？」

「啊？」東田不耐煩地反問，然後從桌上的雪茄盒拿出一根雪茄點燃。「嗯，這個嘛，大概兩三億就夠了吧？」

「可以請您考慮本行嗎？」

如果是根據分行長的意思，應該要說「可以請您在本行貸款嗎」，但是畢竟還沒有通過融資審查。沒有通過審查就答應要融資，等於是口頭承諾。口頭承諾在銀行融資是嚴格禁止的事項。

一如預期，東田一笑置之：「考慮？哈！」

「為什麼沒有談成?」

半澤回到分行之後,受到淺野嚴厲斥責。

「都問到需要的資金額度,怎麼還大剌剌地空手回來?」

半澤不知道該如何回答。他的確沒有深入交涉就撤退了,但是另一方面,他也確實感受到東田這個男人有種說不出來的不對勁。

他不是因為名片被撕破丟棄才這麼想。冷靜分析這次的情況,有幾點疑問讓他實在無法理解。

首先是分行長淺野能夠輕易接觸對方。

東田的確說過,是會計課的人希望他接見淺野;不過既然因為分行長多次來訪而答應見面,卻又撕毀融資承辦人員的名片,感覺很沒有一致性。

而且東田太過輕易地說出需要的金額,也讓半澤感到在意。

一般來說,對於尋求新客戶的銀行,如果沒有打算要貸款,即使面談也不會說出金額。東田雖然在半澤請他考慮時一笑置之,但或許他其實在等半澤直接提出「請讓本行來辦理」。

東田會不會在期待融資?

他雖然表現出拒人於千里之外的態度,卻與過去完全不理會的東京中央銀行見面。如果不願意，他大可拒絕接見半澤等承辦人員。會不會是基於某種理由，不方便向關西城市銀行貸款？

為了調查其中的理由，必須取得西大阪鋼鐵公司的財務報表。然而當半澤提出「為了檢討融資事宜，是否可以提供財務報表影本」的時候，東田卻以一句「你怎麼有臉說這種話」斷然拒絕。

「算了，我不應該交給你去辦的。明天我自己去，幫我跟社長約時間。」

淺野的話中充滿厭惡的情緒。中西連忙去打電話。半澤回到自己的工作，不久之後聽到中西向淺野報告約定上午十點，越發感到懷疑。

果然還是很奇怪。東田以惡劣的態度對待東京中央銀行，卻又持續給予機會，這樣的做法帶有某種不可知的用意。

然而此刻對淺野說明這一點也沒用。他被吊在眼前的成績蒙蔽眼睛，腦中只有業績獎勵。西大阪鋼鐵在他的腦中，已經成了實際業績的一部分。

次日，淺野帶著中西一起前往西大阪鋼鐵公司。

他們在將近中午時回來。

「我已經大概談成了。」淺野一開口就這麼說。「金額是五億，借款期間是五年，給他固定利率。這是沒有擔保的信用貸款。希望你們盡快提出請示書。」

桌上堆放了過去三個年度的財務報表等財務相關資料。

江島在一旁聽淺野報告之後，對坐在角落的中西說：

「太好了，中西，你得感謝分行長才行。」

銀行的體制有些類似師徒制的地方，辦公桌習慣從年輕行員依序排列，就連辦公桌的順序都帶有官僚主義。末席的中西從櫃檯邊緣朝他們點頭致意。

然而淺野接下來的話卻讓中西的表情變得僵硬。

「中西，請你在明天早上之前提交。」

半澤也驚訝地抬起頭。「明天提交？似乎太趕了一點。而且還得進行財務分析才行。」

中西從座位上站起來，盯著三年度份的財務報表沉默不語。從他的表情就可以知道他沒有自信完成。淺野對中西說：

「要趁社長還沒改變心意之前交出緊急請示書。你已經不是新人了，憑自己的力量完成吧！明天早上之前完成之後，先請半澤課長看過再交給我。沒問題的話就可以立刻決定。」

淺野以獨裁分行長特有的命令口吻說完，彷彿要表示話題到此結束般，站起來前往洗手間。

半澤問中西：「你可以辦到嗎？」

中西無法回答這個問題，只能問：

「分析都得靠手工作業吧？」

「的確是這樣。」

最近的銀行電腦系統很發達，從客戶拿到的財務報表都會交由專門部門進行電腦處理。

各公司不同規格的財務報表會整理為共通的格式，自動計算出資金運用表、現金流量表、各種經營指標，並由此決定信用等級。

手工進行這些作業雖然並非不可能，不過會是很大的負擔。對於入行以來就習慣自動化系統的中西來說更是如此。

「總之，我先取消下午的預定工作，來寫報告書吧。」

中西回到自己的座位，側臉的表情顯得很僵硬。

次日早晨，半澤在八點多上班，打開電腦，看到西大阪鋼鐵的請示書已經登錄在審批系統。

「課長，請過目。」

中西從座位上站起來，將印出的書面報告拿到半澤面前。他或許是熬夜工作，眼睛布滿血絲，表情顯得疲憊不堪。

「辛苦了。我馬上就來看。」

趕上了——中西露出安心的笑容，拖著沉重的步伐轉身離開課長座位。

半澤花了十分鐘左右瀏覽文件，檢視上面的財務分析結果。

中西才剛脫離新人階段，因此無法要求太高，不過這份報告整體而言理論架構不夠嚴謹。接著當半澤想要再次檢查數字，江島便說「要開會了」。半澤暫時中斷工作前往分行長室，出席以淺野為中心的聯絡會。接著朝會開始，當半澤結束融資課的會談回到座位上，才發現出了狀況。

淺野已經針對西大阪鋼鐵公司的請示書做出批示，而且已經透過網路送到總部的融資部。半澤慌張地說：

「分行長，這份請示書我還沒有詳細閱讀過。」

淺野面露不滿的神色。

「我不是說過這是早上第一件要務嗎？動作太慢了。」

一旁的江島也插嘴：

「你沒聽淺野分行長的話嗎？中西特地熬夜趕出請示書，你卻慢吞吞地很晚才來上班，然後說還沒有看完，這像話嗎？」

「希望你能聯絡融資部，暫時先退回來。」

半澤如此主張。他不想將自己無法接受的請示書交到總部。

「這是很緊急的請示書。我沒時間陪狀況外的課長閒耗。」

淺野說得很果斷。半澤想要繼續反駁，但淺野卻把頭轉開，像是在表達「不想聽」。

3

就如中西在請示書中所記述的，這家公司雖然成立時間不長，不過在特殊鋼的領域算是頗為知名的廠商，就名聲來說並不差。即便如此——

「突然要借五億日圓，而且還沒有擔保？」

融資部調查役川原敏夫對此表示遲疑。半澤雖然也覺得很不合理，卻只能以「這是策略性的案子」一語來說服。即使不情願，他仍舊受到淺野嚴格命令，無論如何一定要通過這個融資案。

淺野應該有別的焦急原因。

理由不只是分行的業績，還有銀行整體的問題。東京中央銀行得到政府資金，卻減少了中小企業融資餘額。就在差不多同一時期，金融廳才剛剛提出業務改善命令。總部催促要增加融資額，可是在以鋼鐵批發業為主的經營環境，很難找到有力的貸款對象。就算要找既有客戶著手，業績穩定的公司早已借款，而剩下未接觸的公司要不是長期虧損，就是懷有各種問題的中小微型企業。

然而哀嘆這樣的環境也於事無補。視追加目標的達成狀況，業績考核獎勵很有可能會告吹。有沒有這五億日圓的確會造成很大的差別。

半澤結束不知是第幾次和川原的通話，邊嘆息邊放下聽筒。這時原本似乎在一旁豎起耳朵的淺野便詢問：

「川原的意思怎樣？」

「他說既然是新開發的客戶，沒有擔保也是很正常的，不過貸款金額可不可以再少一點。」

「說什麼傻話！」淺野怒聲叱罵，坐在座位上翻白眼仰視半澤說：「要是沒辦法通過這個案件，就不夠格當融資課長。」

淺野在拿自己前任人事部部長代理的頭銜威嚇半澤。

事實上，在人事部仍舊擁有深厚人脈的淺野自從就任以來，已經讓幾個人升遷，藉此誇示自己的力量。

既然能夠讓人升遷，當然也能讓人降職。銀行員和公務員一樣，最關心的就是人事。被掌握人事權，就等於被掌握靈魂。

半澤感受到無言的壓力，閉上嘴巴。

真骯髒。

他雖然這麼想，不過多虧努力說服川原的結果，西大阪鋼鐵的融資案在提交三天後獲得全額承認。

這是在銀行年度接近尾聲的二月中旬發生的事情。

4

看看報紙上的經濟新聞。

一家銀行抱持幾兆日圓的呆帳，老實說在看慣之後，半澤也不會感到特別驚訝。

不只是半澤，其他東京中央銀行的行員、或是其他銀行的行員、甚至於和銀行有來往但不了解銀行業內情的國民，如今大概也不會特別驚訝或感慨吧？

「幾兆日圓的呆帳？那又怎樣？」

大家的反應大概就像這樣。

一開始，所有人的確都會擔心銀行倒閉了會如何。

擔心的內容包括會不會被要求償還房貸、存款會不會消失等等。

然而到後來大家就明白，事實上幾乎所有存款都受到保險的保護，而政府畏懼劇烈改革，對於限額償付制度也只敢階段性實施。

而且大家也理解到，房貸對於銀行來說是優良資產，因此即使往來銀行倒閉了，還是會有其他銀行去承接。

實際上在巨型銀行倒閉之後，國民的生活也沒有受到特別的影響，大家開始發覺不會有任何變化。

北海道就是很好的例子。都市銀行之一的北海道拓殖銀行倒閉之後，有人說地方經濟因此停滯，但真是如此嗎？事實上地方經濟蕭條的更大理由不是因為銀行消失，而是因為日本整體經濟不景氣。也因此對於必須用政府資金守護銀行的理論，大家自然都會感到懷疑。

雖然也有企業經營者在「北拓」消失後比較難借到錢了，不過這點並不限於北海道，現在日本各地都是同樣的狀況。北海道發生的較大改變，大概就是因為銀行消失，導致保險箱大賣。

日本債券信用銀行消失、長期信用銀行破產，也沒有帶來太大的變化。這些銀行是因為該倒閉而倒閉，也就是在資本主義社會必然會發生的淘汰現象。

半澤是在一九八八年、也就是泡沫經濟的顛峰時期，進入東京中央銀行的前身——產業中央銀行。

都市銀行在學生的求職戰線上擁有絕頂人氣。在那個時代，沒有人能夠想像到銀行會倒閉。業績極佳的各家銀行接連買下美國銀行，推展全球戰略。在此同時，日本國內以地價與股票高漲為背景的貨幣擴張，促成了不惜壓低利息的貸款競爭白熱化，成為無秩序融資的開端。

在那之後的十幾年，銀行可說一路邁向凋零之路。

銀行雖然已經懷有巨額呆帳，不過以一家分行的規模來看，五億日圓的呆帳絕對不是一筆小數目。

更何況在融資之後不到半年，該公司便迅速倒閉，就更加引人注目了。

西大阪鋼鐵公司的融資案件在二月最後一個星期執行，全額存入新開立的支票帳戶。

不久之後，這筆錢轉入關西城市銀行的該公司帳戶，只剩下些許結算資金，幾乎完全從東京中央銀行的帳戶消失。

「課長，可以請你看一下嗎？」四個月後的六月下旬，中西站在半澤的辦公桌前，向他提出西大阪鋼鐵公司的財務報表有問題。

時值惱人的梅雨季節，要下不下的細雨淋濕了位於中央大通的分行窗戶。西大阪鋼鐵公司的結算月份是四月。

一般來說，公司的財務報表會配合納稅期限，在兩個月之後製作。以西大阪鋼鐵公司的情況來說，就是六月。

中西得到剛出爐的新財務報表，看見出現赤字大吃一驚，因此向半澤報告。

「赤字？」

半澤不禁懷疑自己的耳朵。根據西大阪鋼鐵公司提出的資料，上年度結算應該會有大約一億日圓左右的盈餘。這樣實在是差太多了。

「原因是什麼？」

半澤幾乎用搶的奪過中西手中的財務報表，檢視內容。

他首先注意到的，就是大幅減少的銷售額。他按了計算機，得出與上一年度相比減少了百分之三十。虧損金額是四千萬日圓。

他感到大為光火，不禁脫口而出：「喂，哪有這種事？」

中西像受到斥責般低下頭。

「你有沒有問他們理由？」

「據說是因為景氣不佳，銷售額減少。」

「是東田社長說的嗎？」

「不是，是波野課長。我沒有見到社長。」

半澤想起那個瘦巴巴的鼠面男人。就如一般老闆獨裁型公司常見的會計經理，屬於完全不可靠的類型。

「對了，不是有試算表嗎？」

淺野之前拿新融資客戶相關文件過來時，由於在審查融資時距離上年度末已經過了十個月，因此除了三個年度的財務報表之外，應該還拿到了稱作「試算表」的業績快報才對。

「果然還是很奇怪。」

半澤瀏覽了從西大阪鋼鐵信用檔案抽出的試算表之後這麼說。

「在二月的試算表中有八千萬盈餘的公司，為什麼在四月的總結算時會跌落到出現四千萬日圓赤字？怎麼想都很奇怪吧？」

「這……」中西也感到無所適從。

半澤當場打電話給波野課長。

「謝謝你送來的財務報表。不過有件事我想要請問一下，不知道方便嗎？」

「好、好的，如果是我知道的事情……」

電話中波野的聲音明顯變得狼狽。他或許已經預期到遲早會被半澤追究。

「我們收到的財務報表出現虧損，不知道是怎麼一回事？根據社長的說法，應該會有一億日圓左右的盈餘才對。」

「真的很抱歉。畢竟材料產業依舊處於不景氣的狀況。」

「我非常了解景氣不佳。但是當時說好的盈餘呢？」

「因為銷售額減少——」

半澤打斷波野的話：

「在二月的階段，銷售額是四十五億日圓，平均一個月是四億五千萬日圓；可是為什麼到了總結算的時候，銷售額卻只有四十七億日圓？你可以說明一下，為什麼兩個月只增加兩億日圓嗎？」

「啊？二月的時候有四十五億日圓？」

波野在裝傻。

「貴公司給我們的試算表是這樣的。」

「請稍等一下。」

電話另一頭傳來沙沙聲，大概是波野正在翻文件。半澤繼續等了將近一分鐘，聽到波野回應「我待會再回電給你」，不禁把聽筒摔下去。

「中西，你拿一開始收到的三個年度的財務報表給我。」

一直在旁邊觀望的中西連忙從信用檔案抽取這些資料。

「這是你影印的嗎？分行長去拜訪的時候，你應該也有跟去吧？」

半澤用指尖敲了敲附在上面的稅務申報書影本。中西搖頭表示不清楚。

「不是。分行長和對方談過之後，要求提出財務報表，就拿到這個。」

「有沒有看到正本？」

「啊？」

「我在問，你有沒有看到這份影本的正本？」

中西瞪大眼睛，兩顆黑眼珠擠到中間。這是他緊張時的習慣。

「我沒看到。」

半澤嘆了一口氣。繼續追問中西也沒用。他思索是否應該在現階段向淺野報告。不，還不行。他必須先自己確實掌握狀況，否則不能隨便發表意見。

「好吧。這個借用一下。」

他拿了西大阪鋼鐵公司三個年度的財務報表，目送滿面愁容的中西回到自己座位上。

5

「虛飾？」

次日早晨，半澤報告財務分析的結果，淺野便露骨地表現出嫌惡的表情。半澤可以理解他的心情。這是最糟糕的結果。淺野就如聽到家臣提出刺耳建言的專制君王，相較於問題本身，反而對前來報告的人更感到憤怒。

半澤針對西大阪鋼鐵的財務報表提出的疑點大致如下：

首先，該公司提出的財務報表中，應收帳款與應收票據、應付帳款等帳目名稱的數字並不一致，無法合理說明。該公司有可能是透過存貨調整來擠出利益。與之相關的，就是稅務申報書的影本有可能經過偽造。此外，今年二月為止的試算表銷售額明顯是「造假」的。關於最後這一點，半澤也附帶說明已洽詢該公司會計課長波野，但還沒有得到回應。

「今天我打算拜訪他們公司，不過我認為課長之所以沒有回應，是因為我們的指摘正好戳中痛處。」

「財務報表是什麼時候拿到的？」

淺野瞬間換上嚴厲的態度，將手中的鉛筆摔在半澤提出的報告上。

他交叉雙臂，鼓起臉頰仰視半澤。

「這種事應該在審查之前就提出來。怎麼到現在才說這種話？」

「如果在審查前仔細調查財務報表，或許可以發現問題，但當時並沒有充裕的時間。這些問題是這次得到新的財務報表之後才發現的。」

在一旁聽兩人對話的江島話中帶刺地說：「半澤課長，你說的只是藉口。當時如果有確實檢查，應該會發現到問題。」

半澤不禁懷疑自己的耳朵。他很想問：是誰因為太過急於搶功，沒有給予充分時間就搶著要提出請示書。因為自己的方便而縮減授信判斷的時間，事後才要他負責，實在是太蠻橫了。

江島擺出深刻的表情回頭看淺野，問：

「怎麼辦，分行長？」

淺野交叉雙臂沉默不語，接著問：「五億日圓貸款呢？」

「已經轉出了。」

「什麼時候？」

半澤暗想這筆錢怎麼可能留下來，不過還是回答：「大概是在貸款後的一星期左右。」

「怎麼沒跟我報告？」

「我應該已經報告過了。」

半澤提出反駁。銀行有列出各個客戶存款餘額變動的管理表。每天早上，淺野也必須在線上閱覽這份檔案。這份管理表是從變動大的依序列出，因此如果漏看，就是淺野的過失。金額順序雖然會因為當日情況而有變化，不過如果減少五億日圓，一定會出現在前幾名的位置。

然而淺野卻說「不記得了」，還說「這麼重要的事情，怎麼可以不特別挑出來報告」，怎麼聽都是在轉移責任。

「總之，立刻給我去西大阪鋼鐵公司，確認你剛剛說的是不是真的。如果確實有虛飾情形，就要立刻回收五億日圓。這件事非同小可，知道嗎？」

這種事當然不需要淺野來說。

半澤立刻打電話到西大阪鋼鐵公司，但東田在出差中，代他接電話的波野面對要求立刻給出答案的半澤，也以「今天很忙，希望可以等到明天」作為遁詞。

「不行，我沒辦法等。這件事對貴公司來說也很重要，可以請你撥出時間嗎？不論是幾點，我都要登門拜訪。」

彼此堅持一陣子之後，半澤終於約好見面時間，於是便跑下階梯，前往業務用車停放的地下停車場。

在西大阪鋼鐵公司的會客室中，可以聽到鄰近工廠的鐵鎚聲。這家公司除了位在西區的這間工廠之外，在東大阪市還有三千坪的第二工廠。根據資料，第二工廠在距今五年前開始營運。這是受到大客戶「新日本特殊鋼」的非正式增產要求、投下十億日圓巨額經費建設的最新工廠。

「半澤先生，希望你能長話短說。」

室內的冷氣雖然調得很冷，波野額頭上卻冒出大顆汗珠，不斷用手帕擦拭。

「首先要請你回答昨天詢問的那件事。為什麼銷售額會急遽減少？」

波野的視線游移，朝向半澤背後的牆壁。當他掃回視線，臉上堆起了假笑，然後又拿手帕按在額頭上。

「很抱歉，我從昨天就很忙，實在沒時間處理這件事。我會在調查之後告訴你。」

「我來調查吧。請讓我看總分類帳。我會進行計算。」

半澤說完從皮包拿出電子計算機，放在捧來的資料上。波野的臉部痙攣，笑容不自然地扭曲。

「不，沒有必要勞駕你做到這個地步。我們自己會計算。」

「波野先生，請你聽好了。」

半澤把上半身湊向前方，瞪著給人瘦弱印象的波野。

「也許你想得很輕鬆，但是這件事非常嚴重。」

波野沒有回應，只有喉結上下移動。

「我老實說出自己的想法吧。那份試算表的數字是虛飾的，對不對？原本應該是赤字，但是你們卻刻意隱藏吧？如果是的話，請你現在就說清楚。」

「不，那是──」波野的態度出現動搖。「我不是很了解情況。」

「什麼叫不了解？試算表應該是在會計課製作的，你怎麼可能會不了解？」

「的確是這樣，不過融資的事，是由社長和稅務會計師討論的──」

「那麼管理收據的是誰？」半澤打斷波野的藉口，改變話題。

「啊？」

「收據是在會計部整理的吧？」

「是這樣沒錯……」

「那麼請讓我看繳納公司稅的收據。我要拿來和先前收到的影本做對照。」

波野一時說不出話來。

「呃，只有稅務相關的收據是放在稅務會計師事務所那裡，所以——」

申報書的正面記載著西大阪鋼鐵的顧問會計師事務所名稱與電話號碼。

「那就當場打電話給會計師事務所吧？」

「請、請等一下。」

半澤怒視開始慌張的波野，說：

「課長，別再繼續裝傻了。財務報表經過虛飾吧？」

波野低著頭沒有回答。

「東田社長要你保密嗎？」

波野的頸部抽搐了一下，但他仍舊沒有說話。不用問也知道是這麼回事。半澤嘆了一口氣，然後用訓示的口吻說：「有這麼多證據，即使你不說也一樣。」

過了一陣子，波野才開口說明西大阪鋼鐵公司的現況：

「事實上，因為主要客戶新日本特殊鋼的訂單大幅減少……」

最大的失算就是五年前建設的最新第二工廠。東田原本預期新日本特殊鋼會要求增產，為了一舉重建因裁員而變差的公司業績，投入鉅資設立工廠。然而後來卻因為新日本特殊鋼單方面的理由，使增產計畫付諸東流、化為烏有。

最大的錯誤，就是只憑不確定的口頭約定而暴衝。結果導致債務過剩，沉重的還債負擔與利息導致資金運轉惡化，再加上景氣低迷，連老客戶的訂單都變少了，造成業績極端惡化。

西大阪鋼鐵公司過去堅持只和關西城市銀行往來。

由於草率地只與一家銀行往來，因此當還款資金停滯，就會失去其他的資金調度來源。

就是在這樣的背景之下，東田指示製作雙重帳簿。隨著赤字擴大，造假的規模也越來越大，不只是調整存貨的單純造假，甚至還記入虛構的銷售額，並大幅變更人事費等固定費用，就這樣營造出波野所謂「不存在」的公司假象。

半澤聽完大概的說明，問他：「真正的業績到底是怎麼樣？」

波野彷彿一下子老了許多，抬起沉重的屁股離開座位，不久後拿來了裝在紙箱裡的財務資料。

「這些就是了。」

半澤打開資料，不禁懷疑自己的眼睛。

「竟然——這麼糟……」

赤字不只四千萬日圓，足足超過兩億日圓。業績已經跌落到無法償還，就如奄奄一息的重病患者。

波野深深低頭說：「很抱歉。」

半澤對他說：「波野先生，這已經等同於犯罪了。還有——」另一件事情讓他感到在意，那就是虛飾規模非比尋常。「你們的資金調度沒問題嗎？」

波野放在雙膝上的拳頭微微顫抖。他因為被看破巨額虛飾而動搖，抬起視線像是要尋求救援，卻說不出話來。

「如果沒有本行的資金，早就已經走投無路了吧？今後的資金調度要怎麼辦？」

「根據社長的說法，很快就會得到大筆的訂單。」

「什麼樣的大筆訂單？」

「我聽說是新客戶，可是詳細內容還……」

「你認為這是真的嗎？」

你應該也不會相信吧？到這個地步，怎麼可能相信東田說的話？——半澤雖然這麼想，但沒有說出口。不出他所料，波野一臉苦澀，再度陷入沉默。

到頭來，在東田滿這個創業社長獨裁統治的公司裡，即使是會計課長波野，也沒有被告知任何重要事項。

半澤以嚴厲的口吻說：「關於這件事，我會先回銀行檢討對策。到時候視情況有可能會要求歸還貸款，請做好心理準備。」

「可是……」

波野開口想說什麼，但被半澤打斷。

「這是很嚴重的問題。我想請東田社長立即到本行說明情況。請你代為轉達，可以嗎？」

「我知道了。」

波野回答時一副意氣消沉的模樣，但半澤完全不感到同情。他為對方差勁的隱瞞方式憤怒，可以的話甚至想要痛毆一頓，不過對付這種下屬階級也沒什麼意義。更可惡的是東田。一想到那張目中無人的臉孔，他就感到怒從中來。

然而東田直到下午都還沒有任何聯絡。

「竟然不把我放在眼裡！」

或者他是在逃避？

半澤打電話到西大阪鋼鐵公司信用檔案上的社長手機號碼。手機設定為留言。他留了訊息等候，但直到傍晚都沒有回音。

怎麼想都是在刻意迴避。

半澤失去耐心，聯絡波野。

「我想要聯絡東田社長，但是聯絡不上。」

「咦，是嗎？我已經請他主動聯絡貴公司了。請稍等，我請他來接電話。」

「他已經回來了嗎？」

「啊，是的。」

半澤還來不及說話，就聽到電話中開始播放夢幻曲的旋律，不禁勃然大怒。

他狠狠地摔下聽筒，離開座位。

「你要去哪裡？」

課長代理垣內努問他。

「西大阪鋼鐵公司！」半澤留下這句話，就迅速奔出辦公室。

當他來到西大阪鋼鐵公司的接待處，從那裡看到坐在會計課座位上的波野顯得很驚訝。

「請找社長。」

波野走出來，望著完全不相關的方向，邊說「唉呀～」邊抓著稀疏的頭髮。

「要找社長啊……」

他皺起眉頭，瞥了一眼背後的社長室，遲疑了一會該不該通報，然後說了聲「請稍等」之後走入社長室，又立刻走出來。

「很抱歉，社長說突然來訪會很困擾……」波野一副不知所措的表情。

「有訪客嗎？」

「沒有。」波野搖頭。

「那麼打擾了。」

「啊，請等一下——」

半澤不理會波野制止，快步走向社長室，沒有敲門就把門完全打開。

「你好。」

東田抬起頭，臉色大變。波野連忙追到門口，顯得惶恐不安。

東田氣急敗壞地喊：「滾出去！誰准你進來的？我要報警說你非法侵入！」

「請別擔心，我馬上就會離開。」

半澤和繞過桌子來到他面前的東田對峙，又說：「請歸還上次的貸款。」

「你說什麼？」

「我是來請你還錢的。如果要我按照程序來，那麼我也可以利用存證信函寄送請款單。」

「哪有這種做法！銀行太專橫了。你想要搶奪我們的期限利益嗎？」

「社長。」半澤壓抑滿腔怒火，對他說：「對於虛飾財務報表的公司，銀行不會慷慨到給予期限利益。別小看我們！」

兩人彼此互瞪。

半澤說：「請你開金額五億的支票。拿到還款的支票，我就回去。」

東田嗤之以鼻。「哼，你想要支票，我就開給你，看你能不能拿到這筆錢。你們的支票帳戶裡面是空的。反正也不能讓它跳票吧？銀行拿到的還款支票如果跳票，被取笑的是你們。這不是很好玩嗎？要不要試試看？」

「社長，你一旦知道無法逃避，就擺出這種態度嗎？簡直就跟流氓沒有兩樣。」

半澤以他有話直說的本性不客氣地說。

「誰在逃避？」

「如果沒有逃避，為什麼不肯說明清楚？」

「我怎麼可能會逃？是因為你說些子虛烏有的話，蠢到我沒辦法回應而已。」

「子虛烏有？社長，到現在你還說這種話嗎？你現在該做的不是逃避，也不是擺出惡劣態度或裝傻。你應該承認虛飾的事實，該道歉就要道歉，然後和我們討論今後的公司經營方針。請你展現一下誠意好嗎？」

「哼！我從來沒聽過哪家公司跟銀行討論經營方針之後情況有好轉的。你們只會借錢而已。你們的工作就是打探別人底細，根本不懂經營。只會千篇一律講裁員、削減經費，跟你們討論有什麼用？」

「讓經營惡化到出現幾億日圓虧損，是誰的責任？東田社長，你不夠格當一名經營者。」

「哼，少鬼扯。我才不會還錢。誰要還錢？回銀行告訴你們那位大少爺分行長吧！再見。」

東田說完就丟下半澤，迅速逃出社長室，很快就離開了公司。

在這之後，半澤雖然再三要求說明及還款，東田卻持續巧妙閃躲。

一個月後，半澤得到報告，該公司在主要往來的關西城市銀行立賣堀分行，出現第一次跳票。

第二章　泡沫入行組

1

「倒閉」算什麼。

這十幾年以來，世人得到奇特的免疫，銀行員也不例外。在泡沫經濟以前，「客戶倒閉」是一大新聞，不過到現在，就算一兩家客戶消失了，也覺得沒什麼大不了的。

話雖如此，如果是自己負責的客戶倒閉，那又另當別論。

因為這一來就得承擔行政作業。

有倒閉經驗的人應該很少，所以大家並不是很清楚放款銀行在這種時候的態度。對銀行來說，呆帳造成的損失固然難受，但是對執行實務的銀行員來說，更難受的是因為倒閉而被捲入繁雜的行政手續。

當放款對象出現跳票的狀況，銀行會準備幾種文件。

這些文件有支票帳戶解約通知書、請款單、抵銷通知書等。

支票帳戶解約通知書上寫的是「本行不能讓發生跳票、信用不佳的公司開設榮耀的支票存款帳戶，因為太丟臉了，所以要關閉帳戶」。請款單是告知「既然跳票就沒有信用可言，所以借你的錢現在立刻全數還來」的文件。至於抵銷通知書的內容則是「你的存款已經和貸款抵銷了，別怪怨我們」。

這些文件會以「雙掛號存證信函」這種感覺很拗口的方式郵寄。用這種方式，就可以作為「內容完全無誤，也已經確實寄達了，混蛋」的證明。

站在銀行員的立場，為了已經無利可圖的客戶要準備這麼麻煩的文件寄過去，是很耗費心力的工作。順帶一提，由於連一日圓的利息都得正確列出，因此格外費神。

西大阪鋼鐵公司的情況裡，借款只有五億日圓一筆，就這方面來說還算省事；不過如果是長年的客戶，光融資就有五到十筆，存款帳戶也有好幾個，即使要抵銷，連銀行員也會搞不清楚哪筆存款和哪筆貸款抵銷，簡直就像拼圖一樣。

「A存款帳戶之解約退還金多少，幾號欠款本金多少利息多少，幾號欠款本金多少利息多少……」收到像這樣綿延不絕的抵銷通知書，大概也搞不清楚是怎麼回事。不過不知是幸還是不幸，倒閉的當事人通常忙於應付追上門的眾多債主，有的逃亡、有的變得神經衰弱、有的身體出問題，甚至有的還自殺，根本無暇檢視內容，讓銀行省去麻煩——這當然是開玩笑，不過在此有個問題。

這個問題就是：怎樣才算倒閉？事實上，倒閉的定義並不是很明確。這個詞原本就不是法律用語，在法學院學生常用的有斐閣出版社《法律學小辭典》當中，也沒有「倒閉」這個項目。

也因此，雖然發生第一次跳票，但很難以此判斷西大阪鋼鐵公司是否倒閉。跳票的意思，是指企業發行的支票因為支票帳戶餘額不足而無法支付。

至於支票帳戶，主要是公司為了付帳而開設的帳戶，開出的支票會從這個帳戶的餘額扣除。雖然方便，但是沒有任何利息。

空頭支票，就是指作為服務費收取的支票拿到對方銀行想要兌現時，因為「支票帳戶的付款資金不足，沒辦法付錢」而被退回來的支票。

在不景氣的時候，就會常常出現無法支付而要求延期的情況。延期再延期、遲遲無法兌現的支票也有很多種，十個月又十天戲稱為妊娠支票，二百一十天稱為颱風支票，飛機支票則是幾乎不會兌現、但偶爾會兌現的支票（註5）。

5　支票延期日文稱作「ジャンプ（跳躍）」，而兌現稱作「落ちる（落下）」，因此才把一再延期的支票稱為「飛機支票」（一直在空中，偶爾才落下）。
「妊娠支票」的說法，是因為日本俗稱懷胎期間為十月十日。
「颱風支票」則是因為立春後第二百一十日據說容易颳颱風，因而得名。

再提一個題外話：為什麼要特地標記次數、稱作「第一次」跳票？這是因為跳票會到第二次為止。第一次跳票在制度上沒有罰則，但第二次跳票時，就會被票據交換所自動處以停止交易處分，意思就是「因為你沒有信用，所以要沒收你的支票」。

千萬別以為跳票只是不能發行支票而已。

像這樣的情況在企業社會中會嚴重傷害信用。大家會覺得「怎麼可以和支票被沒收的傢伙做生意」，大多數的情況會遭到所有客戶嫌棄。除此之外，到這個階段就會有稱作債權人的集團殺到公司，要求：「之前賣東西給你的貨款，立刻用現金付給我！」如果無法用現金支付，就會旁若無人地到處貼紅條子查封。凶狠的大哥出現也是在這個時候。發展到這種地步，公司當然不可能正常運作，就是世人所謂的「倒閉」了。

「雖然是第一次跳票，不過看這情況已經不可能重生了，分行長。」

副分行長江島提出意見，淺野也點頭。他們判斷不需要等到第二次跳票。關於這一點，半澤也同意。隱藏巨額虧損的虛飾財報行為確實發生了，因此原本應該更早去進行債權回收。之所以沒這麼做，是因為淺野口頭指示：「如果不倒閉，虛飾財務報表的事應該就不會被追究了。先等等吧。」淺野高明的地方，就是在做出將來會發生問題的指示時，絕對不會留下書面資料。

然而淺野的期待最終落空了，而此刻令他煩惱的，無疑就是該如何向總部報告西大阪鋼鐵虛飾財務報表的行為。

「總之，你先去東田社長家找他。中西去製作請款單，可以嗎？」

中西了無生氣的臉上露出不安的神色。對於經驗尚淺的中西而言，這是他第一次製作債權回收相關文件。

半澤拜託垣內協助中西，然後離開分行，從地下鐵本町站前往梅田。阪急電車的京都線擠滿了回家的乘客。半澤的目的地是東田住處所在的東淀川區。阪急電車離開梅田站，不久之後開始渡過橫跨淀川的鐵橋。夜空下的淀川看起來漆黑而停滯。

他在目的地的淡路站下車，穿過站前密集的商店街。這一帶是準工業區，大廈與工廠林立，感覺很雜亂。或許是附近有烤漆工廠，空氣中摻雜著刺鼻的氣味。東田居住的「東淀川 Grand Heights」是突兀地矗立在這種場所的高樓大廈。

半澤基於銀行員的習性，尋找大廈的「奠基石」，確認建築年月日。

平成四年五月。

「這下不行了。」

當時雖然泡沫經濟已經崩壞，但大廈買賣價格仍舊比現在來得高。當時的售價大概要七、八千萬日圓，而現在頂多半價——不，這個地點即使賣三千萬日圓也很難賣出去。這一來，購買大廈時的貸款應該也陷入擔保不足的情況。半澤原本期待如果還有擔保餘力，可以從售出金額中回收一些錢，不過看樣子是不可能了。

當他走進大門，看到三個男人站在那裡，以刺探的眼神看著他。

他在安全系統輸入房間號碼，等候回應。沒有人應答。他聽到身後有人用粗啞的聲音說：「東田不在家。」這是剛剛的男人之一。他應該也是債主。

「公司已經變成空殼，所以我才到這裡，不過看樣子那傢伙大概跑路了。」

這個人外表看似上班族，不過說話方式很粗魯。

「你是銀行的人吧？借了多少？」

男人從半澤的外表看出他是銀行員，不知是不是黑道。半澤不能說出借款金額，只回答「滿多的」，對方就回應：「我勸你還是放棄吧。」

如果說出債權金額有五億日圓，男人大概會瞪大眼睛，不過半澤只是敷衍地回答「也許吧」。接著他的視線停在郵件滿出來的信箱。

這個信箱一看就知道已經好幾天沒人收信了。男人提到「跑路」的根據就在這裡。

或許是他們破壞的，信箱的蓋子遭到毀損，裡面的郵件被丟得滿地都是。散落在地上的DM有些還有鞋印。這是討債粗暴的一面。

繼續在這裡等候，東田應該也不會出現。

「竟然選擇逃避。」

半澤離開大廈喃喃自語，心中再度對東田的態度感到憤怒。真是令人鄙視的傢伙。經營惡化或許有種種因素，不過無論如何，若是對交易對象造成困擾就得先道歉，才是多少有些責任感的人應有的態度。

如果對方展示誠意，說「很抱歉，我會竭盡所能去補救」，他也會覺得「沒辦法」而不再發怒。然而想到沒有勇氣面對這些批判與斥責、卻又愛說大話的東田，以及他一副大老闆的蠻橫姿態，半澤就感到怒火幾乎衝破頭殼。

半澤回到分行，說：

「不行，沒有找到他。」

如果有擔保品還多少能夠彌補，現在除了將僅剩的存款拿來抵銷，就沒有任何回收方式了。

「課長，怎麼辦？」

垣內一本正經地詢問，半澤也只能深深吐一口氣，回答「萬事休矣」。

債權文件的寄送準備完成時，已經過了最後一班電車駛出時間。半澤和同樣住在公司宿舍的垣內一起在銀行前搭計程車。當他們抵達位於寶塚、屋齡三十年的破舊宿舍時，已經一點多了。他告別住在別棟的垣內回到家，妻子花出來迎接。

「沒問題嗎？」

半澤先前聯絡時，只說遇到麻煩所以會較晚回家。

「也不能說沒問題。」

他把掛在手臂上的西裝交給妻子，邊走邊鬆開領帶，然後掛在衣架上。

「有公司倒閉了？」

半澤瞪大眼睛，正覺得花難得直覺敏銳，她便說：「剛剛垣內先生的太太打電話來。」

每家銀行大概都差不多，不過以東京中央銀行的情況來說，結婚對象有七成是銀行內部的人。銀行員彼此結婚的好處，就是可以了解彼此工作的辛苦與困難。花則是半澤大學的學妹，結婚後至今仍在廣告公司工作。領域不同的花對於經濟完全不感興趣，談起財務、融資之類的話題，可說是一竅不通的門外漢。

「被倒了多少債？」

「五億，不過別說出去。」

就算推說是業務祕密而隱瞞，她大概也會從垣內的妻子打聽到答案，因此也沒差。

「那會歸到誰的責任？」

「大概是所有人吧。」

半澤想起淺野不知所措的表情，以及江島一副要歸咎於他的口吻，皺起了眉頭。

「所有人是誰？」

「分行長、副分行長、還有我。承辦人因為還年輕，大概會免責吧。」

「可是既然是依照手續審查的，歸到你的責任很奇怪吧？」

花的指摘相當犀利。

「嗯，的確如此。尤其是這次。」

半澤告訴她淺野在提出請示書時貿然搶先的做法，花便氣呼呼地說：

「為什麼這樣還要叫你負連帶責任?你不是說過要等一下嗎?明明是分行長不好，為什麼不說清楚?」

花素來是個合理主義者，說話單刀直入。對她來說，半澤的工作有時似乎會顯得拖泥帶水而無法理解。

「現在談誰對誰錯有什麼用?這種事今後一定會分出個是非。」

「真的嗎?」花抬起鼻梁，皺起了眉頭。「銀行不是常常發生這種事嗎?我常聽說上司會把自己的過失推給下屬。你怎麼知道自己不會被當成替死鬼?」

半澤說不出話來。妻子說的話雖然很合理，但是放在銀行——不，放在任何傳統型態的公司——感覺卻有些脫線。她在外面似乎也是這樣的調調，甚至還有人對半澤說過「你太太真能幹」。當時他不禁盯著對方的臉仔細觀察，想知道這句話是不是在諷刺。

「真是的!我們被迫切斷人際關係特地來到大阪，你得振作一點才行。」

「我們」指的是花和長子隆博。半澤雖然覺得小學二年級沒什麼人際關係可言，不過現在說這些也無濟於事。以前花還是他大學學妹的時候明明很溫順，不知何時變得這麼強勢，還會拿小孩子當人質，以母子倆而非半澤為優先。只要半澤晉升並維持高收入，讓她得到「妳先生真厲害」的稱讚，她大概就滿足了。明顯流露出的這種膚淺態度，也讓半澤感到惱火。

「事情要是演變成那樣，最難受的是我，妳知道嗎？」

半澤勉強反駁。他在銀行內說話毫不客氣，但是在面對花的時候總覺得無法把話說清楚。

「我當然知道。」花嚴厲地回應。「不過你應該想到，我們也會很難受。你不是說過至少會當上部長嗎？」

那是什麼時候的事？剛結婚的時候嗎？

半澤感到傻眼，只啐了一聲，找不到反駁的話。

2

「一件損失五億日圓，未免太誇張了。」渡真利隔著拿起來的燒酒杯窺視半澤的表情。「總部的人也都在談論這件事。」

渡真利現在是融資部企劃組的調查役。

「有什麼辦法？這是分行長強勢主導談成的案件。」

「如果這個說法能被接受就好了。你們那位分行長最近好像常常出現在關西總部。」

距離西大阪鋼鐵公司第一次跳票，剛好過了一個星期。

此刻圍坐在梅田居酒屋餐桌前的，除了到大阪出差的渡真利與半澤之外，還有苅田與近藤總共四人。苅田去年從東京調來，現在是關西法務室的調查役。另一方面，近藤則是設於大阪事務所的系統部分室調查役。

「雖然不知道詳細情形，不過該不會是在進行遊說吧？」

「遊說？」

半澤在從渡真利得到消息之前，並不知道淺野最近在跑關西總部。他發出呻吟。

渡真利問：「你知道他在遊說什麼嗎？」

「遊說什麼？」有些脫線的苅田邊夾花魚邊問。苅田依舊屬於學者型的個性，有些脫離俗世的感覺。

「應該是在策劃推卸責任吧？」近藤以不甚關心的口吻喃喃地說。他最近似乎身體不太好，臉色很差。

和這群人見面，半澤就會想起內定之後被「拘禁」的那年夏天。他們去了迪士尼樂園，去了箱根溫泉，還去了游泳池和海水浴場，每天玩到用完給予一行人的一天預算為止，直到晚上十一點多才得到釋放。每天都是同樣反覆的行程。

半澤到現在都還記得，當時他們聊了很多。渡真利那時候熱烈談起的夢想是專案融資。「我要經手數百億、甚至數千億日圓的開發計畫」——喝了酒之後，渡真利就會滔滔不絕地大發議論。

渡真利在新人研修後，被分配到新宿分行，接著又到赤坂分行，最後進入和他期望的專案融資無緣的融資部。入行十六年之後，他仍舊沒有脫離中小企業融資相關工作。

關於這一點，半澤沒有問過渡真利的想法，不過他想要做專案融資的夢想應該已經破滅一半了。

事實上，在泡沫經濟時期有志進入銀行的人當中，許多人的應徵理由是想要做專案融資。在那個時代可以大舉揮霍進行融資，甚至出現為了融資而介紹投資目標這種本末倒置的情況。巨額融資的大型計畫是許多銀行員憧憬的工作。

然而當時經手的案件因為後來的不景氣而虧本，不難想像成了巨額損失的原因之一。就這個層面來看，渡真利雖然沒有實現夢想，但是沒有走上這條路或許可以算是幸運。

另一方面，關西法務室調查役的苅田進入銀行之後，則以司法考試為目標。

當時銀行內為了增加行內具備資格的人數，提供各式各樣的研修制度。苅田被選上其中最困難的「司法測驗課程」。

研修期間是兩年。在這兩年當中，苅田不需被銀行的工作束縛，享有專心念書準備司法測驗的特權。當同梯入行的同事在分行當被壓榨的新人時，苅田則優雅地手拿六法全書，日夜不懈地用功。

一開始他常受到同梯人員欽羨。大家煞有介事地傳言：「苅田很聰明，一定第一年就能通過司法測驗。」然而苅田在研修課程第一年應考司法測驗時卻慘敗。第二年他又沒有通過測驗之後，局勢就變得不太妙。

在那之後，苅田被指派到法務室處理雜務，就好像在告訴他：「今後如果要考司法測驗就自己去考。不過你搞砸了特別給予你的機會，所以要付出代價才行。」當同梯的人幾乎都升上課長代理的位置，他仍舊是個毫無頭銜的一般社員。

當時如果通過測驗，苅田的將來或許會不一樣。然而直到現在，苅田的資格欄還是沒有司法測驗合格的文字。半澤曾聽說他仍不死心地繼續挑戰，不過沒有向本人確認過。

到頭來，苅田比同梯最快的人晚了三年，才從一般社員升上有頭銜的職位。他的職稱雖然和渡真利同樣是「調查役」，但是渡真利和半澤同屬六級職等，苅田卻是五級職等，中間有一級的差異。雖然不能一概而論，不過年收應該有兩百萬日圓以上的差異。

另一個現在任職於系統部的近藤也同樣是「調查役」，但職等與收入卻和苅田一樣停留在五級。

就如苅田的例子，升遷速度緩慢通常都有某種理由。近藤的情況是生病。這個體格魁梧的男人竟然苦於疾病，說諷刺也是挺諷刺的。

距今五年前，近藤在新成立的秋葉原東口分行工作。

當時他的職稱是課長代理。泡沫經濟崩壞後將近十年，銀行業績因為巨額呆帳而從顛峰崩落。在業績不振當中，新設置的秋葉原東口分行是由董事長親自下令「提升業績」而大張旗鼓設立的戰略型門市。

就因為如此，壓力也很大。近藤被拔擢到戰略型門市，先前的評價想必很高。事實上，他屬於同梯當中最早晉升為課長代理的一批人。他因為工作能力受到肯定而調職，如果能夠回應期待提升業績，一定會是同梯當中跑得最快的。然而——

近藤後來因為無法順利提升業績而苦惱。他被交代的是分行當中最困難的新客戶開發工作。半澤也聽到傳言說近藤和上司處得很差。尤其是當時的分行長木村直高以嚴苛著稱，是個完全不顧人情的專制君主型主管。另一方面，近藤則屬於知性而有些纖細的個性，在開會與課內會議時，總是被木村當成箭靶。

近藤太累了。

他因為思覺失調症而休職一年。

在銀行這樣的職場，因為生病而長期脫離戰線會影響到晉升，更何況又是思覺失調症，在人事考核上不知會扣多少分數。現在的近藤沒有下屬也沒有名片，在部門中等同被豢養著。雖然是調查役，但年收卻不到七百萬日圓。他和兩個小孩及全職主婦的妻子來到無親無故的大阪，住在公司宿舍。

看到近藤以陰沉的表情動著筷子，半澤想起之前他曾對自己說過：「你知道人事部在進行新的實驗嗎？」那是近藤回到職場後不久的事。當時他說「已經沒問題了，偶爾去喝一杯吧」，邀半澤到新橋的烤雞店。

「人事部的實驗？你在說什麼？」半澤不禁停下筷子。

近藤提起的話題是「電磁波」。

「聽好，半澤，接下來的事情也許你無法相信，可是這都是真的。」

近藤說了這樣的前言之後，又說：

「人類的腦在思考的時候，會發出微弱的電波。只要捕捉電波進行分析，就會知道這個人在想什麼。現在世界頂級技術已經發展到那種程度了。」

半澤無法掌握他說這些話的用意，因而沉默不語。近藤說他在休職期間讀了各式各樣的書，除了政治、經濟之外，還包括歷史、物理等橫跨各領域的書籍。他滔滔不絕地述說著自己的讀書經歷。

「你知道我為什麼要讀這些書嗎？」

「不知道。為什麼？」

半澤感到詫異。當時他還沒有懷疑近藤的「腦袋」。事實上，他是事後才知道近藤是因為思覺失調症而休職。當時半澤只聽說近藤身體出了狀況。

「這跟剛剛說的電磁波有關。」

接下來近藤說的內容，讓半澤不知該如何反應。

近藤說，有一天他聽到部長對自己說話的聲音。

當時他因為工作疲勞，將做到一半的工作塞到抽屜裡，想說「明天再做就行了」。

「喂，你得認真一點才行。」

近藤聽到好像在責難的聲音對他說話，嚇得回頭，但背後沒人。根據他的說法，他過了好一陣子，才理解到這個聲音是直接傳送到他腦中的。

「可是對方卻一點一滴地透露這個事實。」近藤一本正經地繼續說。「譬如我會聽到細微的聲音，告訴我從來沒聽過的書名，叫我去讀那本書。結果我實際去書店找，真的有那樣的書。讀完之後，『他們』又接二連三指定接下來讀這本、接下來再讀這本，都是我沒聽過的書名。讀了這些書之後，我越來越了解電磁波和腦部的關係。」

「他們是誰？」

半澤可以想像到近藤想說什麼，而且在聽到一半時，也開始了解到近藤現在的狀況。

近藤回答：「當然是人事部了。這是他們的實驗。」

近藤主張，人事部暗中在研究使用電磁波管理行員的手段。預算沒有上限，運用最新的ＩＴ技術，捕捉並解析行員腦部產生的電波，然後直接傳送指令到腦部。這就是人事部打算進行的管理方式——

半澤是在事後才從別人口中得知近藤的病情。兩人又見了幾次面，也在一起喝酒，但半澤沒有再問他電磁波的事情。到頭來，他還是不知道近藤現在的精神狀況如何，任憑時間繼續流逝。

近藤以同情的語氣說：「分行也真辛苦，被客戶耍得團團轉。」

「我的情況與其說是被客戶耍得團團轉，不如說是被分行長耍得團團轉。」

近藤聽半澤這麼說，蒼白的臉上露出今晚首度的笑容。

「真辛苦。真的好辛苦。相較之下，我就很輕鬆了。」

三人不知該如何反應，都沉默不語。他不可能會輕鬆。

近藤又說：「事情很難如願。工作就是這樣吧？有誰實現夢想嗎？」

「沒有。」渡真利率先回答。他的眼神變得有些認真。

「押木實現了。」說話的是苅田。

半澤屏住氣息。他覺得後腦勺好似遭到重重一擊。沒錯，押木實現了夢想。他的夢想是要成為國際型的銀行員，飛遍全世界。行員有許多人是高階上班族家庭出身，不過押木卻是從青森來的農家長子。

他在踏入社會之前從來沒有出過國，當許多學生在畢業旅行飛到海外時，沒有錢也無法依賴雙親的押木繼續在補習班打工，並且去上英語會話課。

他是個腳踏實地認真做事的男人。雖然不浮誇，個性也很安靜，不過一談到將來的夢想，那張友善的臉上就會浮現出喜悅的表情，頓時變得容光煥發，彷彿能夠看到自己拎著一個行李箱、搭乘飛機商務艙的景象。

半澤很喜歡這樣的押木。

然而押木已經不在了。

美國發生九一一恐怖攻擊事件之後，貿易中心大廈崩壞，押木也下落不明，至今沒有找到他的遺體。

渡真利說：「他以前就很想去美國。他做到自己想做的工作，光就這點來說，應該算幸福吧？」

「希望如此。」苅田的語氣帶有感傷。

近藤問：「押木的家人怎麼了？他不是有家人嗎？」

「他有妻子和兩個小孩，好像分別念小學和幼稚園。聽說他們都還在美國。」

「為什麼？」

對於近藤的追問，渡真利輕輕嘆一口氣，沒有立即回答。

「我是聽人說的——他們好像還沒有放棄。」

「這樣啊。想想也是。」

半澤說完，拿起酒器倒酒。

「大家都有各自的情況。」渡真利似乎是要說服自己般這麼說。

席上氣氛變得宛若守靈般沉寂。這時苅田拉回先前的話題：

「對了，關於半澤的問題，現在才去遊說也太遲了吧？畢竟已經確定會造成實際損失了。你有什麼可以討回貸款的方案嗎？」

半澤回答：「目前沒有。」

渡真利也說：「融資進行的過程也很有問題。半澤，你也真是的，為什麼要通過那種融資？」

「不是我通過的。」半澤忍不住抬高聲量。「是分行長自作主張暴走的。就算我自己不情願，難道能夠要求他取消嗎？」

「你說得也對。」渡真利說完，沉默片刻，把加熱水的燒酒端到嘴前。

「組織就是這樣。」苅田發表評論。

近藤虧他：「你說得好像很懂，可是你根本沒在分行工作過吧？」

苅田反駁：「不論在哪裡，組織就是組織。」接著他皺起眉頭問渡真利：「會受到處分嗎？」和身為當事人、但人在分行的半澤相較，這種情報還是在融資部的渡真利比較靈通。

渡真利皺起眉頭，有些顧慮地瞥了半澤一眼。

「大概吧。」

半澤不悅地說：「已經談到那種事了嗎？才過一個星期而已。」

「既然沒有回收希望，即使只過一個星期也沒差。更糟糕的是，放款之後才過了五個月就發生狀況，而且當初又沒有看破虛飾財務報表的問題。這樣很不妙。」

半澤雖然感到不甘，但關於沒有看破虛飾這一點，的確如渡真利所說的。就算遭到淺野催促，他也應該檢查到自己滿意為止。單單這一個倒閉事件，就讓分行業績考核受到表揚的夢想破滅了。

近藤說：「真遺憾。淺野大概也想要晉升上位，不過這一來或許就變得有些困難了。」

渡真利對此似乎有話想說，但最終沒有說出來。不過半澤彷彿聽到他說：你也一樣。

「總之，事情發生了也沒辦法。」渡真利似乎要切換心情般這麼說，然後又問：「更重要的是，真的沒有任何回收途徑嗎？」

「他們根本就沒有擔保餘力。公司和住家都和關西城市銀行緊緊綁在一起。」

「那個社長叫東田吧？他會不會在其他銀行藏了存款？」

「如果有的話，也不會這麼辛苦了。」

「你找過了嗎？認真找過嗎？」

半澤抬起頭。他聽出渡真利的話中帶有前所未有的急迫感。他理解到自己在總部的立場想必岌岌可危，便沉默不語。

「半澤，我在問你有沒有去找。」

「根本無從調查。」

「那就找偵探幫忙也沒關係。去調查吧，半澤。」

苅田聽了他們的對話，說：「感覺好像渡真利還比較拚命。發生什麼事了嗎？」

渡真利被三人注視，變得吞吞吐吐。他先聲明「你們不能說出去」，然後瞪著半澤說：

「你們分行長主張，那起融資是你的過失。」

「什麼？」

近藤代替啞口無言的半澤簡短地問：「這是怎麼回事？」

「簡單地說，就是——」渡真利把上半身湊向前，壓低聲音說：「他大言不慚地主張，西大阪鋼鐵公司的信用問題是因為半澤融資課長能力不足，沒有看出平常理應看破的虛飾行為才發生的。他只是信任半澤的財務分析進行授信判斷，自己沒有錯誤。」

半澤憤怒到渾身顫抖。這根本就是無稽之談。

剎那間，他心中浮現淺野皺起眉頭的臉孔。這是西大阪鋼鐵公司第一次跳票當晚，淺野在會議上露出的困惑表情。

「這是真的嗎？」半澤詢問。

「嗯，是真的。」

半澤握拳敲打餐桌。「這種事怎麼不早點告訴我？不要隱藏這麼重要的事情！」

「我沒有隱藏。我只是顧慮到要是說出來，從明天開始，你不知道該用什麼樣的表情到分行面對淺野。」

「這種時候還管什麼表情！」

苅田似乎產生興趣，代替怒聲斥責的半澤問：「對了，他的遊說工作進行得怎麼樣？」

「目前並不是所有人都照單接受淺野的主張。所以關於這一點，我也覺得不用太擔心。不過那傢伙和濱田關係很好。」

濱田順三是前人事部長，現在是專務董事。這次的信用事件當然也傳到了濱田耳中。如果要進行處分，一定會經過濱田的裁決。

「基本上，讓淺野當上分行長的就是濱田專務。這一來或許對淺野有利。人事部應該也會對他有所顧慮。如果淺野不適任分行長，那麼就等於是推薦淺野的專務看走眼。」

「可是五億日圓的損失還是必須有人負責——你的意思是這樣吧？」近藤說到這裡鼓起臉頰。「這麼說，半澤就是代罪羔羊了？」

半澤狠狠地說：「別開玩笑。我可不想成為淺野升官的踏腳板。」

「那就想辦法去討回那筆錢吧，半澤。」渡真利的意見很明確。「這是你唯一的路。去找出落跑的那個叫東田的社長，然後盡量搾出錢來。」

3

想辦法去討回那筆錢——話雖這麼說，事情卻沒有那麼簡單。

基本上，半澤很難想像東田有那麼多的資產。就算藏在某處，以目前情報不足的現況也無從調查。在如此封閉的狀況中，有個信用調查公司的男人造訪分行。這是在事件發生後過了十天左右的某一天。

半澤身為課長，平常不會親自接待像這樣的民間調查機構。不過當這個男人找上門、自稱是在調查西大阪鋼鐵公司的信用狀況時，負責接待的中西剛好外出，再加上事關敏感問題，也不能交給課員處理，因此就由半澤出面接待。

這個男人名叫來生卓治，和半澤年齡相仿。他是「大阪商工調查」這家公司的信用課課長代理。他總是低著頭邊看調查資料邊說話，不過偶爾為了確認對方說的話而抬起頭時，視線給人犀利的印象。

「我們在調查西大阪鋼鐵公司的倒閉情況。」

「委託人是誰？」

「這點不方便說出來。」

這是調查員的制式回答。半澤也不是真的想知道。

「你隱瞞這樣的事情，卻要求我們提供情報？未免想得太美了吧？」

半澤如此挖苦，對方陰沉的臉上便泛起一絲笑容，抓抓頭說：「真抱歉。畢竟這就是我們的工作。可以請你告訴我東京中央銀行的債權金額嗎？」

「如果這樣對我們有好處，我也會提供情報，不過目前不太方便。」

待在融資課，不時會有像這樣的調查員來訪，但通常只會隨便敷衍一下，請對方離開。就算是信用調查公司，也不能洩露顧客資訊。

這時來生說出意想不到的話：

「那麼由我來報出金額，可以請你至少告訴我數字正不正確嗎？」

他看著手中的資料念出數字。

半澤驚愕地看著對方。包括放款金額、利息以及抵銷的存款餘額等，數字幾乎都完全準確。

「怎麼樣？」

半澤問他：「這個數字是從哪裡聽來的？」

「嗯，透過某個管道。」

「某個管道？」半澤狐疑地看著對方。「至少可以告訴我這一點吧？再怎麼說，本公司的交易內容以這樣的方式洩露出去，感覺實在很差。這種事應該是機密才對。」

「這麼說，金額是正確的囉？」

「你是聽誰說的？」

來生暫時將視線落在調查資料上，猶豫是否該回答，最後說出意外的答案：

「算了，我就告訴你吧。事實上，我是聽波野先生說的。」

「那個課長說的？」

「我去拜訪他，他就很親切地告訴我許多事情。真是個善良的人。」

那傢伙……半澤想起波野那張鼠面，感到很傻眼。

確定跳票的那一天，半澤造訪西大阪鋼鐵公司，只看到被關閉的辦公室，社員已經不見人影。事後他聽說，在知道「大概不行了」的上午，社員就得到下班命令。

半澤是在那一天的兩天前和波野見面。他照例為了虛飾財務報表一事而要求還款。那是他們最後一次見面。當時波野推說「只有社長才知道詳情」，即使半澤要求先解釋目前狀況，他也沒有正面回答。

東田也下落不明。在那之後，關於西大阪鋼鐵公司職員的去向，半澤完全沒有得到相關消息。

「波野先生現在在做什麼？」

「我調查出他在此花區的住處。聽說他的老家原本就在那一帶經營公司，所以他似乎在家人的公司上班。」

看來他和西大阪鋼鐵公司結束關係之後，就開始毫不保留地說出實情了。

半澤感到惱火。當來生問「這個數字沒錯嗎」，他只冷冷地回答「既然波野先生這麼說，那就應該沒錯吧」。接著他又問：

「對了，那家公司的負債總額是多少？」

「我還不知道正確的數字，不過綜合多方說法，應該是十億日圓出頭吧。」

「只有這點程度？」

半澤感到驚訝。東京中央銀行就占了其中一半的五億日圓，關西城市銀行則被倒債三億日圓左右。剩下兩億日圓雖然不知是向哪裡借的，不過負債程度遠比預期來得少。

「還有應收帳款的交易對象呢？」

「雖然好像還剩一些，不過主要的交易對象好像幾乎都付清了。就這一點而言，東田算是滿了不起的社長。」

這算什麼了不起？半澤感到憤怒。別開玩笑！這麼說，東田還清了本業相關公司的債務，卻把巨額欠款留給銀行嗎？

來生毫不在乎半澤內心的感受，大言不慚地繼續說：

「如果製作清算後資產負債表，也許負債還會增加一些吧。」

「請等一下，你得到西大阪鋼鐵公司真正的財務報表了嗎？」

所謂的清算後資產負債表，是從公司資產中扣除無法回收的應收帳款等、檢視真正剩餘資產的資料。為了製作這份表，必須要先取得該公司真正的資產負債表。

順帶一提，資產負債表等於是一家公司的剖面圖。可以把它想像為將這家公司有多少資本、多少貸款、利用這些金錢獲取什麼樣的資產等資料都列成一覽表，或許就容易明白了。

東京中央銀行至今仍只有虛飾過的財務報表。東田一直拒絕提出正確的財務報表就失蹤了，而來生很有可能取得了這份財務報表。既然如此，那麼出處就只有波野了。

「沒錯，我手邊有一份。」來生很乾脆地承認。

「可以讓我看那份資料嗎？」

聽到半澤要求，來生顯得很不情願。

「不，這是提供給我們的，不太方便外流……」

「我不是協助你調查了嗎？你應該不只這次要來本行調查吧？彼此保持良好關係，對你來說應該也比較方便——我不會洩露出去，僅限內部使用，用完就會放入碎紙機。」

來生看著半澤的臉猶豫了一下，最後說「好吧，應該沒關係」，然後從公事包取出裝有文件的袋子。半澤瞪大眼睛看著那疊厚厚的文件。

「這是三年份的財務報表和財務資料。」

半澤叫下屬去影印資料。在等候期間，話題轉移到西大阪鋼鐵公司倒閉造成的影響。

「這麼說，西大阪鋼鐵公司的交易對象幾乎都沒有被欠債嗎？」

「沒這回事。也有公司受到連帶影響。剩下的負債幾乎都是欠那家公司的。」

「哦？公司名稱是什麼？」

「一家叫竹下金屬的公司。你沒聽過嗎？」

半澤搖頭。

「這是一家銷售額五億日圓左右的小公司，主要交易對象是西大阪鋼鐵公司，聽說雙方長年往來。財務報表上面有明細，你看了之後也會明白。如果有興趣的話，我這裡也有資料。」

來生取出不知從何處得來的財務報表影本。這是竹下金屬最新的財務報表。半澤雖然不太有興趣，不過姑且還是留下影本。對於銀行來說，信用調查公司只是個麻煩的存在，不過為了得到情報而一味放低姿態，竟然能夠收集到這麼多情報，讓半澤感到有些驚訝。

「東田社長依舊下落不明，請問有沒有相關情報？」

「沒有。事實上我也在尋找他的下落，可是都沒有人知道。負債總額雖然比預期還少，可是也不是零，還有黑道在附近徘徊，所以他會不會是躲起來了？」

「他有沒有向高利貸借錢？」

「應該沒有吧？如果有的話，應該沒那麼容易躲掉，不過我沒有聽到相關消息。」

不久後影印完成，來生對協助調查的半澤道謝後就回去了。半澤回到自己的座位，埋頭閱讀西大阪鋼鐵公司的財務報表。

4

你是否曾經想過，公司為什麼會跳票？

你是否曾經感到疑問，公司為什麼會倒閉？

支票之所以會跳票，簡單地說是因為資金不足。不過基本上，跳票只會出現在開立支票的公司，只做現金生意的公司是不會跳票的。

順帶一提，也許有人以為所有公司都會開支票，但事實並非如此。

譬如土木建築的業界就以「常保微笑支付現金」為信條，即使有應收帳款，也不會以支票付款。社會上有各式各樣的公司，因此其中或許也有例外，不過現金支付的公司會走投無路的情況，就是在被銀行拒絕的時候。也因此，業績不佳的中堅承包商倒閉，大概就是因為被銀行拋棄。在這種時候，銀行會放棄治療，決定「讓這家公司倒閉」，或是「沒辦法繼續支撐這種爛公司了」。

常有人說，金錢就如同一家公司的血液。不過這種說法讓人似懂非懂。雖然可以憑感覺想像，可是要具體談到這樣的血液如何流動，就不是一般人可以憑感覺理解的。

譬如說，公司向銀行貸款的理由之一，就是「納稅資金不足而需要借錢」的時候。所謂的納稅資金，就是支付公司稅的資金。

聽起來很奇怪。明明是賺了錢才要繳稅，為什麼還要特地從銀行借錢？真是莫名其妙。

謎底就是，公司只要一賺到錢，就會立刻用在下一筆投資，因此一旦要繳稅的時候，手邊未必會留下那麼多可用的錢。也因此才會發生不貸款就繳不出稅金的情況。

這樣的架構，或許可以作為闡明金錢這種血液如何流動的線索之一。

實際上，金錢流動不只是對於外行人來說很難理解，即使是銀行員，也沒有那麼容易弄明白。

有時要花好幾個小時盯著數字，如果能因此而發現什麼還算幸運，有時不論凝視多久都無法理解其中的奧妙。

半澤仔細檢視西大阪鋼鐵的財務報表，以及來生不知如何取得的關西城市銀行資料，也是為了要掌握金錢流向。

這家公司的資金、血液如何流動、消失。

然而這次的情況似乎也不是那麼容易能夠了解。

半澤開始檢視之後，立刻浮起一個疑問，然而這個疑問到頭來仍舊是無法解開的難題，讓半澤苦惱良久。

「怎麼了？」這天晚上八點多，課長代理垣內注意到半澤盯著文件面露難色，便問他：「有什麼奇怪的地方嗎？」

「與其說奇怪……這個應收帳款的數字讓我很在意。」

發現這一點完全出於偶然。如果只看西大阪鋼鐵公司的財務報表，或許不會發現到這樣的矛盾。

「應收帳款嗎？」

垣內探頭檢視。

他之前任職於證券總部，因此對數字非常嚴謹。只是因為他過去經手的都是財務內容確實的大公司，對於中小企業稍嫌太過嚴苛，算是一點小瑕疵，不過他讀解財務狀況的眼力非常可靠。

他說了聲「可以借一下嗎」，然後把財務資料搬到自己的辦公桌，用電子計算機算來算去，過了一會就說：「好像沒有特別奇怪的地方。」

「其實我一開始也是這麼想的。」

「我從三個年度的比較資產負債表製作簡單的資金運用表，不過沒有看到不合理的數字。哪裡奇怪呢？」

「看看這個。」

半澤給垣內看的是竹下金屬的財務報表。

「這是西大阪鋼鐵公司的下游公司。看明細就知道，九成的營業額都是西大阪鋼鐵公司來的，怪不得會連帶倒閉。」

「原來如此，感覺關係很緊密。」

垣內邊翻閱明細邊說。半澤等著看這個敏銳的男人什麼時候會察覺到真相，結果比他預期的更早，垣內就指出這份報表與西大阪鋼鐵公司文件的歧異。

「支付給竹下金屬的總額和竹下金屬計算的金額不一致。」

「沒錯。」

半澤說完，將視線落在手邊統計的金額。根據西大阪鋼鐵公司詳細的財務資料，對於竹下金屬的年度進貨金額——也就是竹下金屬的銷售額——超過七億日圓，然而竹下金屬統計的銷售額卻只有略少於五億日圓的金額。順帶一提，兩家公司結算月份都是四月，因此很難想像是因為結算時期不同產生的誤差。

也就是說——假設有A君和B君，就等於是A君宣稱支付給B君七億日圓，可是B君卻宣稱只拿到五億日圓。

「差額到哪裡去了？」

「這份資料的出處可靠嗎？」

目光敏銳的垣內懷疑財務報表的真實性。畢竟之前為了虛飾問題而嘗到很大的苦頭，因此他會這麼想也是可以理解的。

「雖然想去問一下西大阪鋼鐵公司的顧問稅務會計師，不過應該不可能吧？」

半澤也點頭。會計師有保密義務，如果沒有經過東田同意，即使是倒閉的公司，也不能將其財務內容告知第三者。

「怎麼辦？」

「我打算去看一下竹下金屬這家公司。」

垣內瞪大眼睛，看了手錶問：「現在過去？」

「那家公司就在這附近。」

竹下金屬的財務報表上印有地址。這家公司位在西區新町，從分行走路也不需要花上十分鐘。半澤把西裝外套掛在手臂上，離開分行。

他走在鋼鐵區的街上。

所謂的船場商人（註6）通常指的是布料批發商，不過在半澤工作的大阪西分行所在區域，壓倒性居多的是鋼鐵批發商。

即使同樣是市中心，大阪和東京的差異在於這裡的公司幾乎都擁有自己的土地建築。從某個角度來看，或許可以說因為具有擔保能力而容易融資，不過在泡沫經濟時代卻帶來負面效果。

由於地價高漲，許多公司擁有不符合公司經營狀況的過剩餘力，因而以土地為擔保，涉足各式各樣的投資。進行設備投資的公司還算好的。有些公司借錢後，就去購買與本業無關的股票、黃金、投資信託等資產管理商品。

當然就如世人所批評的，勸這些公司購買資產管理商品的通常都是銀行。當時的銀行受到的信任是現今難以想像的，大家都相信「銀行這麼說，一定沒有錯」。

沒想到後來股價滑落，帳面損失而只剩下高額負債。如果只是這樣就算了，

6　船場是大阪市中央區的地名，自江戶時代就是商業中心。

但連土地價格也隨之跌落，等到要借用營運資金時，就陷入沒有擔保的情況。「購買資產管理商品的融資和營運資金屬於不同範疇。」有許多行員像這樣信口雌黃地推銷投資信託，因此到後來公司因為擔保不足而被拒絕融資時，就頻頻發生「怎麼跟原本約定的不一樣」這樣的爭執案例。這也成為大眾不信任銀行的原因之一。

譬如到了平成三年的泡沫經濟末期，接連發生了加深對銀行不信任的事件。第一棒是住友銀行相關的伊藤萬事件。這起巨額金錢流入黑社會的事件，讓大眾注意到可疑份子暗中活躍的黑社會與銀行的交集，而數千億日圓的金錢流向至今不明。另外，日本興業銀行被高級日本料理店女老闆騙取巨款——這種窩囊至極的詐欺案件，也是在這一年被發現，引來世人嘲諷：「興業銀行也沒什麼大不了的嘛！」接著在平成六年，發生了住友銀行名古屋分行長槍殺事件。這起事件在撲朔迷離的狀況下陷入僵局。當時大家都在傳言：「住友銀行應該知道真相，只是因為對自己不利才隱瞞。」然而事件至今仍舊真相不明。最誇張的則是平成九年發生的第一勸業銀行醜聞。這是證券公司為了填補損失而發生的事件。前大藏省（註7）喝花酒、官商勾結等醜事不斷被挖出來，有四十五名無恥官僚與銀行

7 日本財務省的前身，於二〇〇一年改名。

員被逮捕，可說是銀行自己砸了信用的招牌，成為導致大眾不信任銀行的致命一擊。

泡沫經濟崩壞之後的不景氣，也對大阪市西區的鋼鐵批發區造成很大的傷害。鋼鐵這樣的行業受到不景氣影響的程度非同小可，在泡沫經濟崩壞後的十幾年間，有許多批發公司結束營業，就如梳齒一根根斷裂一般，開始進行淘汰。

時間雖然是晚上八點多，但八月的大阪仍異常濕熱。白天則屬於薄雲密布卻無風的悶熱陰天。容易流汗的半澤走在路上時，即使隨身攜帶兩條手帕也不夠用。

竹下金屬公司在中小微型企業聚集的小巷子裡，擁有一棟狹長的三層樓辦公室建築。

夜燈照亮的建築矗立著，彷彿是以微亮的天空為背景，塗上骯髒的牆面。潦倒的外觀很符合中小企業的末路形象。

一樓是車庫，裡面是辦公室。現在這裡貼了一張以「致各位生意夥伴」開始的道歉文。

半澤以為沒有人在，不過三樓窗戶隱約透出光線。信箱上有「竹下清彥」的門牌。看來公司的樓上就是住家，而光線就來自屋內。

半澤按下對講機，聽到粗啞的聲音回應。他告訴對方，想請教關於西大阪鋼鐵公司的問題，對方就粗魯地回答「現在很忙」。

「可以設法撥空讓我請教一些問題嗎？我們也遭遇很大的麻煩。」

對講機另一端沉默片刻，似乎在思考，接著說了一句「只有五分鐘」就掛斷了。

不久之後，一名六十歲左右的男人從三樓的門探出頭來。他穿著樸素的長褲和白襯衫，黑白夾雜的頭髮和晒得通紅的臉孔，看起來不太像公司經營者，反倒比較像工地的勞工。

半澤道歉說：「很抱歉，這麼晚突然來打擾。」

竹下社長問他：「有什麼事嗎？」

「我在想，也許您會知道西大阪鋼鐵公司東田社長的消息。」

「消息？如果知道的話，我早就去找他算帳了。」

竹下吐著帶有香菸臭味的氣息這麼說。

「您沒有和東田社長談過嗎？」

「連見面都沒有。那天我在等錢匯進來，可是卻一直沒有匯入。我覺得奇怪，打電話去問，結果公司已經變成空殼了。感覺就好像被狐狸耍了一樣，害我們也造成生意夥伴困擾。」

這個男人雖然態度不友善，不過至少他留在家裡沒有逃跑，展現了誠意，算是很了不起了。

「跳票之後也完全沒有聯絡嗎？」

「沒有。對了，你為什麼要來找我們公司？」

「請看一下這個。」

半澤說完讓他看西大阪鋼鐵公司的資料。

「根據西大阪鋼鐵公司的紀錄，他們向貴公司進了七億日圓的貨，可是根據我們的調查，得知貴公司的銷售額只有五億日圓左右。」

「這是什麼？真奇怪。是真的嗎？」

竹下看了好幾次文件，不過只是歪著頭感到不解，然後還給半澤。

「我們的結算數字沒錯，如果有錯就是他們公司的問題。反正那個男人大概是在策劃什麼可疑的事情吧？」

「可疑的事情？」

竹下壓低聲音說：

「比方說……逃稅之類的。」

「逃稅？」

「沒錯。那家公司雖然這次真的不行了，不過長久以來應該有賺錢。有可能透過像這樣虛報進貨數字來隱藏收益。」

「可是最後是幾億日圓的虧損。」

既然是虧損，就沒必要逃稅了──半澤這麼想，竹下卻對他說：

「哪能相信？那個叫東田的男人跟我們公司也有長年來往，可是總覺得摸不透他心底的想法，做生意的方式很凶狠。我們公司也常常受到困擾，如果景氣好的話，真的很想開發其他客戶。這次的事件，他付給重要的大客戶債款，可是像我們這樣的微型企業，他就置之不理。」

「這樣啊。」

半澤感到無言。看來東田對規模較大的債權者盡到道義責任，卻讓規模小的債權者哭泣。

「貴公司和西大阪鋼鐵公司做了多久的生意？」

「光看往來期間是很長。我們在幾年前生意做得更大，可是老實說因為不景氣，被大客戶淘汰，最後只剩下西大阪鋼鐵公司一家。早知道會遭到這樣的對待，還不如早點收掉公司。」

竹下皺起眉頭。

「我還沒接到破產管理人的通知。他們的負債總額是多少？」

半澤說出從來生那聽來的數字，竹下便瞪大眼睛，然後再度燃起怒火。

「會有分配額嗎？」

「這個我就不知道了。不過不動產之類較大的資產都被抵押了，所以大概不能抱太大期待。」

半澤本身對於分配額非但沒有「太大」期待，反而「完全沒有」期待，不過他顧慮到竹下的感受，因此沒有說出來。

「看來希望很渺茫……今後我該怎麼辦？」

面對垂頭喪氣的經營者，半澤無話可說，只能默默看著他。

5

破產管理人是在次日通知西大阪鋼鐵公司的法定清算事宜。除了報告破產申報已在法院受理一事，也寄來了債權申報書。

同一天，融資部也寄來一則通知給半澤，內容是要針對西大阪鋼鐵公司倒債一事進行詢問，要求半澤和承辦人員中西一起到東京總部出席。這次的出席命令事先沒有任何聯絡，可說令人措手不及。

半澤感到驚訝，向副分行長江島報告，但江島只瞥了一眼文件就還給半澤。

這傢伙一定知道。

半澤從他的態度察覺到這一點。江島則若無其事地檢視月曆。

「你要確實挪出時間才行。這是你自作自受。」

半澤沉默不語。

坐在椅子上的江島抬起視線，表情似乎在問他還有什麼事。

「接受詢問的只有我和中西嗎？」

「他們似乎想要先向負責實務的人了解詳情。」

「是嗎？」

半澤感到狐疑，轉身準備離去，這時江島又補了一句：「你最好別找藉口。」

「藉口？」

「所以說——」

江島似乎覺得半澤太過遲鈍，壓低聲音，瞥了一眼此刻外出而空著的分行長座位。「如果說些有的沒的，這個就會這個。要考慮到『下一次』才行。」

他在講第一個「這個」的時候豎起大拇指，講到第二個「這個」，則把雙手食指豎在頭的兩側。「下一次」是指下一個職位。融資課長半澤的評價掌握在分行長淺野手中。江島在威脅他，如果惹淺野生氣，就會影響到評價。

「你也要好好告訴中西，不要害本行丟臉。」

他們打算割捨半澤。

半澤告訴中西面談的預定。中西只說了聲「咦」，完全嚇破了膽，直立在半澤桌前，臉上失去血色。

「很遺憾事情演變成這樣，不過應該不會追究到你的責任，所以別擔心。」

對於入行第二年的中西來說，這個案子原本就是太沉重的負擔。不只是銀行，一般公司對於新人的過失也都會比較寬容。

「喂，信收到了沒？」

融資部的渡真利在當天晚上九點多打電話來。

「收到了。你們那裡怎麼談論？」

「沒什麼好說的。這件事有點難以啟齒，不過你的立場真的不妙。沒有看破幾億日圓規模的虛飾這一點，都被當成是融資課長的過失。」

「喂，他們知道決定融資的過程嗎？像那樣的情況，不論是誰——」

「這種說法不可能被接受。」渡真利斬釘截鐵地說。「總而言之，這邊的看法認為那是為了審查而做的審查。五億日圓損失的事實不會改變。」

「為了審查而做的審查？」

渡真利回答，意思是只顧著要通過審查，而沒有確實進行關鍵的授信判斷。

「這都是我的責任嗎？」

半澤變得有些自暴自棄。他聽到沉重的嘆息。

「參加面談的不只是融資部，就連人事部的次長也會出席。雖然形式不同，不過你最好把它想成是調查委員會之類的。」

「搞什麼？」半澤的聲音中帶有怒意。

渡真利咆哮：「所以我就說過，你要去討回那筆帳！一家公司損失五億，這個數字終究還是太大了。事到如今，已經不是進行融資的來龍去脈這種問題了。重點是結果！」

「哪有那麼簡單。」

「半澤，你聽好了。」渡真利改變語氣。「出現這麼大的損失，不可能沒有人受到處分。必須要有人負起責任才行。淺野到處遊說，宣稱自己沒有錯。要是他的說法受到一定程度的認同，責任自然就變成由你來承擔。照這樣下去，淺野和江島兩人大概只會受到斥責狀程度的處分，相反地你卻會喪失前途。話說回來，五億日圓雖然是一筆巨款，不過放眼整個銀行業界，現在是放棄幾百億日圓債權的時代。老實說，這種事根本不算什麼。我不希望你為了這種無聊的事情受挫。回收那筆貸款不是為了銀行，而是為了你自己。」

「真感謝你替我擔心。」半澤的語調中充滿嘲諷。

「想想辦法，半澤。情況真的不妙。」

半澤掛斷渡真利的電話後，抱頭苦思。

就算要他想辦法，他也想不出具體方案。這本來就不是那麼單純的問題，如果想做就能做到，他早就做了。

他感到火大。淺野為了搶功，拉來有問題的案件，結果卻讓下屬背起失敗的責任。這種做法相當卑劣，但如果對抗方式只有渡真利所說的取回那筆錢，那麼就等同於毫無對策。

他絞盡腦汁，仍舊想不出打破現狀的妙計。

在面談當天，半澤和中西搭乘早上六點多的「Nozomi」號新幹線前往東京。

面談從十點開始。中西首先進入會場，直到他在過了大約四十分鐘出來之前，半澤獨自一人待在融資部樓層的等候室。

不久之後，有人敲門。表情疲憊不堪的中西回來了。他似乎被逼問得很厲害，看起來忐忑不安。

「課長，請進。」

面談地點是位於同一樓層的會議室。

隔著桌子，對面有三個人。聽到「請坐」，半澤便坐在另一邊的座位上。

「你是大阪西分行的半澤直樹先生吧？」

開頭第一句話聽起來很裝模作樣。半澤姑且回答「是的」，但對方沒有自我介紹。

「今天特地請你從大阪來，不是為了別的，是關於你取得的西大阪鋼鐵公司融資案——」

說話的男人面前擺了一本橘色的檔案夾。男人伸出單手拍拍資料夾。這是西大阪鋼鐵公司的信用檔案。

「今年二月融資五億日圓之後，上個月出現跳票，融資金額幾乎全額虧損。這次面談就是要針對這件事進行詢問。首先要告訴你，之所以設定這樣的場合，是因為懷疑你在授信判斷過程中有重大過失，因此請你慎重回答。」

他說到這裡停下來，好像要徵求意見般看著半澤，但半澤沉默不語，因此他繼續說：

「根據你寫的報告書，該公司的財務報表經過虛飾，不過我們認為你在二月的時間點沒有看出這點才是問題。為什麼會發生這樣的情況？關於這一點，想要請教你的意見。」

半澤回答：「因為提出請示書的時間相當緊迫，沒有足夠的審查時間。」

「不過聽說你硬逼融資部的川原調查役承認這個案件吧？沒有足夠的審查時間，可以做這種事情嗎？」

半澤想起江島說「不要找藉口」的發言，不過當他看到對面那個男人的臉，就決定不去理會這句話。如果掩護淺野，那就正合他們的心意。淺野打算把所有的責任推給半澤。

「我並不是因為自己的意願這麼做，只是遵從命令而已。」

提問者坐在並排三人當中的正中央。左側二十多歲的男人是記錄員，每當半澤開口，就會寫在寫字板上。右邊那個人大概是人事部次長，以憤怒的表情瞪著半澤，此刻聽到半澤說的話，表情更加不悅，因此半澤猜到「他就是跟淺野互通鼻息的傢伙吧」。

這位次長開口：

「你是融資課長吧？怎麼能說出『不是自己意願』這種藉口！」

「藉口？」半澤感到惱火，回瞪對方說：「這不是藉口，是事實。這是分行長拉來的案件。這位──」

他想要檢視對方的名牌，但卻被手臂遮住一半。「請問貴姓？」

「小木曾次長。」

融資部的人告訴他。這個人則姓定岡。半澤剛剛在等候室時，前來探視的渡真利告訴他，這個人和他們同梯入行，前途很看好，東大畢業。渡真利也補充註釋：「是個很討人厭的傢伙。」這個男人說話時，的確帶有總部菁英常見的裝腔作勢風格。

「淺野分行長拜訪過西大阪鋼鐵公司之後，拿回財務報表與財務資料，指示我在次日早晨之前整理好，提出請示書。我只是照做而已。」

「在這段過程中，你沒有看出虛飾。事後我也檢查過，以你的經驗來說，應該不難看穿才對。」

「我沒有那麼多時間。在那之前，資料就從我手中被拿走了。淺野分行長似乎很有自信。」

小木曾以責難的口吻說：「這不是分行長的責任吧？你對於五億日圓損失這樣的結果，難道沒有任何感受嗎？你看起來完全沒有反省的態度。」

「你要我在這裡擺出垂頭喪氣的模樣嗎？」半澤不禁失笑。「如果這樣做可以討回貸款，我也會照做，可是現在不是這種時候吧？而且沒看出虛飾雖然是事實，不過定岡先生，這一點你們融資部也一樣，不是嗎？我們提出的是相同的資料。融資部花了三天才承認，可是仍舊沒有看出虛飾，只責備分行說不過去吧？」

定岡的臉色變得通紅。

定岡似乎以為分行的人被叫到總部，就會立刻變得很乖巧，然而半澤從來就不是那樣的個性。而且他以大阪西分行融資課長的身分調派到分行，是從新人時代以來相隔十五年的事情。他原本在總部是和大企業進行交易的人，面對以中小企業為對象的融資部，毫無膽怯的心理。既然不論如何都會受到處分，他打算至少要徹底指摘這些傢伙的錯誤認知。

「聽、聽說是因為你強迫推銷吧？」定岡勉強反駁。出身良好的菁英份子不擅長跟人當面吵架。

「強迫推銷？碰上強迫推銷，融資部就會通過融資嗎？是因為覺得沒問題才會通過吧？」半澤不讓對方插嘴，繼續說：「分行有設定業務目標，必須要達成目標才行。如果可以的話，當然會希望融資，怎麼可能會有分行不去推銷自己提出的融資案？」

定岡憤怒到兩頰通紅，提出反駁：

「本行採行現場主義，對於授信判斷會優先尊重實務人員的意見，這也意味著要由實務人員負最終責任吧？這次的案件也一樣。本部的調查役提出否定的看法，但是考量到分行強烈要求，才會勉強做出同意的結論。在請示書通過的條件裡，不是有一句『本件之後的新融資案件暫緩』嗎？你還記得吧？還是說一旦通過融資，你就忘得乾乾淨淨？」

「你的意思是，附上條件就能免責？沒這回事吧？如果融資部對於通過的案件無法負責，那就收掉算了。這樣根本沒有總部審查的意義。小木曾次長，你不這麼認為嗎？」

小木曾的表情顯得更加憤怒，但沒有回應。定岡沉默不語，拿著記錄板的記錄員則沒有動手寫字。

「記錄員！」半澤嚴厲地喊，讓記錄人員嚇了一跳。「不要只記錄對自己有利的句子！——定岡調查役。」

定岡滿臉通紅，一雙燃燒著怒火的眼睛瞪著半澤。半澤繼續說：「關於這個案件，負責人員是川原調查役。既然授信判斷有問題，應該已經去詢問過他了吧？怎樣？」

定岡咬著嘴脣。半澤用力拍打桌子。

「我在問到底有沒有去詢問他！」

「還沒有……詢問。」

「別開玩笑！」半澤怒吼。反正這次的面談一定是照單全收淺野的說詞才舉行的。對於一家公司損失五億日圓的責任要推給誰，他們早已設定結論，想要叫半澤乖乖順從。簡直就是一場鬧劇。半澤不會默默地被這種做法蹂躪。

就在眾人沉默不語的時候，半澤改用平靜的聲音說：

「好像稍微離題了。我特地從大阪過來，各位有任何問題就提出來吧。小木曾次長，請說。」

小木曾以一副想要咬人的表情看著他，但只是用鼻子哼了一聲，沒有說話。半澤和因憤怒與緊張而聲音顫抖的定岡短暫進行無關緊要的問答之後，面談就在沒什麼結果的情況下結束了，半澤和中西迅速離開銀行總部。

傍晚回到分行，淺野指著分行長室說「來一下」。

當半澤坐下，淺野立刻以不悅的聲音問：

「你到底在想什麼？」

「請問你在講哪件事？」

「聽說你主張不是自己的責任。」

淺野大概是從小木曾那裡得知面談內容。

「我沒有那樣說。我只是說出事實而已。不論是融資部或人事部，很明顯地都想要把這次西大阪鋼鐵公司倒債的責任推給我們分行，因此我認為如果不提出反論，他們就會單方面將這件事歸罪為分行的過失。」

「他們抱怨說，你完全沒有反省的態度。這是怎麼回事？這樣會很困擾。小木曾次長對你的態度似乎也很生氣。」

半澤早就知道不論在面談中說什麼，都不會得到讚賞，因此對淺野的態度也有一定程度的預期。

「本次案件已經讓總部很不高興了。不知道會下達什麼樣的處分，你最好要有心理準備。」

「我當然有心理準備。不過有件事我必須說清楚——」半澤直視淺野。「我並不打算毫無抵抗地讓他們把所有責任推給分行。這點請你放心。」

淺野啞口無言。在他的計畫中，要承擔所有責任的不是分行而是半澤一個人，半澤卻反過來以此挖苦對方。淺野露出極度不悅的表情中斷對話。

當半澤回到座位，課長代理垣內小聲地對他說「辛苦了」，然後從座位起身，問他可不可以占用一點時間。

半澤以為是要交接自己不在時的公務，但出乎他的預期，垣內拿出的卻是一張憑單。

「這是上午山村課長代理發現之後拿來的。」

山村是營業課的課長代理，負責匯兌業務，也就是負責匯錢等業務的主管。

這張單子是匯款單的影本。

委託人是東田滿，匯款對象是亞細亞度假村開發公司。

「請你看一下金額。」

「五千萬日圓？」日期是今年四月。

「你知道這件事嗎？」

「不知道。」

垣內嘆了一口氣。

「果然如此。上午山村有事要調查，在翻憑單的時候，偶然發現這張。」

「這是做什麼用的錢？」

機敏的垣內已經調查出亞細亞度假村開發公司的底細。

「這似乎是一家經手海外不動產投資的地產開發公司。」

「原來是投資資金。或者也可能是在國外的某個地方買了房子。」

「有幾億日圓虧損的公司經營者會做這種事嗎？」

半澤察覺到垣內想說什麼，兩人彼此相視。「他會不會在哪裡藏了錢？」

這句話從垣內口中輕輕地說出來。

「你回來了。總部的面談結果怎麼樣？」

半澤還沒脫下鞋子，花就問他。

「大概還好吧。」

「你有沒有好好解釋，說這不是你的責任？」

半澤思索著該如何說明。他脫下西裝外套，只剩襯衫，然後在餐桌前的椅子坐下。

「我『說明』了。」

站在廚房準備替半澤做飯的花回頭看他。

「什麼意思？」

半澤告訴她上午舉行的面談內容。

「哪有這樣的！該不會是分行長在背後策劃的吧？」花憤慨地說。

「大概吧。」

「你都知道了，為什麼還不抗議？」

花丟下料理，拉了餐桌對面的椅子坐下。「你也長年待在總部，何不跟他對抗，也去進行遊說？在這種面談場合和人事部的人吵架，吃虧的是你。就算擺出受害者的姿態也沒用。」

半澤感到火大，不過他今天實在太累，無心應付夫妻吵架。

「當然會吵起來。我不可能承認是自己的錯，可是對方卻硬要推給我。」

花不耐煩地問：「融資部不是有渡真利先生在嗎？」

「事情不是那麼一回事。」

半澤知道繼續等待也不會有結果，因此便站起來，從冰箱取出啤酒。他拉開拉環，沒有倒在杯子裡就直接喝。花以凶狠的表情一直看著他。

「那是怎麼一回事？」

「已經虧損五億日圓了。」

「那又怎樣？你不是說過，那是分行長的問題嗎？」花把上半身湊向前，手中仍舊拿著青椒。「可是分行長卻到處遊說，想要推卸責任，不是嗎？既然都知道了，你根本沒必要乖乖當受害者吧？」

「我也知道。可是銀行有銀行的做法，沒辦法單純用遊說來對抗遊說。就是這麼回事。」

半澤越來越不耐煩，便如此回答。不過光說「就是這麼回事」，花也不可能會接受。果不其然，她篤定地評斷：

「怪不得大家都說，銀行的常理放在一般社會，根本就超乎常理。」

第三章　焦炭場與庶務行員

1

半澤行駛在通往大阪港的荒涼土地上。道路雖然有鋪裝，但路面被沙塵覆蓋，留下清晰的輪胎痕跡。出入這一帶的大概只有運貨的卡車及外出談生意的商用車。沒有人會到這裡遊玩，這裡也不是遊玩的地方。半澤駕駛的輕型汽車當然也不例外。

道路兩旁是焦炭場。盛夏的陽光直射在白色的引擎蓋上，冷媒快漏光的空調即使開到冷氣最強，也只能送出溫熱的風。汗水不斷滲出來。隔著前窗看到的，是綿延不絕的黑色焦炭小丘，以及更遠處模糊的工廠或倉庫低矮的建築。另外還有看起來像玩具般小小的暗黃色重工用機械。

不久後，前方出現雙層辦公建築小小的身影，宛若豎起的火柴盒一般。

這裡就是前西大阪鋼鐵會計課長波野吉弘老家經營的公司。這座焦炭場應該也歸這家「波野商店」所有。公司名稱和地址是從「大阪商工調查公司」的來生打聽來的。

半澤這次來造訪波野，是經過一夜思考的結論。要探究東田的祕密，詢問在東田身邊當過會計課長的波野應該是最快的方式。

從地面升起的熱浪和灰塵瀰漫的空氣，讓公司建築顯得很模糊，不過建築立刻顯現清楚的輪廓。半澤鬆開原本踩著的油門，趴在方向盤上，隔著前窗窺視公司的情況。

老舊的辦公建築大概已經有三十年的屋齡，給人的印象就好像是從荒涼的大地底下長出來的。鋼筋結構的牆壁上布滿灰塵，通往二樓的室外階梯很像老舊公寓的階梯。

這裡沒有特別設置停車場。有四輛國產車朝向建築並排停在一起。半澤也同樣地從車頭駛入旁邊的位置停下來，拉起手煞車。

這次訪問沒有事先約定。

他不知道究竟能不能見到波野。

他判斷如果打電話大概會被拒絕，因此親自來訪，不過事實上他連波野是否在這裡都不確定。雖然說波野在這裡上班，但也不知道是不是常任員工。當然，就算波野在這裡，也無法保證能夠向他探聽出什麼。

他爬上踩下去會發出聲音的階梯，來到玻璃門前。緊閉的辦公室內有幾名員工。一名女員工似乎從車聲預期到有訪客，此時與半澤視線交接。她是五十多歲的女性，身穿淺藍色制服。半澤打開門。

波野在裡面。

他坐在辦公室角落的辦公桌，以驚愕的表情看著走進來的半澤。半澤還沒開口，他就半站起來，老鼠般的臉在眉間擠出豎紋。

「請等一下，你來做什麼？已經跟我無關了吧？」

波野歇斯底里地喊，來到隔開訪客與辦公室的櫃檯內側，將手中的文件用力摔在那裡。

在裡面有一名和波野感覺有些相似的男人，或許是他當社長的哥哥。這個男人手握原子筆，觀望著情況。不同於穿著胸前有公司名稱的灰色制服的波野，他穿的是短袖襯衫和領帶。

「很抱歉在工作中打擾。」

半澤很想問，是誰一離職就把西大阪鋼鐵的財務報表賣給調查公司的來生，不過一開始還是放低姿態。

「我有些事情想要請教你，請問方便撥個空嗎？」

「回去！」

波野噴著口水，顫抖著臉頰。半澤冷靜觀察彷彿要起過敏反應的這個態度，然後擺出有些無奈的表情。

「別這麼說，我並不是來責怪你的，只是想針對東田社長的案件，請教你所知道的事情。」

「你怎麼突然找到這種地方！是誰告訴你的？」

「我是聽自稱認識你的人說你在這裡。」

他承諾過不會說出來生的名字。波野雖然露出厭惡的表情，但沒有繼續追問是誰。

「這樣會造成我很大的困擾。我已經不是西大阪鋼鐵公司的職員，甚至還有被欠的薪水，算是受害者。可以別再煩我了嗎？」

先前那個像社長的男人以凶狠的表情從後方走出來。

「別在這裡糾纏不休，快點回去！我們不想跟銀行員扯上關係。」

「我並不是要糾纏。」

半澤冷靜地回答，但波野的哥哥繞過櫃檯，抓住半澤的手臂想要推他出去。雖然這也在他預期範圍之內，不過卻演變為彼此不肯退讓的爭執。

「如果不出去的話，我就要叫警察了！」

和有些懦弱的弟弟相較，哥哥的態度非常強勢。

「波野先生，沒關係嗎？」半澤詢問在櫃檯內側觀望情況的波野。「如果你不願意協助，就連你也會受到警方約談。這樣也沒關係嗎？」

「你在胡說什麼！」

波野哥哥怒氣沖沖地推半澤的肩膀。

「要找警察請便。」半澤低聲說完，又朝著櫃檯的波野說：「關於西大阪鋼鐵公司的案件，東京中央銀行準備提告，你也會被認為是東田社長的共犯。不過如果在這裡說出來，或許就不會演變成那麼麻煩的局面了。真的沒關係嗎？」

聽到共犯這個詞，波野明顯地有所反應。

「提什麼告！別信口開河！」

「等、等一下，哥哥！」

波野從背後阻止準備出手的哥哥。哥哥將憤怒的臉孔轉向弟弟。

「你是怎麼搞的？難道還有什麼事情隱瞞我？」

「沒那回事。可、可是，就算是誤會，扯上警察也會很麻煩吧？如果只要私下談就能解決，那就簡單多了。畢竟我也管過那家公司的會計。」

哥哥忿忿不平地瞪著態度丕變的弟弟，鬆開抓著半澤胸口的手，臉上的表情似乎依然沒有釋懷。半澤拍了拍原本被他的手抓住的部位，然後在波野帶領之下，進入門口旁邊的會客室。

「你要談什麼？」

隔著桌子坐在沙發上的波野以不安的態度詢問。

「我無法和東田社長取得聯絡。請問你知道他在哪裡嗎？」

「我只有在跳票那天早上遇到社長，之後就不知道……當天上午他打電話來，說公司會跳票，要所有員工在家裡待命，然後就沒有聯絡了。」

半澤知道員工大約在那時候收到回家指令，因此沒有矛盾。

「只有這樣嗎？那就——」

「不，還有一個問題。」

半澤拿出夾在記事本中的影本，把對折的那張紙展開。這是匯款給亞細亞度假村開發公司的五千萬日圓匯款單影本。

「這上面的日期是四月二十日。對於虛飾財務報表、隱瞞虧損的公司經營者來說，算是很龐大的購物金額。」

波野凝視這張影本，但沒有說出任何感想。

「你知道這件事吧？」

半澤以摻雜怒意的聲音質問。他問的不是「你知道嗎」，而是「你知道吧」。

波野天性怯懦，如果知情的話，面對這種質問方式一定會產生動搖。

然而波野卻搖頭說：

「不，我不知道。」

「不可能的。」

半澤注視波野的眼睛深處。波野雖然顯得緊張不安，可是並不能斷定他在說謊。

「這上面的名義雖然是東田社長，可是處理的是你吧？」

「不、不對，不是我。」

半澤再度注視他。他的眼神雖然閃躲，但是勉強停留在從真實轉為謊言的界線附近。「這件事我完全沒有接觸，甚至還是第一次聽到……」

「波野先生。」半澤發出不耐煩的聲音。「請你說出實話。你身為會計課長，即使是社長的私事，但是要說完全不知道這件事，一點說服力都沒有。」

「是真的！我真的不知道！」

半澤「啐」了一聲。

「波野先生，你面對警察也能說出同樣的話嗎？在法庭宣誓之後，你也能主張什麼都不知道嗎？如果被發現撒謊，你自己也會被追究罪行。」

「不知道就是不知道！」

波野竭力辯解。

「可是你知道虛飾財務報表的事吧？」

「是這樣沒錯……」

波野支吾其詞，視線從半澤移開，滑落桌子邊緣，徘徊於地板一帶。

「那份經過虛飾的財務報表，有些不太容易看破的玄機，對不對？」

半澤指的是虛報竹下金屬進貨金額一事。波野遭到指摘，臉色蒼白，結結巴巴地說：

「那、那是社長做的，跟我無關。」

「波野先生，你的職位既然是會計課長，就沒辦法推說『無關』。又不是小孩子。」

半澤刻意用惡毒的口吻說話，波野便露出想哭的表情說：「怎麼會這樣……」

眼前的男人實在是太過窩囊、齷齪，讓半澤暗地裡皺起眉頭。想到自己為了這樣的男人，還得特地跑來大阪的邊緣地帶，他就感到火大。他腦中浮現當初指出虛飾問題時波野採取的不合作態度、以及每一句狡猾的藉口，先前設法壓抑的怒火便熊熊燃起。

半澤接下來說的話中，含有以怨念表面加工、又黑又亮的狠毒成分。他的用詞自然也出現變化。

「東田藏了錢吧？他藏在哪裡？藏在哪家銀行、哪家分行？波野，你知道的話，現在立刻給我說出來。像這樣平和的對話也只有現在了。依據你的回答，我也可以讓你去吃牢飯。你不介意雙手被銬在背後嗎？」

波野渾身顫抖，彷彿從盛夏突然進入寒冬。他宛若被無形力量扭轉的抹布，腰部以上扭曲抖動，頭髮倒豎。

「我、我不知道——！」

半澤默默地瞪他，波野便以求饒般的哭聲說：「真的。我是說真的！」

「騙人！」

當半澤如此斷言，波野臉色蒼白，眼睛因恐懼而痙攣。

「請相信我，半澤課長。求求你，拜託，饒了我吧。」

波野一說完就離開沙發，在磨破的地毯上土下座道歉。

「吉弘！你在做什麼？」

他的哥哥似乎一直在外面窺探兩人的對話，此刻衝進來瞪著半澤說：

「你現在就給我離開！」

半澤瞥了一眼波野朝向自己的微禿頭頂，默默地站起來。

「如果想到任何事，請立刻跟我聯絡。這是你能做的唯一贖罪方式。」

嗚咽變得更大聲。

先前達到頂點的怒火迅速消散。這時焦炭場漆黑的景象擴散到半澤心中。他回到停在公司前的車子，打開車門，將受到毒辣日照而增溫到幾乎爆炸的空氣釋放到車外，然後把穿在身上的外套丟到前座。他把身體靠在帶有煙味的塑膠墊上，發動引擎。他一邊迴轉汽車，一邊感覺到自己彷彿變成骯髒的討債者。

「不，我就是骯髒的討債者。」

他背負著這樣的自覺，再度行駛於焦炭場間。

2

「您在考慮購買海外別墅嗎？」

當半澤拿起店內的不動產宣傳小冊子，店員便走過來。這名店員年約四十多歲，是一位氣質高雅的女性。

「有沒有特別中意哪一個地區或國家呢？」

半澤假裝在思索，然後說：

「對了，澳洲的凱恩斯好像不錯。光看氣候的話，馬來西亞也很難割捨。那是個四季如春的國度。」

「真的是好地方。您常常去嗎？」

女性面帶迷人的笑容，把臉稍稍偏向一邊問他。

「馬來西亞嗎？幾年前還很常去，現在工作幾乎都在跑中國，而且還是南部。那裡就只有天氣熱而已，不適合居住。」

「是為了工作去的？」

半澤模糊地回答，然後抽出剛好看到的宣傳小冊子。上面介紹的是泰國的高級豪宅，價格換算為日幣是一千八百萬日圓。

這裡是位於御堂筋的亞細亞度假村開發公司直營門市。他從波野的公司先回分行一趟，處理完累積的未裁決文件，立刻又外出。他昨晚就上網找到這家門市，決定如果從波野那裡得不到線索就要來造訪。

「要不要到那邊喝杯咖啡？我去拿宣傳冊給您，請慢慢過目。」

店內雖然沒有特別寬敞，卻在角落設有接待客人用的桌位。由於時間是平日剛過中午，來客只有半澤一人。

半澤順從建議，坐在舒適的椅子上。不久之後，女人便拿了倒在塑膠杯中的咖啡與一大疊宣傳小冊子過來。

「對了，方便的話，可以請您填寫這份資料嗎？除了本公司開發的分售住宅之外，如果還有其他中意的商品，我們也可以為您尋找並介紹給您。敝姓河口。」

遞給半澤的名片職稱印的是主任顧問。半澤在問卷上隨便填了公司名稱與董事長的頭銜。

「請問您是在哪裡得知本公司的呢？」

半澤先前刻意沒有回答這個問題。

「這個嘛，我是受到很熟的客戶社長建議，想要來看看情況。」

「是嗎？」河口展現具有親和力的笑容。

「是西大阪鋼鐵公司的東田社長。妳認識嗎？」

河口露出愉快的表情說：「是的，我認識。」

「我忘了那位社長說他買了哪裡的房子。好像就是凱恩斯吧？」

河口莞爾一笑，告訴他：「不是，是在茂宜島。」

「哦，這樣啊。他買在很棒的地方。」

半澤這句話不完全出自演技，有一半是真心話。「那裡真的很棒，周圍都是大自然，太迷人了。是貴公司開發的度假大廈嗎？」

「是由我們開發的。不過東田先生購買的不是大廈，而是獨棟房屋。」

花五千萬日圓買海外不動產，想必也是獨棟房屋吧。如果在澳洲，即使附游泳池，也可以用半價以下購買。從價格來看，的確是夏威夷的市價。

「我記得聽他說過，花了五千萬日圓的樣子。如果有類似商品，我想要參考看看。妳有地圖嗎？」半澤笑咪咪地又補充一句：「不過不要在東田先生的隔壁。」

河口發出靦腆的笑聲，然後說「請稍等」之後離開座位，立刻又回來。她拿來了茂宜島的地圖和幾張示意圖。

河口一手拿著附照片的宣傳小冊子解說商品，並且在地圖上寫下所在地。半澤耐心聽了五件商品的說明，終於若無其事地問：「東田先生的別墅在哪一帶？」

「在這一帶。」

她解釋那裡是沿海的高地。

「東田先生以前就說，如果蓋了別墅，就要住在那裡。」

「這當然是可以考慮永久居住的高級豪宅。」

給王八蛋住實在是太可惜了。半澤心想一定要讓它被法拍，並且深深點頭。

「是夏威夷的別墅。聽說是茂宜島的獨棟豪宅。」

垣內噘起嘴脣，模仿吹口哨的動作。

「他已經逃到那裡了嗎？」

「內部裝潢好像還沒完成，所以至少還沒住進這棟屋子。」

半澤把宣傳小冊子的影本拿給垣內看。那是可以眺望大海的白牆度假別墅，看到就令人火大。

垣內面無笑容地說：「不論如何，那傢伙藏著錢是千真萬確的事實。就算拿不到五千萬日圓總額，應該也能回收一些吧？可以花這麼多錢買別墅，就有可能在別處也藏有資產。」

「想必如此。光是知道有目標可以尋找，就算是進展了。畢竟要去找不知道存不存在的寶藏太痛苦了。」

「課長，你要怎麼做？要跟上面報告嗎？」

垣內意有所指地問。

目前還沒有確認相關事實。在這個階段向淺野報告，有可能會引來不必要的麻煩。而且半澤對於淺野要把所有責任推給自己的動作也很不滿。如果有望拿回錢，那麼這回淺野一定會當成是自己的功勞。不能隨便把情報透露給那樣的傢伙。

「暫時先由我們來觀察情況吧。別告訴上面的人。如果告訴他們，不知道又會說出什麼。」

「我也有同感。」

垣內說完，又補充一句：「也就是說，真正的敵人在背後。」

3

次日早晨，有十名左右穿著樸素西裝的男人出現在二樓融資課的門口，接著直接前往櫃檯最裡面的地方，拿出證件給在那裡的垣內看。

這名個子矮小的男人大約四十多歲，表情相當冷淡，一副目中無人的態度。在他後方等候的一群人雖然年紀外表各不相同，不過也都同樣面無表情，就印象來說，或許跟到銀行抱怨的消費者團體滿像的。

垣內回頭看分行長座位，然後在半澤耳邊說悄悄話。

是國稅局的人。半澤努力忍住沒有發出「啐」的聲音。麻煩來了。

「歡迎光臨。」

原本似乎在分行長室打電話的淺野連忙衝出辦公室。

「我們要來查帳。拜託你了，分行長。」

以高傲表情說話的男人已經擺出了架子。他的身分大概是統括官吧。查帳的時候，一次會投入數十人、有時甚至將近一百人的人力，分為幾個小隊前往搜查據點，除了銀行之外，想必也同時前往調查對象的公司和個人住宅等，而率領各個小隊的，就是稱作「統括官」的中間管理職。

「好、好的，請便。喂，半澤，你帶他們到三樓會議室。」

半澤打開櫃檯的門，這群男人連頭都不點一下就魚貫而入。半澤帶他們到會議室之後正要離去，矮小的統括官叫住他說：「喂，等一下。」他的年紀大概和半澤相同或稍微年長。

「有些文件要你們提供，記一下筆記吧。」男人以專橫的口吻這麼說。

「是存款方面的嗎？」

「對。」

半澤拿起電話旁邊的便條紙。男人對他一一念出文件名稱：「帳號開頭從四十五到四十九的所有帳戶活期存款印鑑票。去年一整年的匯款單。平成十二年五月到七月的定存轉出單——」

這些文件的數量相當多，幾張便條紙很快就寫滿了字。然而即使準備那麼多文件，實際調查的也只是其中僅僅一家公司或個人。這是國稅局為了避免被知道在調查哪家公司、哪一個人而採取的做法。

「還有——」男人繼續說：「搬影印機過來。」

「啊？影印機？」半澤不禁反問。

男人對他說：「你沒聽見嗎？你的聽力還真差。我說的是影印機。影、印、機。銀行員至少知道什麼是影印機吧？」

他的話引起其他調查員的笑聲。

銀行雖然會有各式各樣的人來訪，不過在態度惡劣這方面，連黑道都比不上國稅局。黑道頂多在門市大吼大叫，但這些傢伙卻穿著鞋子踩進銀行內部，仗著國家權力耍威風，然後只要有不順心的事情，就會丟出慣用的威脅臺詞：「要不要拉下鐵門？」他們是錯誤的菁英意識、扭曲的選民思想之下的產物，正是讓庸俗之人掌握權力會變成這副德性的典型例子。電視劇《窗際太郎》（註8）根本不存在於現實中。

「立刻拿過來。我們很忙。」

男人傲慢地說完，轉身背對半澤，像是在表示話已經說完了。

半澤命令來幫忙的年輕員工把影印機搬來，將記下需要文件的便條交給營業課長。這時副分行長江島過來，以討好的態度詢問：「請問午餐要吃什麼？」

國稅局的人來了之後，在他們說「要回去了」之前都得待在銀行內。他們也不說什麼時候要回去，茶來伸手飯來張口地當大爺。這些傢伙令人鄙夷至極，甚至令人懷疑他們回局裡大概都得對上司卑躬屈膝，所以才會找銀行麻煩來出氣。

半澤感到蠢透了，用他們聽不到的聲音「啐」了一聲。這時四名年輕員工從下方把影印機搬上來。

「喂，放在這裡。」不是統括官的另一個男人說。「這裡這裡。小心點，銀行員都沒什麼力氣。」

又是笑聲。搬來的其中一人對此表達怒意：

8　指一九九八年的電視劇《稅務調查官・窗際太郎事件簿》。劇中主角原本為國稅局查察課長，因故遭到貶職，卻受到前上司委託，祕密調查政界瀆職案件。

「你這是什麼說話態度？」

發怒的是融資課的橫溝雅也。

「橫溝——！」

半澤連忙制止，但橫溝卻與調查員怒目相視。私立大學橄欖球社出身的橫溝俯視著出言嘲諷的調查員，以氣勢壓倒對方。

「怎樣？喂，銀行員有什麼話要說？要不要把鐵門關起來？」

對峙的調查員用千篇一律的威脅句應戰。

「別說了，橫溝。很抱歉，我會好好告誡他。」

不只是調查員，就連江島都在瞪半澤。半澤道歉之後，拉著下屬的手臂說「過來」，硬是把他從會議室拉出來。

「那些傢伙是怎麼搞的？他們以為自己是誰呀？」

「別理那些人。」

「可是課長，他們是公務員吧？明明就是靠我們的稅金在吃飯，怎麼可以擺出那種態度？」

「國稅局就是那樣。聽好了，就算生氣，也絕對不能跟他們吵。知道了嗎？」

「好的。」

橫溝不情願地點頭，不過和調查員之間的摩擦在這之後也持續發生。

首先是為了印鑑票。

就連營業課的業務要使用的印鑑票，他們也都要求搬上會議室，結果和前往交涉的課長代理起了爭執。接著不知道是發生什麼誤會，他們下樓到一樓的營業課樓層找資料，恫嚇女行員，要她中斷接待客人去找各種憑單，實在是專橫至極。這時有顧客誤會他們是銀行員而怒聲斥責，讓在場的行員都暗自感到痛快。

在那之後，他們也不斷任性地提出令人困擾的要求，吵著「拿那個過來、還缺某樣東西」，因此上午幾乎都沒辦法做任何工作。

半澤聽見江島在回到座位上之後，打電話訂十人份的上等鰻魚飯。這個錢當然是由銀行來出。不過這時聽到江島打電話的似乎不是只有半澤。

不久之後，江島說：「喂，橫溝、中西，午餐送來了，你們搬到會議室吧。」

兩人默默起身走出去。時間剛過十二點。

「真會耍大牌。」垣內轉動原子筆，憤恨地說。「課長，你先去吃飯吧。要趁能吃的時間去吃才行，否則今天還不知道會有什麼狀況。」

「的確。」

半澤豎起「用餐中」的訊息板，走出辦公室，在通往三樓的階梯旁邊聽到竊笑聲。聲音是從庶務行員室傳來的。中午時間通常應該沒人，可是此刻室內卻有人影。

「你們在做什麼？」

因為半澤出現而嚇得回頭的，是橫溝、中西以及業務課員柏田和人三人。室內瀰漫著某種酸臭味。臭味的來源是柏田。三十多歲仍舊單身的柏田是個以不洗澡出名的男人，沒洗的襯衫皺巴巴的，領口泛黃，扁塌的西裝肩膀上散落著頭皮屑。頭髮蓬亂而油膩，臉上長滿了痘子。就連顧客都會客訴說「感覺好髒，希望可以更換負責人」。江島雖然常常提醒他，但卻絲毫沒有改善的跡象。

半澤看到桌上並排擺了十個鰻魚飯的大碗。

然而此刻鰻魚被拿走了，放在別的盤子上。

原本在搔頭髮的柏田手指仍插在頭髮中，以僵硬的表情看著半澤。

「呃，我想先把保鮮膜拆下來，然後再送過去。」

橫溝擋在碗的前方這麼說。

這些傢伙在打什麼主意，可說是一目了然。半澤雖然笑不出來，但也無法發脾氣。

「別讓鰻魚店惹上麻煩。」

橫溝和中西面面相覷，然後露出奸笑。半澤離開他們，前往食堂所在的三樓。午餐雖然是擔擔麵，但是先前看到的景象留在他的腦海中，讓他幾乎完全失去食欲。

國稅局的人在下午時間仍舊一直待在銀行。到了晚上九點多，調查員呼喚半澤。

「請你拿出融資的資料。今年一月到六月，商業票據以外的融資對象，法人和個人都要。」

「件數會非常多。」

「沒關係，你不用擔心這一點。快拿來吧。」

融資課的所有人分頭拿出總共將近八十冊的資料，用推車搬運。

「他們調查的目標到底是哪裡？」

垣內從三樓走下樓梯時詢問。

「誰知道。他們大概以為要是被我們知道了，就會湮滅證據吧。」

「真是下賤的一群人。」

「的確。」

國稅局的調查不會在一天之內結束。調查首日為了確保證據文件，會來一大批人，不過接下來就會組成幾個人的搜查小組，花好幾天、有時甚至是好幾個月進行長期調查。這樣的搜查手段花費比一般查稅更多時間與心力，目的是找到大宗逃稅的證據，和警察的犯罪搜查有相似之處。

江島的內線電話在晚上十一點終於響起。

「好，結束了。大家都上來，到會議室收回資料。」

聽到這句話，留下來的男性員工以沉重的步伐爬上樓梯到三樓。另一方面，調查員則如花嘴鴨的隊伍，一個接著一個走出會議室。不知是否多心，每張臉看起來都沒什麼活力。

「搞成這樣，真慘。」

看到資料散落的會議室，就知道那些傢伙完全沒有「整理」的概念。面對宛若被敵軍蹂躪般的慘狀，每個人都發出嘆息。令人憂鬱的收拾工作一直持續到將近深夜十二點。

話說回來，在提交的資料當中，也包括西大阪鋼鐵公司的部分。

五億日圓的新客戶融資案發生在二月，符合統括官指示的提交條件。半澤沒有把歸還的檔案交給負責此項業務的中西，而是擺在自己的桌上。現在負責該公司債權回收工作的是半澤而不是中西，因此這是課長的業務。

不過當半澤隨興打開資料夾，卻感到詫異。

裡面夾著那棟夏威夷房屋的資料。

這上面有半澤親自寫下的詳細地址，不過此刻回到手邊的卻變成影本。

「喂！」他拿給垣內看。

「大概是和原稿弄錯，留下了影本。這一來就知道，那些傢伙——」

「國稅局調查的是西大阪鋼鐵公司和東田。」

半澤如此斷言的時候，聽到橫溝的咒罵聲：「加了頭皮屑的飯好不好吃啊？活該！」

4

半澤在次日聯絡上大阪商工調查公司的來生。

來生在下午來到分行二樓的店面。半澤帶他到和上次一樣的會客室，然後切入話題：「我想要知道西大阪鋼鐵公司和新日本特殊鋼之間的關係。」

「你是指哪方面的關係？」

來生以精明的眼神看著半澤。對這個男人而言，情報就是商品。他的表情似乎在猶豫是否應該免費提供。

「根據波野課長的說法，因為預期新日本特殊鋼會增加訂單，因此東田在五年前新建工廠，可是希望卻落空了，導致業績惡化。這是真的嗎？」

「過去西大阪鋼鐵公司和新日本特殊鋼的確有密切關係。五年前增設工廠，應該就可以佐證這樣的關係。而且從事後的發展來看，波野先生說的內容應該沒錯。」

「從五年前的那時候到現在，西大阪鋼鐵公司和那家公司之間的生意關係是什麼狀況？為什麼會發生預期錯誤？我想要知道其中的理由。」

「新日本特殊鋼本身就不是狀況很好的公司。」

來生似乎決定要說出他知道的事實。「五年前剛好是那家公司的社長換人的時期。我聽西大阪鋼鐵公司的同行業者說，東田社長和前任社長從年輕時關係就很好。也就是說，他是以私人的交情作為背景得到承包工作。事實上，在前任社長五年的任期當中，西大阪鋼鐵公司的營業額突飛猛進，可是在這段期間，新日本特殊鋼卻沒有起色。前任社長為了承擔業績惡化的責任遭到更換，然後展開正式的重組。」

「也就是說，重組的一環就是整理交易對象。」
「沒錯。」來生點頭。
「東田不知道前任社長會遭到更換嗎？」
「因為那算是政變。」
「哦？」半澤感到驚訝。
「撤職動議提出之後，那位社長就被革職了。」
「對東田來說，也是突發狀況？」
「沒錯。新日本特殊鋼過去是從創業者家族推出社長的，不過在那之後，那家公司的業主色彩就變淡了。」
「也就是說，這五年以來，他們和西大阪鋼鐵公司的生意規模縮小，已經到了無法挽回的地步嗎？」
「根據公司方針，之前向西大阪鋼鐵公司下單的好賺生意幾乎都轉到別家公司，或是大幅殺價，導致西大阪鋼鐵收支惡化。雖然說是新社長的方針，不過也有傳言說，實際上是為了排擠和前任社長友好的西大阪鋼鐵公司。」
如果來生說的話屬實，那麼西大阪鋼鐵公司從五年前業績就陷入惡化。
在一片不景氣的鋼鐵業界，要找到可以取代新日本特殊鋼的客戶應該不容易。即使知道不久之後就會碰壁，但因為有所謂的過少資本問題，借貸金額很高的日本中小企業一旦結束公司，剩下的就只有負債。這時東田想到什麼？

「也就是說，東田從五年前就預期會倒閉？」

這天晚上，半澤說出從來生聽來的消息，垣內便壓低聲音這麼問。

「這五年當中，東田恐怕一直在利用虛飾過的財務報表欺騙銀行；在此同時，他或許也透過虛報進貨金額之類的方式累積金錢；而且他還在夏威夷買下度過第二人生的場所。」

「這麼說，這是——」

垣內以意有所指的眼神看著半澤。半澤對他點頭。

「這恐怕是計畫性倒閉。」

5

「真是的，你竟然說那種話。」渡真利邊嘆息邊表達驚愕。

「那種亂七八糟的面談，我怎麼可能默不吭聲！」

半澤以攻擊性的語調說完，拿起啤酒杯喝了一大口。他們此刻在梅田車站地下街的居酒屋。

渡真利告訴他，在融資部調查西大阪鋼鐵倒帳問題的面談中，雙方的爭論成了部內的熱門話題。

半澤根本管不了那麼多。

「定岡那傢伙好像很惱火。他一直在詆毀你。我雖然稍微警告過他，可是他似乎完全沒有收斂的跡象。更麻煩的是人事部的小木曾次長。他是很會記恨的類型。」

「那又怎樣？」半澤強硬地說。「基本上，他們沒有先問過川原就找我過去，實在是太沒禮貌了。而且他們早就認定錯在分行，一開始就預設要我道歉。」

「別那麼生氣。你也不是不知道，融資部本來就是這樣。還有，小木曾次長似乎無論如何都要抓到你的把柄。融資部提案要對大阪西分行進行稽核。」

「什麼？」

稽核是指由融資部前往分行，查核其放款內容。期間是三天。檢查內容為授信判斷是否正確，每日檢查結束後會有講評，並和分行員進行檢討會。

稽核人員有五人左右。組長相當於分行的副分行長等級，其餘四人則是課長等級。不過通常當上稽核人員的，都是在分行結束任務、準備要被外調的行員。

這些人都是過去有些瑕疵的人。副分行長等級的組長，終究是當不上分行長的落後者；至於四名稽核人員，更是最多當到融資課長的庸才。雖然應該懂得實務，但卻屬於無法稱得上一流、只能被到處調派的行員。

對於分行的融資判斷，如果想要挑毛病隨便怎麼找都有。半澤作為融資課長，有自信對自己的工作問心無愧，因此不怕他們來調查，但麻煩的是事前準備。銀行的檢查種類很多，事前準備總是比檢查本身更耗費工夫，而稽核也不例外。

在稽核之前，必須要抱定加班到深夜的決心來執行對策，其中也包含隱匿不方便被金融廳看到的資料。像這類危險文件會裝在紙箱裡，藏在融資課長家之類的地方，稱作「疏散」。

銀行這種地方很重視表面工夫，遇到檢查就會拚命地想要拿到好成績。說穿了，應付檢查之所以很費工夫，是因為平日融資內容有問題而造成的；不過要是只做光明正大的事就無法工作，因此融資實務與檢查之間無意義的攻防會永遠持續下去。

「人事部為什麼要指使融資部去稽核？」

渡真利用戲劇化的口吻回答：

「『面談結果，考量到大阪西分行融資能力出現問題，因而認定有必要請貴部門前往分行進行稽核——』大概是人事部長寫了這樣一封高尚的信給融資部長。你知道這是怎麼回事吧？」

他的口吻雖然像是在開玩笑，表情卻很認真，看著半澤說：「也就是說，人事部要他們去找碴。小木曾覺得你在那場面談中完全不給他面子。」

「如果對我有什麼不滿，不會直接跟我說嗎？膽小鬼！」半澤憤恨地說，但卻無能為力。

「這就是他們的做法。他們要利用組織力量把你逼走。我先說好，那些傢伙真的很卑劣，為了達到目的會不擇手段。」

「渡真利，你應該有稍微幫我說話吧？」

「別說笑了。」渡真利睜大圓滾滾的眼睛。「豈止稍微，我幫你說了很多話。這不是廢話嗎？話說回來，關鍵的討債工作進行得怎麼樣了？不管你打倒多少個小木曾或定岡那些小咖，只要五億日圓的損失仍舊存在，你的立場不論如何都會很脆弱。你了解吧？」

他們續攤到第二間店，喝了很多。渡真利和半澤都很能喝，渡真利甚至還在自己的簡歷特長欄寫上「喝酒」。

接著話題從呆帳轉移到同梯入行者的近況。

上次和渡真利喝酒時，苅田、近藤也在一起，然而今天卻沒有找他們。渡真利說是因為會談到兩人在場不方便談的話題。

「次長候選人的領先者出現了。事務部的門脇。」

「他有ＭＢＡ嗎？」

「東大，ＵＣＬＡ。」

渡真利稍稍露出厭惡的表情。不只是東京中央銀行，任何一家巨型銀行都有海外留學制度。要穿過公司內部選拔的窄門、獲得為期兩、三年的ＭＢＡ留學機會，等於是晉升高位的關卡。取得美國或英國的管理碩士學位之後，如果是美國就在美洲總部「服務」三到五年再回國，是既定的模式。

渡真利挑戰過這個關卡，然後失敗了。有許多從事他期望的專案融資工作的銀行員都有取得ＭＢＡ，因此他想必得到結論：自己好不容易進入銀行卻無法從事理想的工作，全都是因為在這次考試中落榜的緣故。

「我記得門脇的老爸是白水銀行的董事。他應該也會升到一定的位階吧。」

在銀行要升上董事，有其必要因素。

一流大學畢業、血統、ＭＢＡ的三項組合。門脇備齊了所有條件。

順帶一提，在升上董事的競賽中獲勝之後，如果想要再升上董事長，條件更加困難，譬如必須具備統治銀行內部複雜人脈的領導力等等。不過事實上，在東京中央銀行前身的產業中央銀行，「長相」也是很重要的因素之一。

所謂的「產業中央紳士」，要具備優雅的灰髮中老年男子外貌。歷代董事長候選人只看履歷都不相上下，不過比外貌的話，人選就意外地減少許多。然而打破這個傳統開先例的，就是東京第一銀行與產業中央銀行合併時的董事長，高橋太介。高橋怎麼看都是醜八怪，大家都說如果不是東京第一銀行、而是產業中央銀行推派人選，他絕對坐不上董事長的位子。

事實上，這件事還有後續發展。當時產業中央銀行有一名被認為是下任董事長的明日之星，然而這個叫岸本的行員戴著黑框眼鏡又是禿頭，面貌像海龜一般，要是不去整形絕對不可能當上董事長。為此感到傷腦筋的產業中央銀行高層只好讓步，先讓醜男高橋擔任合併銀行首任董事長，建立「長得醜也能當董事長」的前例，然後再順利禪讓給岸本。在岸本之後，現任東京中央銀行董事長五木孝光是產業中央出身，外貌出眾，曾任全銀協會長，並設法度過處理呆帳的難關。聽起來像虛構的，但卻是事實。

「門脇陰險的個性完全表露在外表，相貌很差，不過既然有先例，當上董事長應該也不是夢。」

嘴巴惡毒的渡真利如此評論，半澤也笑著同意。

「另一方面，大規模的外調也要開始了。」

三十多歲外調到相關企業時，通常會保留銀行員身分，有很大機會可以回到銀行；然而到了四十多歲，外調就成了失去銀行員身分的單程車票，再也無法回到銀行。

渡真利的表情突然變得凝重，說：「像近藤就滿危險的。」

「喂。」

半澤雖然出聲責難，但他內心其實也有相同想法。渡真利也知道這一點。

「不論是近藤、苅田，或是你跟我，差不多都快走到人生的岔路了。」

渡真利說得沒錯。

「像你碰上的倒帳問題，就等於是拋硬幣。出現反面就有可能拿到外調的單程車票，出現正面就留在前線繼續參加比賽。」

渡真利說出令人不愉快的話。他說得完全沒錯。

「渡真利先生怎麼說？」

當天晚上，半澤很晚回家，花仍舊沒睡在等他。這是因為半澤說過他要跟渡真利見面。花也相當在意這次的事件。

「人事部的小木曾為了上次面談的事記恨，打算要到分行進行稽核。聽說我要是沒有成功討回貸款，就會被外調了。」

聽到外調，花的表情丕變，臉色因憤怒而變得蒼白。

「渡真利先生不肯幫忙嗎？」

「他在幫了。他提供我各種情報，給我很大的幫助。」

花直盯著半澤，讓他感到很不自在。他試著問「可以給我一杯茶嗎」，但花沒有動作。半澤的血型是A型，花則是B型。

「這種外調可以回銀行嗎？」

「大概不可能吧。」

「可是柿澤先生不是回來了嗎？」

柿澤是曾和半澤一起工作的優秀人才。他從證券總部外調到新成立的證券子公司兩年左右，回到原單位獲得升等。

「他的外調是事先保證可以回來的，和這次的情況不一樣。」

「薪水怎麼辦？外調的話不就沒辦法再加薪了嗎？不只是房屋貸款還沒繳完，

隆博今後的教育費也很花錢。還有父母親也不知道什麼時候會生病需要照顧。這樣沒問題嗎？」

「不然妳要我怎麼辦？」半澤感到不耐煩。「我知道什麼東西要花多少錢，外調的話薪水只會減少、不會增加。可是現在擔心這種事也沒用。對我來說，現在最重要的是要取回貸款。至於失敗了會怎麼樣，就等發生了再去想吧。」

「你也許覺得這樣就行了，可是這件事的結果要是影響到我們的人生，怎麼可能不去想？不是嗎？這是很嚴重的問題。」

半澤感到惱怒，忿忿地說：「沒錯，這是很嚴重的問題。那麼妳最好祈禱我的工作順利，或者由妳來升官發財也可以。」

「我為了你才轉調到這裡，公司也幫了很大的忙，你怎麼可以這麼說？想喝茶自己去泡。」

花說完就迅速走進隆博在睡覺的寢室。

6

「雖然很緊急，不過下星期三會有總部的人來稽核。可以盡快為此做好準備嗎？」

半澤和渡真利見面的次週，江島如此告知他。江島的表情顯得很嚴肅，畢竟稽核結果會直接影響到他身為管理職的評價。

「聽好了，本行原本就因為西大阪鋼鐵公司的案件被總部盯上。如果稽核的結果不好，就會更落人口實，你也會很麻煩。一定要取得良好評價才行。接下來的五天，你得拚上全力。」

稽核的目標完全針對半澤而來。對於了解其中玄機的半澤來說，不了解內情的江島一臉慌張模樣反而顯得滑稽。

江島以凶狠的眼神督促他：

「身為融資課長，你得振作點才行。拜託你了。要是事後讓分行長和我丟臉，我一定會找你負責。」

現在已經不是負不負責的問題了吧？半澤雖然這麼想，但是面對戰鬥型而腦袋空空的江島，說這些也沒用，因此他保持沉默。

東京中央銀行跟其他銀行差不多，對於中小企業融資並沒有太多的考慮要點。正確的業績判斷、適當的融資額度及足夠的擔保——這就是一切。

為了理所當然地完成這些理所當然的事情，金融廳針對銀行業界製作各種指南，銀行也有自己的規定，必須製作相關文件。

稽核的重點，就是檢查是否確實執行這些要點。半澤雖然有自信，但大阪西分行擁有將近一千家融資對象，若要重新檢討所有公司的融資，實屬不可能。

五天的準備期間轉眼間就過去了。稽核日當天上午九點前，東京融資部的五人稽核小組就抵達大阪西分行。

這支稽核小組全由副分行長及融資課資深人員組成，平均年齡接近五十歲。除了這五人之外，半澤還看到一張熟悉的臉孔，不禁皺起眉頭。

人事部次長小木曾。

「唉呀，連次長都大駕光臨，真是不敢當！」

淺野一看到他便打招呼。小木曾像政治人物般舉起右手回應「別客氣」，眼角瞥到半澤。稽核小組留下組長一人，其餘人都到樓上的會議室。淺野愉快地引導率領此次稽核的組長加納真治與小木曾前往分行長室，然後關上門。

半澤不知道他們在談什麼。然而可以肯定的是，替半澤準備了不幸結局的故事已經開啟了序章。

不久之後，稽核小組便遞給他當天的稽核項目清單。

這不是全量檢查，而是因人力與時間有限而採取的抽樣檢查。雖然原則上應該隨機採樣，但半澤看過內容之後，發覺到這份清單是以業績惡化的公司為主而構成。這是故意的。

第一天的稽核對象總共有一百家。念出清單之後，承辦的課員提出檔案，裝入紙箱中以推車搬運。這時已經過了上午九點。從現在到下午四點左右，稽核小組會進行檢查，之後再召開「檢討會」。

在檢討會中，有時會發生激烈爭執，不過通常都是立場居上的稽核人員駁倒分行的年輕人。尤其是最近，分行負責融資的銀行員比過去年輕，而且處理人員也較少，因此容易出錯。這點在大阪西分行也不例外。如果說課員的責任最終要由融資課長來承擔，那麼半澤的立場就會很艱困。小木曾跟來的目的，大概是想要親眼看到半澤帶領的融資課在這場檢討會中，遭到集中火力的責難。話說回來，雖然不知道是找了什麼理由，不過為此一大早就專程趕來，足見小木曾的記恨之深。

小木曾在三十分鐘左右之後走出分行長室，來到半澤面前。

「你終於要接受檢驗了。」

「關於西大阪鋼鐵公司的案件，你說得一副頭頭是道的樣子，可是大家對你的評價卻沒有那麼高喔，半澤課長。」

小木曾說完，把變得稀疏的頭髮撥成七三分，髮際因喜悅而變得紅潤。

「聽說這次稽核是由人事部發動的。看來你似乎非常擔心本行的情況。」

「你還真會耍嘴皮子。」

小木曾進入稽核小組所在的三樓會議室。

這天下午四點三十分，檢討會開始了。

圍成ㄈ字型的會議桌其中一邊坐著稽核小組的五人，半澤等融資課員則坐在對面。淺野、江島、小木曾三人宛若裁判般，占據中央的座位。

各個稽核人員依序發表檢討內容，針對這天稽核的公司，一家家與承辦人員以一問一答的形式檢討。

由於虧損的企業不少，因此半澤有些擔心，不過一開始進行得很順利。直到第二名稽核人員灰田開始發言，情勢才開始變得緊張。

這是個五十多歲、看起來自我主張很強烈的男人。

「林本工業。負責人是誰？」

當灰田從第一位稽核人員接過棒子，就用尖銳的語調質問。可以感受到現場氣氛微妙地變化。光是稽核人員的個性，就會改變問答的緊張程度。在融資領域待很久的半澤應付過多次稽核，每次他都覺得最重要的是和稽核人員的速配度。

一定會有那種合不來的傢伙。

灰田也屬於其中一人。

「是我。」

舉手的是經驗尚淺的中西。從他忐忑不安的態度，半澤可以預期到接下來的發展，內心感到不妙。

「我問你，這家公司是什麼樣的客戶？」

光問「什麼樣的客戶」，對方也無從回答。灰田或許期待某種答案，但他的提問太過籠統。一如半澤預料，面對質問而慌亂的中西回答：「呃，這家公司在本行周邊，長期以來經營鋼鐵批發……」

「我不是在問這種事！」

灰田直接打斷他。狡猾的眼神轉變為燃燒般的憤怒視線，盯著中西。他故意提出模糊的問題，然後假裝生氣地斥責對方回答沒有切中核心。如果不是故意的，那麼這個男人就是笨蛋。不論如何，就半澤的立場也不能說「是你問得不清楚」，令他感到很難受。

「要注意的是虧損狀況吧？」

「哦。」

「什麼『哦』！真是的！」
灰田抖了一下臉頰。接著他的視線朝向半澤。
「針對這家公司，課長的指示是什麼？」
明明寫在上面，他卻刻意要問，簡直就像是故意詢問縣長選前承諾的惡毒議員。
半澤回答：「維持現狀。」
「我就是要說，這點很奇怪！」
灰田白皙的臉染成紅色。所有融資課員彷彿都受到斥責般沉默不語。灰田繼續加強火力。
「重點是，這家公司的業績展望到底怎麼樣？承辦人員？」
「呃，這個……」
中西的腦袋變得空白。半澤代替他回答：
「他們正在進行裁員。上期因為支付退休金而導致赤字增加，不過本期進行得很順利。」
灰田問：「那是什麼時候的事情？證據在哪裡？連試算表都沒有！」
中西抬起頭想要說什麼，但閉上嘴巴。沒錯，不要說話比較好。不論對這傢伙說什麼，都只會遭到體無完膚的攻擊。

半澤代替他回答：「試算表沒有夾在那本資料夾嗎？」

「沒有。」

回答斬釘截鐵。那麼就只能說抱歉了。

「不過我和社長常常見面，每次都有確認業績。」

半澤這麼說，就遭到灰田反擊：

「那為什麼沒有筆記？」

「的確沒有用筆記方式保留下來……」

在半澤的認知中，林本工業的虧損狀況並沒有什麼大不了的，也因此他才交給中西處理；對於必須真正注意的對象，他則會付出應有的關注。由於執行業務的人數很少，因此不可能做到完美無缺，必須要確實掌握輕重之分的關鍵，要不然融資課就會因為過勞而停擺。

然而對方並不會接受這樣的理由。

「課長也只有這點程度，那就沒辦法了！」

灰田不屑地說。半澤很想回「你在說什麼」，但卻無法反擊。半澤瞥見小木曾抿嘴竊笑，滿意地看著他們對話。他應該感到很痛快吧。

以灰田的質問為開端，接下來進行詢問的稽核人員也一面倒地責難。雖然都是吹毛求疵的指摘，但是因為都沒有說錯，因此也無法反駁。他們指出理想與現實的差異，斥責承辦人員，將過失歸咎於半澤與垣內的員工教育，最後甚至還說好久沒看到程度這麼低的分行。檢討會的兩個小時只能用淒慘二字形容。

稽核首日結束，稽核小組的五人自認成功修理了融資課、意氣昂揚離去之後，半澤被淺野叫去，遭到厲聲怒罵：

「你到底在準備什麼！」

淺野身後的分行長室門是打開的。小木曾在裡面叼著香菸，準備要看一場好戲。

「我們確實進行了準備，但是沒有處理到今天被指摘的地方。」

「你以為一句『沒有處理到』就能推卸責任嗎？」

淺野怒口大罵。接下來的三十分鐘，半澤被迫在不只融資課員，還有跑外務的業務課員面前單方面地遭受斥責，沒有反駁的機會。

「課長，有件事讓我有點在意。」

淺野陪同小木曾離開分行之後，垣內小聲地對半澤說。那兩人大概是要去舉杯慶祝吧。在先前的檢討會中，除了半澤以外，垣內也成了稽核人員的標的。他臉上仍舊為此而流露不甘神色，繼續說：「是關於林本工業試算表的事情。」

「就是剛剛說沒有的那份試算表嗎？」

「應該有那份試算表才對。原本是有的。」

垣內說出意外的話語。

「什麼意思？」

「中西取得試算表之後，應該有夾在資料夾裡。事實上，前幾天課長不在的時候，我負責蓋檢驗章，印象中就有看到──喂，中西。」

坐在末席的中西被垣內呼喚，便起身走過來。

垣內問他：「你有拿到林本的試算表吧？」

中西點頭。

「真的嗎？」

「是的。我明明有拿到，可是他們卻說資料夾裡沒有，就想說會不會掉在哪裡。」

這時垣內又說了更讓人在意的話：

「不只是林本，另外好像也有原本應該存在的資料被說成沒有。」

垣內一開始說話很小聲，因此其他課員紛紛站起來，圍繞著半澤的辦公桌。

「不覺得有點奇怪嗎?」

垣內這麼說的聲音當中,暗示著意想不到的疑惑。

7

次日,稽核小組在上午八點四十分到達分行。小木曾和昨天一樣出現,當淺野對他打招呼說「今天也請多多指教」,他便洋洋得意地進入分行長室。

在這之後,稽核小組便提出稽核項目清單。所有課員立刻將清單上貸款對象的信用檔案裝入紙箱,和昨天同樣地搬到樓上的會議室。今天庶務行員小室喜好在送來推車時,順便也協助搬運。

庶務行員是以處理分行雜務為主要工作的專門人員。到銀行ＡＴＭ區時,常會看到綁著臂章負責引導的行員,就是庶務行員。大阪西分行有四名庶務行員,小室也是其中之一。他是個機伶而勤奮的員工,大家都稱他「喜先生」。

「喜先生,真是不好意思。」

穿著制服的小室像平常一樣,回以沉默的笑容。動手多於動口是喜先生的信念,剛好和許多銀行員相反。

「請多多指教。」

半澤向組長加納打招呼，對方卻回以帶有敵意的回應：「就算你打了招呼，我也不會手下留情。」他看也不看半澤一眼，臉部仍舊朝著攤開的早報。其他稽核人員也都在做自己的事打發工作前的時間，卻沒有人注意到一再來回搬運紙箱的喜先生。對於「高貴」的稽核人員來說，庶務行員根本就像空氣般不值得注意。

這時有一名稽核人員對半澤說話：

「聽說你們昨晚忙到很晚。」

「嗯，是的。」

半澤若無其事地回答。事實上，工作告一段落是在凌晨兩點，所有人都搭計程車回家。

「稽核可沒有輕鬆到臨陣磨槍也能應付。」

已經採取攻擊姿態的灰田從旁邊瞪著半澤。這種事不用他說，半澤也知道。他只說了一句「的確」，然後直接下樓到融資課樓層，舉行課內朝會。第二天的稽核開始了。

稽核的評價分為A到E的五個等級。半澤已經從江島得知昨天的結果是D。到C為止是合格成績，D是不合格。三天內如果都是這樣的情況就會被認定有問題，需要再度稽核。

這一來就正合小木曾的意。他會主張西大阪鋼鐵公司倒帳也有其必然發生的理由，將責任完全推給半澤。這樣的發展昭然若揭。

這一天的檢討會從下午四點開始，和昨天一樣在同一間會議室舉行。

在昨天的檢討會中，稽核人員一致認定有問題，因此從一開始就提出尖銳的質問。

應戰的分行課員很年輕。稽核人員雖然因為個性有問題、沒有領導力等理由而踩空了晉升的階梯，然而個個都是在融資領域混了很久的人。就經驗這點，入行幾乎都不到五年的課員是無法招架的。

其中也有許多令人感受到惡意的場面。

譬如有好幾次被斷言「業績預測太天真了」，但是關於怎樣的預測才算理想這一點，則被對方曖昧其詞地單方面堅持主張。

半澤看不下去，幾度發言說有要求客戶提出試算表和業績預測來進行監督，但稽核人員卻說沒有審核紀錄；如果有紀錄，就會說「觀察太天真了」；不論如何都能找碴。簡單地說，就是要盡量挑毛病，導出「這家分行不行」的結論。這是故意的。

今天灰田排在第三人。

「高石鋼鐵。負責人員是誰？」

舉手的是橫溝。灰田以銳利的眼神瞪他，然後一開口就說「你這樣不行啊」，劈頭就是斥責。

「這裡是去年虧損的公司吧？看你前幾天的請示書上，提到今年會有盈餘，真的有可能嗎？」

橫溝回答：「有。」這個血氣方剛的男人顯露出不悅的表情。灰田似乎對此感到不快，用鼻子哼了一聲。他的表情似乎決定要修理橫溝。果不其然，他開始集中砲火攻擊橫溝。

「哪裡提到了這一點？只有你自己在說吧？」灰田如此斷言。

「不，我聽他們報告過業績預測，也詢問過裁員的進展。」

「哦。」

灰田眯著眼睛注視反抗的對手，然後把資料夾摔在桌上，怒聲問：

「在哪裡？根本沒有那種東西！」

橫溝的臉色變了。

「不可能的。這家公司的融資金額很高，所以我依照課長吩咐，取得了相關資料。」

「騙人！」灰田厲聲反駁。「從昨天開始，這家分行的承辦人員就一直在說這種話。沒有好好確認就說不要緊、沒問題，全都是自作主張。」

有幾名稽核人員表示同意。灰田的視線從橫溝朝向半澤。

「怎樣，融資課長，你們會不會太隨便了？」

半澤回答：「針對高石鋼鐵，包括裁員狀況和業績都有進行調查，也應該留有紀錄。」

「分行長，你看過嗎？」

灰田問淺野，淺野便回答「我不記得有這麼回事」，然後瞪著半澤。

半澤說：「不可能的。」

江島生氣地問：「那為什麼沒有，課長？」

「真是太隨便了。」灰田不耐煩的評語蓋過江島的聲音。

「貴分行除了融資以外，還有太多問題。竟然把沒有的東西說成存在。」

「不過半澤課長說過，他對授信判斷很有自信。」

小木曾似乎正等著這個機會，首度開口。

幾名稽核人員情不自禁地笑了。「這樣還能有自信？」說話的是組長加納。

灰田嘲諷地抬起下巴，輕蔑地說：

「有自信是很好，可是這應該算是太過自信了吧？」

「不，那份紀錄應該放在資料夾中。」半澤冷靜地回答。

「哪有！」

震怒的灰田把資料夾丟出去。資料夾沒有砸到半澤，而是飛到他旁邊的垣內胸口。

「課長，請過目。」

垣內的眼神很認真，傳遞出這裡正是勝負關鍵的氣勢。半澤接過資料夾，緩緩翻頁。灰田把臉撇向旁邊，似乎在說不可能找得到。對於小木曾來說，這一定是最精采的好戲。他屏息期待著半澤臉上逐漸浮現焦急的表情。半澤可以清楚感受到他的情緒起伏。

半澤翻到最後一頁，抬起頭說：

「不在這裡。」

「別開玩笑！」

灰田站起來，將拳頭敲在桌上。然而他的動作卻因為半澤接下來的話而停止了。

「今天早上還在。」
「什麼？」
「清單上有列出這份資料。」
半澤說完，首度將手邊的清單拿給灰田看。這是昨晚完成的清單，記錄哪個資料夾中夾了什麼資料。雖然做到凌晨兩點，但總算能夠派上用場。
「別鬧了，半澤課長。」
半澤不理會在一旁插嘴的白痴副分行長，開始發動攻擊：「從昨天起，似乎就有好幾份資料不見了，我才想問你們是如何管理的。」
這句話等於是火上加油。
「你在指控是我們弄丟的嗎？」灰田怒髮衝冠，大聲怒吼。
「事實就是不見了。」
「分行長，這位融資課長是不是有問題？」
擔任組長的加納按捺不住地問。小木曾無聲地竊笑。這是會心的笑容。
「你想說，是我們遺失了重要的資料嗎？」加納以不敢置信的表情問。「太過分了。小木曾次長，我從來沒有受過這種侮辱。」
「我可以想像得到。」小木曾一副得意的表情。「半澤，你差不多也該承認自己的過失了吧？」

「如果錯在我們，我會很坦然地承認過失。我隨時都有這樣的心理準備。但是現在的情況不一樣。」

「半澤，別做無謂的掙扎了。乖乖認錯吧！」

小木曾表現出從容的態度，像是在折磨對方般地說。

「小木曾次長，這句話我要原封不動地還給你。」

「什麼？」小木曾的臉色變了。

半澤呼喚下屬：「橫溝，請你找喜先生過來。」

「好的。」

橫溝跑到會議室角落的電話，用內線打到二樓的庶務行員室。很快地，喜先生就以有些拘謹的態度走進來。

「我是庶務行員，小室。」

他自我介紹之後，半澤詢問：「午餐時間有沒有人進來這裡？」

「有的。那位曾經進來過。」

小木曾被他指出來，表情變得僵硬。

「事實上，喜先生一直替我們看守這裡。你從哪裡看到的？」

「從窗戶。」小室指著會議室的窗戶。「我依照你的吩咐，邊擦窗戶邊觀察。」

「喜先生，我們的資料從資料夾消失了。你知道在哪裡嗎？」

「我不知道是不是你要找的東西，不過那一位好像從資料夾拿了某樣東西，放進自己的公事包裡。」

「謝謝你。這樣就行了。」

會議室的空氣凍結了。

原本狂怒的灰田以不安的眼神看著小木曾。此刻小木曾的臉色蒼白，嘴唇在顫抖。

「可以看一下你的公事包嗎？」

小木曾無意識地把手伸向腳邊的公事包。

「抱歉。」

站著的垣內說完，迅速拎起那個公事包。他一一取出裡面的東西：報紙、文庫本（他似乎喜歡讀推理小說）、手機、香菸，還有——垣內抓起一疊資料，高高舉起，然後用力摔在完全無法動彈的小木曾面前。

8

「這只是自我防衛而已。」

針對小木曾的欺瞞行為，人事部長署名的道歉信在前幾天寄達。因為有人藏匿原本應該存在的重要文件、妨礙稽核評價的正當性，因此這次稽核到第二天就宣告中止，第一天的評價也被取消。

「小木曾已經不行了。現在雖然還在停班懲戒中，不過杉田人事部長的怒火非同小可。好一點是外調，更慘的情況還可能被迫辭職。」

渡真利在電話另一端發出竊笑。

「那當然。」半澤說完又問：「關於這次事件，調查得怎麼樣？」

這次稽核本身就是小木曾指示的，而這一點也立刻受到關注。看來東京中央銀行還殘存了一絲正義。小木曾被懷疑是因為對於半澤的個人情感，才介入稽核內容。

「不是有個很囉嗦的傢伙叫灰田嗎？他在內部調查中承認了。其他人也作證說，事前聽小木曾暗示過你的素行不良。不過這件事雖然解決了，你還有那個問題要處理。」

他指的是西大阪鋼鐵公司倒帳一事。
「跟那個沒關係吧？內部調查的事，你該不會因為是自己人就放水吧？」
「當然不會。不過這件事對你來說算是雙刃劍，半澤。」渡真利突然壓低聲音。「西大阪鋼鐵的倒帳問題在董事會上受到關注。小木曾雖然做得太過火，可是也有董事在詢問事實真相究竟如何。你最好看作是包圍網縮小了。討回貸款方面有沒有進展？」
「怎麼可能會有！」半澤感到惱火。「別的不說，這陣子被稽核搞得團團轉，根本沒時間工作。」
「你別以為這樣的理由能當藉口。」
半澤嘆氣說：「銀行這種地方真是不講理的組織。」
「你現在才發現嗎？那我再告訴你一件事吧。銀行這種地方是沒有人情、沒有寬容、沒血沒淚的組織。你得好好記住才行。」
「吵死了。我要掛斷了。」
半澤用力掛上聽筒。
可惡的傢伙。半澤哼了一聲，交叉雙臂。這時中西過來，告訴他有訪客。
這次稽核發生的事件，讓融資課全體員工都感到痛快。雖然不值得讚許，不過所有人團結在一起，甚至還變得充滿活力，實在是頗為不可思議。

櫃檯前站著一個六十歲左右的男人，生硬地對半澤鞠躬。半澤有一瞬間想不起這個人是誰，不過馬上就想起來了。黑白夾雜的頭髮、晒紅的臉——他是竹下金屬的社長。

「上次打擾了。請到這裡。」

竹下被引進會客室，切入正題說：「上次的談話讓我有些在意。」他指的是西大阪鋼鐵公司的事。

「在那之後，我自己試著計算對西大阪鋼鐵的銷售額。」

竹下把大紙袋放在沙發旁邊，從其中拿出一大疊資料放在桌上。這些是公司的會計資料。他抽出一張手寫清單，拿給半澤看。

「你們應該有西大阪鋼鐵公司的會計資料吧？可以比較看看嗎？我想知道他虛報了多少。你能查一下嗎？」

真有趣。半澤從來生拿到的財務資料有三個年度份。他單純地比較兩者結算期的買賣金額有多大差異。

「三年前差了一億日圓左右，兩年前也一樣。不過去年卻有兩億日圓的差異。」

西大阪鋼鐵公司浮報這麼多已支付經費，然而實際上這筆錢並沒有支付給竹下的公司，而是消失到某個地方。這個地方想必就是東田的私囊了。

「就算只計算結算期的差異，也有四億日圓，足以回收竹下先生的帳款了。而且像這樣的會計造假可能不限於竹下先生的公司。依常理判斷，應該還有其他例子。」

「那男人一定把這筆錢藏到某個地方了。到底是藏到哪裡？」

竹下說完點燃香菸。他低沉的聲音很有威嚇力量。他再度抬起視線看著半澤，眼中帶有非比尋常的怒氣。

「我絕對不會饒了他！」

這句話和煙一起吐出來。半澤也點頭。因為浮報進貨金額，西大阪鋼鐵公司的資金運轉想必更加艱難。另一方面，東田卻透過虛飾財務報表，假裝得到利益而從銀行取得資金。

俗話說，金錢不分顏色。事情很簡單：虛報的進貨金額等於是用從銀行借來的錢來填補。

也就是說，半澤被倒債的五億日圓只是轉變為東田的隱藏資產。

「我去見過破產管理人的律師，不過律師似乎不知道他有隱藏資產。會不會是送到國外去了？」

「至少有一部分恐怕是如此。」

半澤說出夏威夷豪宅的事，竹下便怒罵：

「真是王八蛋！還是說，是被騙的人自己不好？」

「不，是騙人的傢伙不好。這不是理所當然的道理嗎？」

「我跟你應該滿合得來的。」

竹下嘴角叼著香菸，瞇起一隻眼睛看著半澤。「決定了，我一定要找到這筆錢，討回帳款。如果可以的話，要不要一起合作？」

半澤露出笑容。

「我才想要拜託您呢，社長。」

他緊緊握住從桌子另一端伸過來的手。竹下捻熄香菸說：

「說定了。不過有件事我要拜託你——別用彆腳的關西腔說話。」

第四章　非護航艦隊

1

「找到一家了。」

竹下粗啞的聲音簡直像是要從聽筒溢出來。

時間是三天後。半澤上次曾提議，先調查東田的隱藏資產有多少。

為此必須接觸竹下金屬以外的西大阪鋼鐵公司承包商，調查進貨金額的浮報狀況。

半澤從財務報表列出所有供貨商，在信用資訊系統調查公司地址，然後由竹下聯絡各公司。兩人這樣的角色分配運作得很順利。

「江坂那裡有一家叫淡路鋼鐵的公司，好像也因為西大阪鋼鐵倒閉連帶倒了。社長是個叫板橋的男人。我問過中小企業協會裡認識的人，聽說他躲到奈良去了。」

「可以跟他取得聯絡嗎？」

「我知道他的手機號碼。如果沒被停話，應該可以聯絡上吧。我打打看。你要不要一起去？」

「當然了。」

過了半天左右，竹下通知他約定時間在次日晚上七點。

他們在分行前會合，然後搭乘地下鐵轉乘近鐵奈良線。社長板橋平吾的家位在從菖蒲站步行十分鐘左右的住宅區。這是一棟小小的木造兩層老舊獨棟建築，彷彿反應了淡路鋼鐵原本慘澹的業績。

板橋似乎獨自一人住在那裡。

「我提出認識的社長名字，總算讓他答應跟我談。可是從電話裡說話的印象，感覺是個很不合作的歐吉桑。我們大概算是不速之客吧。」

竹下按了大門旁邊的對講機。

門立刻打開，出現的男人果然一臉不悅的表情。

「我是之前打過電話的竹下。這位是銀行的半澤先生。」

板橋不耐煩地看著竹下和半澤問：

「找我做什麼？現在談西大阪鋼鐵公司的事，也沒什麼意義。」

竹下說：「那倒不一定。西大阪鋼鐵的東田社長似乎有隱藏資產。」

板橋的眼睛張大了一瞬間。

「我們公司的進貨金額也被浮報了。他很可能就是像這樣到處侵占利益，進行計畫性倒閉。我和這位半澤先生就是在調查這件事。大家都是債主，要不要一起合作？搞不好可以討回自己的錢。」

板橋以黯然的眼神說：「我在電話裡也說過了，我對這種事沒興趣。」

「沒興趣？為什麼？恕我直說，這件事對貴公司應該只有好處，沒有壞處吧？」

板橋說：「拜託你別糾纏我了。做那種事，就算拿回了錢，也不可能讓公司重新振作起來。算了吧。」

「可是就算晚了點，也能支付債款給造成困擾的生意夥伴啊！」竹下這麼說。

然而板橋卻完全拒絕溝通。

「總之，請別再來找我了。我不想再為西大阪鋼鐵公司的事情受到糾纏。不要來煩我。」

他說完在兩人面前用力關上門。竹下感到有些茫然，回頭問半澤：「這到底是怎麼回事？」

「我們先回去吧。這樣根本沒辦法談。」

對話只有幾分鐘時間。太過單方面的拒絕，讓人一頭霧水。

「就算要花一些時間，可是能夠拿回錢，當然比較好吧？又不是要他支付調查費之類的。」

的確就如竹下所說的，半澤也同樣感到無法釋懷。

次日，半澤從大阪商工調查的來生得知淡路鋼鐵倒閉的消息。

這是一家營業額十億日圓的中小企業，業績從幾年前就是赤字。公司處於無力償付狀態，四家往來銀行的融資總額達到超過全年銷售額的十二億日圓。

負債不只如此。如果納入進貨費用與未支付薪資，淡路鋼鐵的負債總額早已超過二十億日圓。相對地，西大阪鋼鐵欠這家公司的金額則只有一億日圓左右。

即使從西大阪鋼鐵討回被倒債的一億日圓，也等於是杯水車薪。公司不可能重建，板橋本人也無法避免申請破產的命運。

他的態度是自暴自棄的結果嗎？然而這天晚上竹下帶來的新消息，讓半澤的想法產生微妙的改變。

「聽說有個社長在高爾夫球場遇到板橋。」

「高爾夫球場？」

「我本來還想說怎麼還那麼有錢有閒，不過那位社長告訴我一件有趣的事：西大阪鋼鐵公司的東田在創業之前，和板橋在中之島的同一家公司工作，彼此算是職場上的學長學弟。那個叫板橋的社長搞不好暗地裡和東田勾結。」

2

「昨天竹下金屬的社長來找我，還帶了一個銀行員。」

「哦。」

東田瞇起眼睛，注視著似乎因為擔心而坐立不安的板橋。板橋被他注視，很不自在地重新坐好，將手上的小酒杯放在餐桌上。

這裡是俯瞰神戶夜景的高級大廈室內。大廈名義上的屋主是東田太太的叔父。這位叔父曾在神戶市經營公司，現在則躺在病床上，幾乎所有資產都交由東田管理。在這裡就不用擔心囉嗦的債主找上門了。

「也許已經被他們發現了。」

這個男人並不笨，但是從以前在同一家公司工作的時候，個性就很膽小。

「那又怎麼樣？」東田粗魯地回答。

一旁的女人立刻倒酒。這是從新地的酒家帶來的熟識小姐。時間已經過了晚上十一點。這天板橋把車停在大廈前方，一直在等東田回來。雖然不知道會被誰看到，但是怯懦的板橋一焦急就容易失去冷靜判斷，必須加以留意才行。

「可、可是聽說國稅局也開始調查了，那個——」

東田把酒杯丟向板橋，弄濕他的胸口。板橋驚恐地閉上嘴巴。東田怒叱：

「你以為是誰讓你可以賴掉債款？是誰來求我幫忙，說欠銀行一大筆錢沒辦法還？你想回到欠債生活嗎？你要一輩子替銀行工作嗎？」

板橋默默聽他說話，嘴巴緊閉，宛若石頭般僵直不動。

讓這傢伙摻一咖，或許是失敗。

東田指導他，姑且先借到能借的錢，然後宣告倒閉。等到風頭平息下來之後，東田就會照顧他。

東田還加了條件，就是要加入他的計畫。

板橋被斷了退路，站在人生的懸崖邊緣，無法說「不」。

「再等三年吧。」

板橋驚愕地抬起頭。

「到時候，我的新事業應該也已經上軌道了。」

東田打算在中國生產特殊鋼，為此即將出發前往當地視察工廠用地。在成立當地公司之後，東田本人也打算移居到中國。在中國與夏威夷設置據點、往來兩國之間的生活，就是他描繪的未來藍圖。他已經充分確保達成這個目標的資金了。

板橋以虛弱的聲音說：「東田先生，請小心點。如果被國稅局抓到，或是被銀行發現，那就得不償失了。」

「吵死了！」

東田再度感到不悅，用低沉而凶狠的聲音斥責。這時對講機響起，告知有新的訪客來臨。

不久之後進來的男人身著西裝，似乎已經喝過酒，即使在琥珀色的燈光下，也看得出他的臉色變得紅潤。

「怎麼了？擺出這麼凶的臉。」

訪客詢問的口吻很輕快，和現場的氣氛格格不入。東田用下巴指著板橋說：

「他被嚇破膽了。聽說連帶倒閉的公司社長和銀行的人去找他談，他就擔心會不會被發現玄機。」

「哦。」

訪客從東田的情婦接過酒杯，喝下滿滿的一杯酒。從他凝視板橋的表情中，看得出縝密的腦袋正在活動。

「他們說，東田一定有隱藏資產，要我協助他們揭穿。」

「那你怎麼回答？」

「我叫他們別再煩我。」

「怎麼這樣回答？」男人顯得有些掃興。「還不如假裝協助他們，然後暗中擾亂。」

「這招不錯。你的腦袋還是這麼犀利。」

東田稱讚他，男人便頗為得意地笑了，接著問：「來找你的是你認識的人嗎？」

「是竹下金屬公司的社長。你應該聽過這家公司吧？就是用來操作會計數字的那家公司。另一個人是銀行員。」

「哪一家銀行？」

「我不知道是哪家銀行，只知道那個人好像叫半澤。」

男人和東田面面相覷。

「哦。」

酒杯空了，立刻又被斟滿。男人陷入沉思，先前剛進來時爽朗的表情消失了。這杯酒花了稍微久一點的時間才喝完。

3

半澤埋沒在文件當中。他已經埋沒好一段時間。在褐色燈光照亮的書庫中，半澤拿手帕擦了擦額頭。手帕放在前方的紙箱上，以便隨時伸手去拿。

時間是晚上八點。東京中央銀行為了節省經費，只要一過下班時間就會關閉空調。雖然不可置信，但卻是事實。到了冬天，連暖氣都會關閉。像這樣的銀行並不少。

天生容易流汗的半澤早已汗流浹背。

他已經用到第二條手帕，另一條晒在背後的書架。剛剛來請他蓋檢核章的下屬橫溝發現了，竟然說「好髒」。

半澤回他「吵死了」。這時橫溝把雙手放在膝上，探頭問他：「你在做什麼？」

「就如你看到的，我在查資料。」

「要我幫忙嗎？」

半澤把附近的一冊文件丟給他。這是釘在一起的匯款單。

「幫我找找看，有沒有東田滿的匯款單。」

「是西大阪鋼鐵公司吧？」

「嗯。」半澤低聲回答。這是全面作戰，跟誰是承辦人員無關。能否回收西大阪鋼鐵公司的貸款，會讓分行業績有一百八十度的差異。

「好！」

橫溝很有氣勢地回應，然後坐在紙箱上。

有好一陣子，只聽到翻閱文件的單調聲音。半澤感到肚子餓。他今天因為太忙，連吃午餐的時間都沒有。在營業門市工作的銀行員在午餐過後，通常直到回家都不會吃飯。半澤最近總算習慣了，不過在剛入行的時候，一到晚上肚子就會餓到不行。今晚他想起了這段回憶。

他把檢視過的文件放回原位，站起來伸手去拿另一冊文件。

這個動作一再地反覆。

他在調查的是東田的金錢流向。

他知道東田在夏威夷買了別墅。得知這件事可以說是偶然的結果，但是應該不只這樣才對。

他和竹下金屬的竹下社長共同尋找的隱藏資產少說也有幾億，或許有將近十億日圓也不一定。

為了得到尋找這筆錢的線索，半澤打算從能找的地方先找。於是他首先調查保管在分行內的過去的匯款單。

腳步聲接近書庫。出現的是課長代理垣內。

「課長，存款部門剛剛聯絡，五年份的存提款明細已經完成了。這邊的工作換我來吧。」

「拜託你了。」

「我請他們把資料放在桌上。」

半澤和垣內輪替，上了二樓。三溫暖般悶熱的分行內，留下的只有融資課員。分行長淺野在晚上六點之前離開，副分行長江島目送淺野回家之後，也急忙消失蹤影。

垣內收集的資料是東田在東京中央銀行的活存帳戶存提款明細。

和西大阪鋼鐵公司開始進行交易，是在今年二月下旬。

不過東田個人在大約五年前，就已經在東京中央銀行大阪西分行開設活存帳戶。這件事是承辦人員中西剛剛發現而向半澤報告的。如果調查活期存款的動向，或許能夠找到線索。

雖然不抱太大期待，不過只要是能夠連結到東田的隱藏資產、或是東田本身的任何情報，半澤都想要得到。

西大阪鋼鐵公司的主要銀行長久以來都是關西城市銀行。半澤原本認為，即使社長將私人帳戶開設在東京中央銀行，應該也沒有多少交易，或許接近靜止戶。然而他一看到明細，就知道自己猜錯了。

從帳戶扣除的有電費、水費、瓦斯費、電話費、保險費——這是日常生活用的帳戶。

這是怎麼回事？

東田把東京中央銀行當作個人的主要銀行嗎？

半澤停止翻閱，開始思考。這種事並非不可能。

因為經營者往往不想讓公司主要銀行知道自己的私生活。

企業與銀行之間的交易存在著種種策略算計。尤其是擔保相關方面，攻防更加激烈。如果連個人使用的金錢都被虎視眈眈地監視，會很受不了，因此私生活的主要帳戶才會放在和融資不太相關的銀行。

不過半澤立刻理解到，幾億日圓以上的隱形資產流動並沒有經過這個帳戶。

他尋找東田在夏威夷購買不動產的日期前後，都找不到大筆金額出入的紀錄。

一一檢視明細紀錄的各項支出與入帳金額，浮現的是東田的私生活。

這個帳戶在每個月二十五日會匯入六十萬日圓的現金。這筆錢不是「薪水」名義，而且以東田身為中堅企業社長的地位而言，即使公司虧損，這樣的薪水未免也太少了。因此這想必是東田從另外的薪水帳戶匯入，作為生活費用。半澤推測實際使用這個帳戶的應該是東田的妻子。

這個帳戶大概每週提款一次，金額是五萬到十萬現金。自動轉帳項目除了先前提到的生活基本費之外，還有報費、健身俱樂部會費、幾張信用卡的扣款、幾千日圓的網路費、兩項人壽保險、一項物產保險。大概就是這樣。

其中有幾筆匯款。

匯款對象包括花藝教室、文化中心、學校的學費。學費有兩個戶頭，都是位在神戶的私立高中——也就是貴族學校。另外幾個定期匯款的個人戶頭，或許是鋼琴、游泳之類的才藝班或補習班吧。

扣款次數雖然相當多，不過每個月大概都是同樣的內容。從這上面的金錢流動看出來的，是還算富裕的小康生活。

和一般家庭相較，除了金額稍微高一點，並沒有太大的差異。

「要從這裡找到線索，大概是不可能的。」

正當半澤這麼想時，忽然找到一筆令人在意的匯款。

匯款對象是橋田清潔公司，金額是七萬日圓。日期是在七月。

「清潔公司啊……」

次日，半澤利用電腦調查前晚找到的匯款明細。

匯款對象是同樣開在東京中央銀行神戶分行的支票帳戶，也知道帳號。正式公司名稱是橋田清潔服務股份有限公司。這家公司似乎不是洗衣公司，而是中堅規模的清掃業者。

半澤透過融資管理系統，查出承辦這家公司業務的部門。神戶分行是大分行，視客戶規模會有不只一個融資課。負責橋田清潔公司的是融資第一課。半澤曾在課長會議上，和該課的課長三國交談過幾次。

半澤打電話給三國，在打過招呼之後進入正題：

「為了討回貸款，有件事我想要請你幫忙。」

三國很爽快地回應：

「幫忙？如果有我們能幫上忙的地方，請儘管吩咐吧。」

「本分行的呆帳客戶曾匯款給貴單位負責的橋田清潔公司。這家公司是住宅清掃業者嗎？」

「是的。有什麼問題嗎？」

果然沒錯。半澤繼續說：

「如果可以的話，能不能偷偷問一下，這筆匯款清掃的住宅在哪裡？事實上，我們正因為社長下落不明而傷腦筋。我想要直接跟他見面談話。」

電話另一端的三國感到猶豫。

「這種事對於橋田公司來說，等於是洩露顧客資訊。應該很難問出來吧？」

「即使如此，還是想要拜託。」

「你說這是呆帳客戶嗎？」

半澤告訴他目前的情況。

「既然是這樣的話，我就去問問看吧。不過請不要造成橋田公司的困擾。」

「我知道。事實上這件事有點急。」

半澤得到三國的允諾之後掛上電話。一小時後，三國回電給他。

「關於剛剛的事，我請該公司的會計承辦人員偷偷調查。東田先生七月委託清掃的，似乎是位在寶塚市的大廈。」

「寶塚？」

半澤手邊的西大阪鋼鐵公司相關資產一覽表當中，並沒有位在寶塚的大廈。他詢問三國大廈地址。

「這是隱藏資產嗎？」

隔壁座位的垣內看到半澤寫下的筆記，壓低聲音問他。

「也許吧。」

半澤用辦公桌上的電話打給熟識的代書，得到該地址的不動產登記謄本。接著他聯絡竹下，告知目前進展。

「原來是寶塚的大廈。根據我得到的小道消息，東田現在沒有和家人住在一起。如果住在那裡的是東田，我也想過去找他算帳。」

倒閉的經營者之所以要和家人分開居住，是為了躲避債主。

有不少人在公司倒閉時就離開家人，輾轉逃亡全國各地。也有經營者為了避免家人受到債主騷擾，離婚後獨自過著逃犯般的生活。

社長這個行業是孤獨的。

有錢時周圍的人都會阿諛奉承，然而一旦陷入困境，沒有人會伸出援手。社長必須以連帶保證的名義，獨自背負所有的債務。

俗話說：金錢用盡，緣分也盡。銀行也是如此。半澤本身從來沒有以信用貸款（也就是無擔保）借錢給真正需要的人。信用狀況極度惡化之後，除非有擔保，否則就無法融資。就算被責難為龜毛小氣、被譏諷為討債鬼，只要沒有擔保品，銀行就會見死不救。

「拜託，只有這次——只要這次就好，可以請你幫幫忙嗎？」

即使公司社長跪下來哀求，也不能因為同情而答應。銀行這種組織願意融資的，只有信得過有辦法還錢的對象。

「社長，這點辦不到。現在必須靠你自己想辦法解決。」

擔任這家大阪西分行的課長之後，半澤一次又一次地說這句話。

有人說銀行都在晴天送傘、雨天收傘——的確沒錯。

融資的重點在於討回來——這點也完全正確。

金錢的絕對法則就是要借給有錢人，不能借給窮人。就是這麼回事。

這才是銀行融資的根本。

泡沫經濟之前的主要往來銀行，是陷入困境時能夠伸出援手的銀行。

然而現在不論到哪裡，都沒有這樣的銀行。

昔日的銀行受到護航艦隊模式的保護，即使陷入困境也有官方支援，也因此能夠以義理人情為優先，貸款給中小微型企業，即使被倒了如山高的債也不用擔心。

然而現在卻不一樣了。

銀行不倒神話已經成為過去。在這個時代，如果出現虧損，銀行也會被淘汰。也因此，銀行無法再幫助中小企業。日式金融慣例中，保護客戶公司的主要銀行制之所以崩壞，應該可說是肇因於同屬金融慣例的護航艦隊模式崩壞吧。

為了不被市場淘汰，現在的銀行最重要的不是保護客戶，而是保護自己。

銀行不再是特別的組織，而成了如果不賺錢就會理所當然倒閉的普通公司。銀行可靠的時代頂多到泡沫經濟時期。現在的銀行在客戶陷入困境時無法提供幫助，其實際地位早已低落，對企業來說只是為數眾多的周邊企業之一。

當天晚上，竹下來到銀行。半澤先前聯絡他，已經收到代書送來的不動產登記謄本。

「我白天去看過寶塚那棟大廈。」竹下一開口就這麼說。

「這麼快？」

他的熱忱、或者應該說是偏執，讓半澤感到驚訝。

「情況如何？」

這裡是二樓的會客室。空調因為銀行規定而關閉，因此開著窗戶。沉重而飽含熱度的戶外空氣從裝了鐵窗的窗戶流進來。

「門口沒有姓名牌，不過我在大廈前面監視，看到東田的太太和小孩一起進去，所以應該沒錯。話說回來，那女人怎麼看都不像倒閉公司經營者的太太。不愧是東田的太太，看起來個性很強勢，走路時一副威風凜凜的態度。」

東田達子今年四十二歲。她完全沒有碰西大阪鋼鐵公司的經營。竹下在中小企業協會的聚會見過她幾次，但是半澤並沒有見過。

「對了，謄本上是怎麼記載的？那棟大廈果真是東田的隱藏資產之一嗎？」

「好像不是這麼回事。」

根據代書拿來的不動產登記簿謄本，大廈持有人是「小村武彥」的個人名義。

「不是東田的資產嗎？」

「看樣子不是。」

「這麼說，是租屋嗎？」

半澤一開始也這麼想，不過如果是租屋，東田特地委託業者清掃就很奇怪了。

「權利關係呢？有沒有在哪裡當擔保品？」

「完全沒有。很乾淨。」
竹下瞪大眼睛。
「既然沒有擔保，那就是用自己的資金直接買的囉。那棟大廈很氣派，就算是二手，大概也要七、八千萬日圓吧。」
「世界上有很多這樣的人。」
「真是不公平。」
「我有同感。」
「半澤先生，你接下來打算怎麼做？」
半澤把手指按在額頭上思索。
「我去調查這座大廈的持有人和東田的關係。」
竹下問：「你打算問誰？」
半澤能想到的當然只有一個人。

4

之前來到這裡的時候，盛夏的陽光幾乎烤焦引擎蓋。然而——

今天卻下著雨。而且是傾盆大雨。兩側的焦炭場在雨中顯得朦朧，看不到遠方。雨點激烈地打在車窗上，即使將雨刷設定為高速也趕不上，風扇則將潮濕的空氣吹入車內。開到最大的空調沒有什麼效果，只有聲音很大，持續把夾帶煙臭味的風吹送到握著方向盤的半澤。

他不能只打電話解決。

他不信任波野。為了問出事實真相，他必須當面逼問對方。也因此，他雖然約了時間，卻沒有告知談話內容。讓波野感到不安也是戰略之一。

果不其然，波野一看到半澤出現，就以幾乎要從辦公座位跳起來的氣勢飛奔過來。

即使是這麼小的公司，他或許也會在意員工的目光吧？或者也可能是顧慮到身為社長的哥哥。他的哥哥一邊朝著電話大聲說話，一邊瞪著半澤的臉。

「請、請到這裡。」

波野將半澤推入會客室，伸手關上身後的門，肩膀上下起伏喘氣。他露出苦澀的表情說：

「那、那個——可以請你以後不要來了嗎？如果一直為了先前公司的事情糾纏不清，社長會很不高興。」

半澤冷笑著說：

「如果可以的話，我也不想要見到你。可是眼前的情況迫使我必須來找你，這也是沒辦法的。」

波野哭喪著臉問：「到底是什麼情況？」

「你知道東田社長的家人在哪裡吧？」

半澤刻意使用詰問的語氣。光是這樣，就讓個性軟弱的波野顯得畏縮。

「我、我不知道。上次我也說過，自從公司跳票之後，我就沒有見過社長，怎麼可能知道他的家人在哪裡。」

「如果你不告訴我真話，就會惹上麻煩。」

「我說的是真的！相信我！」

波野如此主張。半澤盯著他的眼睛，念出位在寶塚市區的地址與大廈名稱。

「那、那是什麼？」

「只要你說出你所知道的事實，我就原諒你。不過只有現在這個機會。」

半澤換了說話方式。波野緊張的臉孔下方，喉結上下移動。

「可、可是——」

波野想要反駁，但半澤光是瞪他一眼，他似乎就失去氣力，垂下了頭。

「波野先生，你差不多也該告訴我了吧？我的忍耐也是有限度的。這是誰的大廈？如果你隱瞞我，就不會只是像這樣的訪問了。沒關係嗎？」

「請等一下，我剛剛總算想起來了。那應該是……他太太親戚的——」

「你說什麼？」

這傢伙果然知道。波野這個男人是由小小的謊言堆積而成的。半澤想到自己被他矇騙，滿肚子的怒氣都湧上來。「什麼樣的親戚？」

「好像是——太太的叔叔吧。」

「名字呢？」

「我記得是姓小村。」

這個姓氏和登記的大廈持有者相同。

「然後呢？住在那裡的只有東田的家人嗎？」

「大概是吧。社長應該和他們分開行動。」

「他在哪裡？」

「我、我不知道。這是真的。我真的不知道。」波野激動地搖頭。

「波野先生，你在法庭上被問到的時候，也能說出同樣的回答嗎？」

「我、我說過，我真的不知道。」

「那麼請你憑想像，說出大概會在哪裡。你覺得東田會在哪裡？」

波野以僵硬的聲音說：

「我猜他大概是在那位小村先生持有的其他大廈、或是別墅之類的地方吧。」

「那個叫小村的是什麼人物？」

「他是個資產家。」

波野的說明如下。

小村武彥繼承了東田太太達子父親老家的貿易公司。幾年前罹患阿茲海默症，在特別照護老人院生活。由於他單身且沒有小孩，因此東田夫婦便提供他各種生活上的照顧。

「不過以東田太太的個性來說，我想一定是為了財產。」

「說得真過分。」

「她是個心狠手辣的女人。」

「也就是說，他們是一對相配的夫妻。」

半澤接著又詢問小村資產的所在地，但波野說他不知道。

「不過我知道小村住院的醫院。之前社長吩咐過我送行李到那裡。只要知道小村所在的地方，應該就有辦法調查出來吧？」

「那也要試試看才知道。」

「請你不要再來了。」

半澤感到憤怒。「你為什麼之前沒說出來？西大阪鋼鐵公司的財務內容被洩露出去了。波野先生，是你洩露情報的吧？既然如此，這件事你也可以更早告訴我才對。東田有聯絡過你嗎？」

「沒、沒有。我、我的確洩露了財務內容。因為我連遣散費都沒拿，就被公司拋棄。」

波野絮絮叨叨地替自己辯護。他或許期待洩露情報可以從來生得到某種好處。

「波野先生，這不是遊戲。你也參與了西大阪鋼鐵公司的造假行為，欺騙了銀行。」

「不是的。我是受到東田社長指示……」

「別否認。」

半澤提醒波野，當西大阪鋼鐵產生虛飾財務報表嫌疑、半澤向他確認內容時，他採取了掩飾敷衍的態度。一說出口，半澤內心就燃起怒火，彷彿是昨天發生的事。雖然說東田更可惡，不過此刻不論波野擺出如何可憐的表情，他都不打算原諒對方。他想要更加用力地折磨，讓波野徹底後悔。

半澤繼續說：

「你的責任不會輕易消失。即使你想要忘記，本行也無法忘記被倒帳五億日圓。在還沒解決之前，我要你跟我一樣徹底煩惱。」

「太過分了！我只是在西大阪鋼鐵公司工作的員工而已。我並沒有參與那家公司的經營——」

「我也一樣。」半澤打斷波野的話。「我也只是東京中央銀行的行員，跟你一樣只是個員工，沒有參與經營，公司損失了也不會傷到我的荷包。可是身為負責任的社會人士，我絕對無法原諒你的作為。不論你感到多麼困擾，我也要你為自己做的事情負責。」

面對半澤憤怒的責難，波野張大嘴巴卻說不出話來。

不久之後，半澤離開好似被絕望打倒而垂頭喪氣的波野，走出會客室，仰望雨勢逐漸變大的天空。他打開側面靠著玄關停放的業務用車的門，發動車子。空調再度大力吹送帶有煙臭味的風。隔著前窗與擺動的雨刷，半澤看到波野的哥哥滿面怒容跑下階梯，大概是剛剛打完電話。半澤把車子開出去，輾過地上的水窪濺起水花。社長哥哥跳開並破口大罵。半澤不理會他，踩下油門，再度行駛在焦炭場之間踏上回程。

5

就如波野所說的，東田很有可能躲在小村持有的資產之一。

問題是要如何查出他所持有的資產。目前已知的，只有小村經營的公司名稱，以及目前住院中的老人院地址。

半澤打電話給大阪商工調查公司的來生，告訴他這家貿易公司的名稱。

「今天是來委託你調查的。我想請你調查這家公司目前情況如何。其中特別需要的是社長個人資產情報。如果可以的話，希望能夠拿到清單。」

「這家公司已經歇業了。跟融資有關嗎？」

或許是調查員的直覺，來生以稍帶懷疑的口吻詢問。

「跟西大阪鋼鐵公司有關。」

「哦，好像很有趣。事後可以告訴我詳細情形嗎？」

「如果可以抵消費用，我會考慮看看。」

「頂多只能提供折扣而已。這件事至少要花兩、三天。」

「我知道了。那就請你在調查出來之後跟我聯絡。」

三天後，來生坐在東京中央銀行大阪西分行二樓的會客室沙發上，臉上帶著得意的笑容。

「雖然花了很大的工夫，不過我總算調查出來了。代價會很高喔。」

他用玩笑的口吻說完，把裝了調查資料的信封滑向半澤的方向。

小村交易公司創業於明治年間，是一家資本額三千萬日圓、營業額超過百億日圓的商社。不過在三年前，由於社長小村年事已高及身體狀況惡化等理由，將屆百年的商社歷史畫上句點，公司歇業，小村則搬遷到兼顧治療的特別照護老人院。這家老人院位於俯瞰神戶港的六甲山半山腰，是一間只有富裕老人才能進入的特別設施。

「社長的個人資產以不動產為主，有將近二十億日圓，不過東田社長應該不能輕易取得吧。」來生提到有趣的話題。「這個叫小村的老頭是個怪人，一知道自己得病，就立刻寫下遺囑交付給律師。小村的監護人是原本擔任公司顧問律師的花嶋律師，不是東田。所以東田應該也沒辦法輕易染指小村的財產。他大概以為小村死了就能繼承財產，不過老頭子比他更精明。」

小村持有的不動產以神戶市區為主，共有五處。除此之外還有位在黃金海岸的一座大廈，大概是泡沫經濟時期入手的。

「你調查得真清楚。」

來生說：「線索是東田家人住的寶塚市那棟住宅。那棟住宅一開始有把抵押權設定給銀行，所以我就去那家銀行調查。雖然說公司已經歇業，不過那也是最近的事，所以查起來並不難——像這個滿可疑的吧？」

來生指的是神戶市區的大廈。

「這裡是什麼樣的住宅？」

「原本是租賃住宅，不過大約一年前空出來，沒有再租出去。這是很不錯的大廈。我去看了一下，感覺應該不是空屋。搞不好是東田的祕密基地吧？」

「你看到東田了嗎？」

來生搖頭。

「說到這，我根本不知道東田長什麼樣子。我本來想調查得更徹底，可是有些可疑份子不知道從哪裡查出來的，也在那一帶徘徊，感覺不太安穩。」

半澤抬起頭問：

「是債主嗎？」

「感覺不像是。他們都穿著正式的西裝，看上去像是普通人，可是卻窺探大廈的信箱，還在停車場徘徊。」

半澤說：「大概是國稅局的人吧。」

「國稅局為什麼要找他？」

來生問完，盯著忽然住口的半澤說：「你說過要告訴我吧？半澤課長，請你遵守約定。」

「東田有隱藏資產。大概有五億到將近十億日圓。」

來生瞪大眼睛。

「他虛報進貨金額，然後把這些錢藏到某個地方。」

「那就好玩了。有這筆錢，貴行的呆帳就可以全部討回來了。」

「要先找出來才行。」半澤說。「基本上，他等於是把銀行貸款的錢直接藏起來。我一定要取回這筆錢。」

「原來如此。我本來想要寫西大阪鋼鐵公司後續發展的報告，不過看樣子最好再多等一陣子。東田社長、國稅局，還有半澤課長，最後得到勝利的會是誰呢？」

來生興致盎然地這麼說。

黑色Celsior駛下停車場的斜坡。

隔著一段距離，竹下駕駛的Crown也跟在後面。

這裡是接近三之宮站的百貨公司地下停車場。
半澤在分行前面與竹下會合，早上就前往位於新神戶站附近的那座大廈。
他一開始打算直接造訪，不過由於他在大廈前方與東田駕駛的車擦身而過，因此改變預定計畫，決定要追蹤他。
這樣做比較方便。如果當作是在街上巧遇，事後就不會被他宣稱「違法找上門」，也不會被他假裝不在家。
他們依循引導進入停車場，看到東田帶著女人進入店內。
「他和家人分居，自己卻和情婦住在一起，真是好福氣！」
竹下在車內目送他們，低聲這麼說。
女人大約二十到二十五歲，身著連身迷你裙，露出一雙瘦巴巴的腿。染成褐色的長髮大約到背部中間。被她勾著手臂的東田則一副去打高爾夫球的裝扮，大步行走，怎麼看都不像是倒閉公司的經營者。
「去看看他的車吧。」
半澤從前座下車，在偌大的停車場尋找東田的車子。黑色Celsior停放在水泥牆後方，夾在兩輛賓士之間。這輛車似乎剛買不久，烤漆亮晶晶的，完全沒有傷痕，還散發著新車的氣味。

竹下窺探駕駛座，說：

「真是不可愛。既然是倒閉公司的社長，應該騎腳踏車才符合身分。」

半澤從副駕駛座窺探車內。後座隨興地放了一件看似女用的外套。車內有面紙盒和兩支傘。其中一支是細傘柄的女用傘。中央扶手放了零錢，插著一瓶沒喝完的寶特瓶飲料。車上的東西就只有這些。

「什麼都沒有。」

竹下繞過車子，來到半澤旁邊問：「怎麼辦？看那個樣子，他們應該會花很久的時間。要不要去百貨公司裡堵他？反正一定是在逛女裝賣場。」

半澤說：「等一下。那盒面紙──」

他指著後座的面紙盒。雖然被鮮豔的黃色外套覆蓋大約一半，不過看得出藍底白色、看起來像是船帆的圖案。「會不會是銀行送的？」

「真的耶。」

竹下露出佩服的神情，用粗啞的聲音說。他瞇起眼睛想要看得更清楚。「不愧是銀行員，注意到的地方與眾不同。我差點就忽略掉了。這是哪家銀行的贈品？」

「銀行名字被外套遮住了，不過那個 Logo 並不常見。」

「應該不是大銀行。」

竹下說得沒錯。如果是巨型銀行，半澤一定會知道。

「或許是這一帶的地方銀行或信用金庫。贈品是面紙盒這一點是關鍵。至少要開設存款帳戶之類的交易，才會送出『盒裝』面紙。如果是一般交易，頂多送一包面紙。東田大概是在那裡存了錢。」

「原來如此，不知道存了多少。」

竹下噘起嘴巴，走到裝了防窺隔熱玻璃的後座，幾乎把臉貼上去窺視裡面。

這時他察覺到後面有人。

他轉頭，看到對方也驚訝地停下腳步。站在那裡的是東田的情婦。

可惡，是外套——

店內很冷，她想必是來拿外套的。

女人拔腿奔跑。

「糟糕！」

竹下「嘖」了一聲。女人踩著高跟鞋發出「喀喀」聲，跑入玻璃圍繞的地下廳。半澤也只能束手無策地目送她的背影。她的右手已經拿著手機，邊回頭看他們、邊把耳機貼在耳朵上，直接跑上通往賣場的階梯。這一切都發生在轉眼之間。

竹下問：「他們打算逃走嗎？」

「不，車子在這裡，所以沒辦法逃。應該很快就會回來吧。要不要等等看？」

然而他們等了快一小時，仍舊沒有等到東田出現。

從地下停車場出去的斜坡頂端，夏季的天空綻放著純白的光芒。竹下駕駛的Crown通過收費門之後，一口氣加速衝上斜坡。

「他該不會又打算躲起來吧？」

「不至於吧？」

那個女人大概看穿半澤和竹下是債主，但是應該還不知道他們是誰，只以為兩人在街上偶然看到東田的車子才追來——東田大概也會這麼想吧。他不會知道包圍網已經逐漸縮小。

「為了謹慎起見，我打算監視東田的大廈。這次雖然碰巧得知東田藏身的地點，可是如果被他從那裡逃走，要再抓到他就很難了。」

「那麼我去查出東田的往來銀行吧。想必是這附近的金融機構。」

「只要找出那家銀行，扣押他的存款，就是我們贏了。」

「如果那麼簡單就好了。」

為了達成這個目的，首先必須查出那個 Logo 屬於哪一家金融機構。

這一點應該不難。

半澤和竹下道別之後，走在站前周邊，找到地方銀行的分行便走進去。他詢問大廳裡一名戴著臂章、看似庶務行員的中老年男子：

「抱歉，我想請問一下，你知道這是哪家銀行的 Logo 嗎？」

半澤拿了放在櫃檯上的單子，在背面用原子筆畫出圖案。

穿著制服的男子把這張圖倒過來看，端詳了好一會，但卻疑惑地說：

「我不記得看過這種圖案。」

半澤補充：「也有可能是信用金庫。」

「我雖然不是每一家都知道，不過這一帶沒看過這種標誌。從這裡再往前走一點，有一家信用金庫。你要不要去那裡問問看？」

「結果如何？」

垣內問。

「沒有結果。為了保險起見，我問遍站前的幾家銀行和信用金庫，可是他們都說不知道這是哪家金融機構的標誌。」

「要不要再去窺探一次東田的車子？」

「這件事我已經拜託竹下社長了。」

半澤看了看手錶。時間已經過了晚上七點，但竹下還沒有聯絡。傍晚半澤打了一次電話到手機，回報他Logo的事。當時竹下把車停在東田住的大廈附近路邊，在車內等候東田回來。

「那傢伙還沒回來。看樣子他很警戒。」

竹下說他要等到自己甘心為止。他應該還在那裡等候。

「Logo啊……」垣內邊嘆氣邊說。「如果是單字之類的，就可以用網路搜尋，不過只有圖案就很難了。反過來說，甚至也不知道這是不是銀行的標誌吧？」

他的說法也沒錯。

有可能是證券公司，或者更進一步來看，發盒裝面紙的公司未必都是金融機構。半澤一開始猜測是銀行，可說是出自同行的直覺。

「應該不太可能是證券公司。之所以這麼說，是因為西大阪鋼鐵完全沒有投資有價證券。這應該也反映了東田的興趣吧？」

「也就是說，他對股票沒興趣？」

「至少他沒有拿公司的錢去買股票。而且看東田的存款帳戶，也完全沒有和證券公司之間的資金往來。」

「的確如此。這麼說，果然還是銀行嗎——」

垣內從背後的櫃子抽出地圖展開。「東田的住家在東淀川區，家人目前在寶塚，他自己躲藏的大廈在神戶。要不要去清查這些地點附近的金融機構？」

半澤感到疑慮。

「有什麼地方讓你在意嗎？」

「東田也不是傻瓜。他做的事包括虛飾財務報表和逃稅，這一來總有一天會引起當局的注意，那麼他應該不會把錢藏在住家或公司附近的金融機構才對。如果這麼做，就會輕易被發現。」

即使是國稅局，也沒有辦法從所有金融機構當中，正確找出調查對象的個人存款放在哪裡。如果實際去調查並扣押帳簿又另當別論，不過現下應該還在更早的階段，最多只能把目標鎖定在可疑的金融機構，詢問「有沒有這個名義的存款」。如果是住家或公司附近的金融機構，被盯上的可能性也會很高。

「反而是把戶頭開在完全沒有淵源和關係的金融機構，感覺比較有可能。只要稍微會動點腦筋的傢伙，一定會這麼做。即使存提款稍微不方便，總比被找到來得好。」
「這樣的話，要找到就很困難了。」
這時竹下打電話到半澤的手機。
「東田那傢伙總算給我回來了。他到底去哪裡逛到這麼晚？」
竹下或許是在車上打電話，背景聲音很安靜。
「女人呢？」
「跟他在一起。我看到她坐在副駕駛座。我現在要去停車場再看一次。」
過了十分鐘左右，竹下再度打電話來。他似乎剛剛跑過，氣喘吁吁地說：
「我去看了。面紙盒已經不見了。」
「可惡！」
電話另一端的竹下反應卻很灑脫：
「其實這樣也好。東田大概也想過。他原本以為自己躲得很好，沒想到卻被某個債主找到了。他一定檢查過車內。他之所以把面紙盒藏起來，一定是因為那東西很重要。」
竹下說得或許沒錯。
「我要繼續在這裡監視一陣子。」

「還有其他線索嗎？」

「也不是。只是剛剛除了女人之外，車上後座還坐了一個男的。我想要再看一次那傢伙的長相。你也想知道東田和什麼樣的傢伙勾結吧？」

「如果有帶相機就好了。」

半澤原本只是半開玩笑，但竹下卻回答「我有帶」，讓他不禁苦笑。

「這是我這個貧窮公司社長少數興趣之一。我有數位單眼相機和望遠鏡頭。如果拍到好照片，我還打算拿去參加比賽。」

竹下幽默地說完，就掛斷電話。

6

「債主？」

男人停下舉到嘴前的杯子。

「是誰？」

「不知道。未樹，妳再說一次那是什麼樣的男人。」

倒酒的女人把裝了冷酒的冰酒器放在黑色餐桌上，不安地看著東田。瘦削而令人聯想到鹿的長臉給人深刻印象。她穿著白色無袖上衣，伸出纏了兩圈手環的手摸摸長髮，以撒嬌的表情垂下眉毛。苗條的身體在冷氣過強的房間裡顯得很冷。

「有兩個男人。」

不知是否習慣，末樹噘起嘴巴擺出像是在耍脾氣的表情。她的腔調比較接近京都腔而不是大阪腔。

東田不耐煩地說：「我在問妳是什麼樣的男人。」

「嗯～一個是四十歲左右、穿西裝的男人，另一個是打扮有點隨便的老頭。」

「是黑道嗎？」

「應該不是吧。我猜是普通人。」

「有沒有什麼特徵？」

「很可怕。」

東田短促地嘆了一口氣。

「就只有這樣嗎？早知道我應該去看看的。」

「是銀行員。」

這時末樹突然說出口。東田和男人互瞄一眼，接著東田用低沉的聲音問：

「妳怎麼知道？」

「他們自己說的——說是銀行員。」

東田問：「外表看上去也像銀行員嗎？」

末樹很乾脆地回答：「沒錯。像那樣穿白襯衫、黑西裝的，應該只有銀行員吧。」

男人說：「也可能是查稅的。」

不過末樹搖頭說：「應該不是公務員。我也不知道怎麼說明，可是感覺氣質不太一樣。」

男人執拗的視線射向東田。

「會不會是半澤？」東田眼中帶著猜疑。「可是——他為什麼會找到這裡？」

7

「我只跟你說，你別說出去：近藤那傢伙可能真的很危險。」

半澤停下筷子，注視渡真利。

這裡是梅田地下街那家他們每次聚餐的店。瀰漫烤雞氣味的店內坐滿了上班族，相當熱鬧。渡真利的聲音幾乎要被抬高聲量的醉客聲音淹沒。

先前在竹下聯絡之後，渡真利突然打電話來。渡真利到大阪出差的時候，幾乎一定會聯絡半澤；如果住宿在大阪，他就會邀半澤一起喝酒。今天也是如此。對半澤來說，與其在家等候竹下聯絡，不如像這樣和渡真利一邊喝酒一邊等，比較能夠轉移心情。

「你說危險是什麼意思？」

「外調。」

渡真利把鰩魚鰭放入嘴裡。

「有這樣的傳言嗎？」

「我到處聽到他快要被外調的傳言。近藤待的系統部裡，主管位子都被占滿了，可是又不可能讓他回到分行。」

「真可惜。他其實是個很能幹的人才。」

公司組織毀了近藤，並且把他逼到絕路。

「人事是不講人情的。」

「呸！你打算說，銀行員的下場很悲哀吧？」半澤忿忿地說。

「完全沒錯。這不是別人的事，你跟我都一樣。不過如果是外調還好，至少還能混口飯吃。」

渡真利以嚴肅的表情說到這裡，又問：「你記得梶本嗎？」

「嗯，記得。他怎麼了？」

梶本博是他們大學的學長。兩年前利用提前退休制度離開銀行之後，聽說後來開了一家經營顧問公司。

「聽學長說，他好像做得很辛苦。」

離職的理由有很多，最大的理由大概就是預見自己在銀行的前途。這個前途當然不是光明的，而是半吊子被圈養的未來。梶本大概就是因此而決定離職的。

半澤說：「他應該不是沒有能力的人吧？」

梶本的最終職稱是麴町分行的副分行長。他在幾個分行工作過，在掌握實務狀況方面評價很好，並且擅長使用人脈進行溝通，聽說在泡沫經濟時代取得很好的業績。

「可是他的業績卻在幾年之後轉變為損失。這就是那個人不幸的地方。」

「他沒辦法打贏就跑嗎？」

「他有個不成材的部下，後來才發現涉及違法，還吃上官司。梶本身為副分行長，被迫負起責任。」

「原來是這麼回事。」

「雖然利用提前退休制度，可是要獨立創業也很難。」

半澤理解渡真利想說什麼。

不論有什麼樣的理由，銀行員一旦辭職，就不再是銀行員。然而卻意外地有很多銀行員不了解這個理所當然的事實。

利用提前退休制度離開銀行的行員有很多，然而光就獨立創業的人而言，很少有人能夠確保生計，至於年收高於銀行員時代的人更是幾近於零。

如果是一開始就找好再度就業的職場才離職，情況倒還好。離開銀行獨立開業的人大多會從事顧問行業，但很少人成功。

不論是前融資課長或是前副分行長，「前」銀行員有許多人在身分改變之後，仍舊無法脫離銀行員的心態。

他們在創業之後，首先做的就是去拜訪過去的客戶。

這些客戶在他們當銀行員的時候，對他們格外尊敬，奉為上賓；然而一旦辭職之後去造訪，通常都會表現出警戒、困擾的態度，當然也不可能會如他們所期待地委託顧問工作，頂多禮貌地端出一杯茶，說句「請加油」就送客了。

這樣的情況持續幾次，想要靠顧問工作賺錢的昂揚情緒逐漸低落，原本以為一定會成功的天真想法開始崩解，然後才突然發現真相。

客戶之所以對自己畢恭畢敬，不是因為佩服自己的實力，而是為了融資課長、副分行長的職稱。銀行的招牌就是如此巨大，而自己已經不是銀行員了——

提前退休者終於發覺到這一點之後，在失去希望的同時，內心也悄悄被無盡的不安占據。

如果想要利用銀行員的經歷獨立創業，至少也要有能夠出書或投稿到雜誌的「寫作」能力，或是把握幾次演講機會、吸引聽眾再度捧場的「說話」能力，或者兩者兼具。

然而擁有這些能力的銀行員並不多見，而速成顧問最終只是空有其名。基本上，如果是那麼有能力的人，待在銀行應該也能成功才對。

「一定很辛苦吧。」

半澤發自內心地說。

豐厚的退休金因為支付房貸而不斷減少，到了四十多歲，小孩的教育費也會成為沉重的負擔。

每天盯著存款帳簿餘額減少的生活，就好像被宣告剩餘幾個月生命的重病患者盯著月曆度日。獨立創業聽起來很好聽，但如果沒有工作，就跟失業沒什麼兩樣。

「聽說梶本在找再度就業的工作機會。可是過了四十五歲，應該很難吧。」

渡真利的情報讓半澤感到憂鬱。半澤認識的梶本是個很會照顧人、很可靠的男人。

即使在銀行待了很久，也很少人擁有專業技術；更何況前銀行員的頭銜、一流大學畢業的學歷，在尋找再度就業機會時反而會被認為「很難用」。另一方面，前銀行員也有很高的自尊。需要與供給之間的壕溝若是無法填補，就很難再度就業，而壕溝得以填補的可能性很低。

「當時的分行長是誰？」

「事務部長金城。你也知道他吧？」

半澤皺起眉頭說：「那傢伙很討厭。」

「事情演變成那樣，最後就是比政治手腕了。只能說金城那傢伙有一日之長。梶本當時也誤判了情勢。雖然說讓公司捲入了醜聞，但與其說是管理責任，不如說是當事人的惡意。他以為熟知這點的金城分行長會保護自己，可是沒想到最後所有責任都被推給副分行長。」

「那傢伙真可惡，完全不會學乖。」

半澤把杯子裡的啤酒喝光。

「跟你也有關係。」

渡真利說出意外的話，讓半澤感到驚訝。

「金城部長主張，西大阪鋼鐵公司跳票如果造成實際損失，就要追究融資課長的責任。看來他對你抱持著惡意。」

「反正一定是淺野遊說的結果吧？」

半澤猜測到渡真利的意思，便這麼說。

「淺野以前在某個部門當過金城的下屬。」

半澤努力壓抑心中的怒火。

「淺野打算要動用總部所有的人脈，把損失的責任推給你——你那邊有什麼進展嗎？融資部裡面對這件事很關心。」

詢問這件事似乎也是渡真利的目的之一。

「我找到東田藏身的大廈，可是還沒有拿回貸款。」

半澤告訴他白天發生的事，然後在餐桌上的紙巾用原子筆畫了關鍵的Logo。

「像這樣。我姑且問過神戶的當地銀行，可是他們都說沒看過。你知道這個商標嗎？」

渡真利的表情產生變化，接著說出意外的話語：

「這是一家外資公司。」

「外資？哪裡？」

「紐約哈博證券。他們在日本的據點只有東京分公司，在關西沒有據點。」

「是美國的大型證券公司嗎？」

「這是一家以私人銀行服務為主要業務的銀行。要在這家銀行成為客戶，至少要有十億日圓的金融資產。」

「十億？」半澤目不轉睛地盯著渡真利。「也就是說，東田擁有那麼多資產嗎？」

「如果他是那裡的客戶的話。」

所謂的私人銀行是專以富豪為對象的金融業務。業務內容主要是資產運用，除了依照顧客意願將資產分配到股票、債券、外幣存款並管理收益狀況，有時還會深入家庭問題予以協助。日本的銀行為了確保收益基礎，雖然也有在開拓富豪客戶的市場，但是和海外的這類一流銀行相較，提供的服務品質有極大的落差。

「看來前進一步了。」半澤得意地笑了。「多虧你幫忙，謝啦。」

「你一定要扣押他的存款。」渡真利以認真的表情叮嚀。

「交給我吧。」

半澤替渡真利的空酒杯倒入啤酒。

「話說回來，渡真利，你怎麼會知道這家銀行的Logo？」

渡真利露出尷尬的表情。

「別管這麼多。反正就是發生了很多。」

「你考慮過跳槽嗎？」

或許是說中了，渡真利沉默不語。渡真利的夢想是從事專案融資。他或許想要到這家證券公司，實現自己在東京中央銀行破滅的夢想。

「如果能夠查封東田的隱藏資產、回收全額貸款，淺野不知道打算怎麼辦。他在總部大肆宣傳造成損失是你的責任，這一來就沒辦法繼續攻擊了。」

半澤說：「誰管他。搞不好他會宣稱討回貸款是他的功勞吧。」

「正是所謂的『功勞歸自己，過失歸下屬』。可以請苅田幫忙，跳過淺野分行長去扣押外資嗎？」

「可以的話我也想這麼做。」

半澤笑著這麼回答。這時他接到一直在等候的聯絡電話。是竹下打來的。

「我剛剛收工回來。拍到照片了。我會寄到你銀行的信箱。對了，我把它改成手機格式，也傳到你那邊吧。你可以邊喝酒邊欣賞。我想起你是『上班族』了。」

竹下似乎聽到居酒屋的喧囂，低聲笑出來。

「聽說已經知道和東田在一起的傢伙長相了。」

正要把杯子端到嘴邊的渡真利聽了，模仿吹口哨的動作回應。

竹下的訊息立即傳來。

在吵雜的居酒屋一角，半澤以喝醉而有些不穩的手指打開收到的檔案。接收中的符號開始旋轉，螢幕上逐漸顯示出照片。渡真利也默默地盯著看。

拍攝地點是在大廈入口，背景是明亮的橘色。男人在東田目送之下從入口走出來，被相機捕捉到畫面。首先顯示的是舉起的手，接著臉部也逐漸映入畫面。

在整張照片都清楚顯示之後，渡真利仍繼續盯著畫面好一陣子。

半澤儲存了這張照片，然後按下手機按鈕打電話給竹下。

「我收到了。」

「怎樣，拍得很好吧？問題在於這傢伙跟東田的關係。他很有可能跟東田的計畫性倒閉有關。我打算調查這傢伙——喂，半澤先生，喂～！你有聽見嗎？」

「竹下先生。」

半澤用手掌遮住話筒，躲避周圍的喧囂。「這個男人——」他說到這裡，和渡真利對看一眼。「我認識。」

「什、什麼？真的嗎？那傢伙是什麼人物？跟東田是什麼關係？」

「我不知道他跟東田的關係，可是我知道他是誰。」

「是誰？」

半澤深深吸了一口氣。剎那間，周遭的喧囂被壓到意識底層。他產生奇妙的感覺，彷彿手中的手機延伸出一條看不見的線，直接連結到竹下。

「是我們的分行長。」

「啊？」竹下發出這一聲之後，好一陣子啞口無言。「你說什麼？你們的……？這是怎麼回事？」

半澤比他更想知道這個問題的答案。

8

辦公桌的電話響了。打來的是司機小牧重雄。

「我在中島製油公司前方。他剛剛進去，大概還有一個小時左右沒問題。」

「謝謝。」

半澤掛斷電話，垣內便朝著他輕輕點頭。

分行長的座位沒人，副分行長江島剛剛也和中西一起出去。他們去的是九条特殊鋼公司。這家客戶被揶揄為「九条客訴鋼」，社長全年都會以各式各樣的理由把行員找去抱怨。今天是因為前日的融資不是在指定的上午、而是拖到下午才執行，因而觸怒了社長。這位社長天性喜歡碎碎念，因此大概還要耗上兩小時左右。

此刻剛過上午九點半，銀行內的顧客很少。

半澤和垣內同時站起來，前往分行長室。這裡雖然是個人辦公室，不過因為兼作分行的第一會客室，因此沒有上鎖。會客用沙發組的後方，放置著大型的辦公桌與櫃子。

垣內隨半澤走入後關上門。

半澤直接走向辦公桌，伸手去拉抽屜。

「竟然上鎖了。」

垣內默默地遞出鑰匙。這是從總務偷偷借來的備用鑰匙。半澤用這支鑰匙打開抽屜。

抽屜裡有文具、彙整分行數據的文件以及人事檔案。私人物品有文庫本書籍與一本經濟雜誌，雜誌是上個星期的《週刊日本經濟》。

「這裡只有一件換洗用的襯衫。」

垣內打開櫃子這麼說。這時半澤注意到辦公桌下方的公事包。

他和垣內對看一眼。

半澤把公事包放到桌上。垣內說「請等一下」，然後去鎖上門。要是被人看到打開公事包的場面就不妙了。

他們找到了帳簿。

這是其他銀行的帳簿——白水銀行。半澤打開封面確認分行名稱。上面印著梅田分行。他記得這家分行應該是位在大阪站前外觀滿漂亮的一棟大廈內。

「這好像是最近辦的帳簿。」

第一行的「新開戶」文字與日期說明了這一點。日期是今年二月下旬。

「跟西大阪鋼鐵的交易開始時期幾乎一樣。」

淺野存入一千圓辦了帳簿。

「課長——」

垣內突然抬起頭，和半澤面面相覷。

從開戶日期過了幾天，戶頭匯入了五千萬日圓。

匯款人是東田。
日期是三月初。
半澤問：「你記得西大阪鋼鐵的貸款是什麼時候匯出的嗎？」
「好像就是這個時候。」
半澤仍舊鮮明地記得當時淺野是怎麼說的。那是在半澤告知西大阪鋼鐵的貸款已經匯出的時候。
——你應該要跟我報告吧？
「其實他早就知道了。」半澤說。「西大阪鋼鐵的融資是在二月底。過了幾天，也就是三月初，這筆資金就從本行匯出，其中一部分就這樣進入淺野的個人帳戶。」
兩人沉默不語。他們心裡想的都一樣。
垣內輕聲說：「這算是五億日圓的一成嗎？這是不當融資的回扣吧？」
「大概就是這麼回事。」
然而——現在這個帳戶只剩下幾百萬日圓。
最初的三千萬日圓是在五月黃金週結束之後提走的。方式是匯款，匯款對象在帳簿的備註欄以片假名標示。

東京城市證券公司。

淺野直到過了中午才回來。根據司機小牧的說法，淺野在離開中島製油之後，似乎臨時想到，又造訪了兩家客戶，第三家造訪的是位於大阪市中心的堂島機械公司。由於時間接近中午，因此由對方請了午餐才回來。小牧駕駛的車子也載了堂島機械公司的專務董事，從公司直接前往中之島著名的鰻魚店。直到午餐結束之前，他都被迫空著肚子等待。

「因為今天是中華料理。」

這句話是指公司的午餐料理。當小牧和半澤在分行餐廳吃什錦燴飯時，小牧小聲地告訴半澤。「淺野分行長討厭吃中華料理。所以才去拜會顧客。」

「然後只有他自己去吃鰻魚嗎？」

「我見過各式各樣的分行長，不過那人就是那樣。他只把我們這些庶務行員當作差役。」

這也是分行長的器度問題。器度越大的分行長，越懂得體貼、保護行員，也因此人望也高。淺野則是相反的極端。

半澤吃完午餐回到辦公室，看到淺野正把上午遞交的請示書攤開在辦公桌上。他一看到半澤的臉就舉起右手，像是呼喚僕人般招手。他似乎還沒有發現帳簿不見了。

「有什麼事嗎？」

半澤來到辦公桌前方，淺野便將請示書推回給他，冷冷地說一句：「重寫。」

半澤自認這份營運資金請示書沒有任何問題。

「有什麼問題嗎？」

「針對抵押品的調查不夠。」

「這方面的資料在這裡。」

半澤說完，打開被推到眼前的請示書，給淺野看相關文件。

「這是三個月前的資料吧？這家公司業績又沒多好，交給我的時候隨時都要提出最新數字。」

「就算說要最新資料，不動產的估價也不會在短期間內改變。而且這家公司的抵押品比貸款總額高出許多，反而是我們在拜託他們融資。」

「誰叫你做這種事！」

淺野擺出攻擊性的態度。不論說什麼，現在的淺野都會完全否定半澤。淺野仇視半澤的程度甚至比半澤排斥淺野的程度還嚴重。半澤知道這是因為他想要自保，因而更加產生反感，彼此形成惡性循環。
「小木曾次長雖然發生那種事，不過大家都認為他對你的評價是正確的，半澤。」
「對我的評價嗎？」
「沒錯，對你的評價。你只顧自我表現，專斷獨行，可是作為融資課長的實力卻在水準以下。像你這種人只會造成困擾，更何況還造成巨額損失。你真的有在反省嗎？」
反省？
半澤緩緩地回瞪淺野的眼睛。自導自演造成的損失，還敢叫人反省？——他很想這麼說，但還是住嘴了。
淺野則以燃燒怒火的眼神瞪著半澤。他坐在辦公桌後方昂首怒視半澤，彷彿是在表明：小木曾雖然落到那樣的下場，但是我一定要徹底把你打倒。他的態度讓人感受到類似決心的惡意。
淺野緩緩地說：「沒錯，反省。如果你有反省，就不會交出這種漏洞百出的請示書了。只要有抵押品，就能隨隨便便借錢嗎？那種時代早就過去了。你連認識現況的能力都沒有。」

「真是有趣的意見。」半澤以充滿嘲諷的語氣說。
「有趣？」
淺野咬牙切齒，狠狠瞪著半澤，似乎在思考要如何折磨對方。
「如果這是股票還可以理解，畢竟股價波動很大，可是要重新評估三個月前的不動產抵押品，在現實當中是不可能的，還會花費不少錢。」
「都造成五億日圓的損失，還擔心花費？」淺野發出冷笑，然後以譏諷的語氣說：「你這種反抗的態度，在總部也被認為有問題。」
「我並不是在反抗，只是指出問題所在而已。」
「不只是人事部和融資部，現在就連業務統括部都認為大阪西分行的融資課長有問題。」
「我聽說那是因為你到處宣傳的緣故。」
「半澤！你這是什麼態度？」在一旁聽他們對話的江島尖銳地打斷他的話。
淺野瞪著半澤，對他說：「你能像這樣虛張聲勢到什麼時候？明天業務統括部的木村部長代理就要為了你的事來分行調查。這是部長直接下達的命令。如果認定你有問題，就會採取必要處置。你如果小看這次調查，下場會很慘。」
淺野說完，把桌上的請示書朝半澤使勁丟過來。請示書在半澤胸口附近留下堅硬銳利的觸感，掉落在地上。文件散落一地，垣內連忙過來撿拾。

「讓半澤課長撿起來。」

淺野怒聲斥責。

然而垣內卻默默地撿起文件，交給半澤。

「真抱歉。」

「沒關係。」

垣內簡短地回應，眼中也燃起怒火。

半澤首度聽說業務統括部要來調查。不過接下來下場會很慘的是你，淺野

——半澤把這句臺詞收在心中，迅速回到自己的座位上。

9

最初的徵兆在傍晚五點多出現。半澤聽到分行長室傳來翻箱倒櫃、開關抽屜的聲音，努力忍住笑意。

「開始了。」

座位和他並排的垣內低聲說。

「假裝不知道吧。」

「好的。」

不久之後，淺野以苦澀的表情走出分行長室，接著開始搜尋自己在融資課辦公室的另一個座位。江島看到了問他「怎麼了」，但他只是支吾其詞地回答。

半澤桌上的電話響了。是渡真利打來的。半澤已經告訴他，找到淺野不法的證據，並拜託他利用人事資料調查淺野的經歷。這當然是透過人事部個人管道進行的祕密調查。

「我會把彙整淺野經歷的檔案傳給你。這件事你跟淺野談過了嗎？」

「還沒。」半澤壓低聲音說：「他現在好像終於發現帳簿不見了。因為很好玩，所以我打算旁觀一陣子。」

「我也好想看。」電話另一端的渡真利惡毒地說完之後笑了。「真蠢。誰叫他要隨身攜帶那種東西。」

幾乎就在半澤掛斷電話的同時，渡真利的郵件傳來了。不過直到淺野一臉狐疑地回家、江島也離去之後，半澤才打開這封信。

「他念過三所國中。」說話的是垣內。

和已知的東田經歷對照，馬上就找到共通點：他們都念過豐中市的國中。

垣內驚訝地說：「原來淺野曾經住過大阪，還和東田社長上過同一所國中。」

東田比淺野大兩歲。也就是說，淺野念國一的時候，東田念國三。在這之前，淺野先進入東京世田谷區的國中，同年夏天大概因為父親轉調，因而轉學到大阪的學校。

垣內說：「我記得淺野的老爸是在大日本電機工作吧？」

大日本電機是綜合電器的大廠商。半澤也記得淺野在只有主管的酒席上提起過。他當時炫耀自己的父親在綜合電器的事務部門一路升到董事。

「除了國中以外，大日本電機也是兩人的共通點。東田的老爸好像也在那裡工作過。」這點是半澤打電話向波野確認的。「我調查過，大日本電機現在還有一座公司宿舍在豐中市，就在這所國中附近。」

「這麼說，淺野和東田是在公司宿舍認識的嗎？」

「我也不是很確定，不過這個可能性很高。」

東田領導的西大阪鋼鐵公司是一家很難攻陷的公司，然而淺野去造訪之後，一下子就談成巨額融資的交易，當時半澤就感到奇怪。

在那之前，東田之所以不讓其他銀行融資，會不會是因為擔心在分析財務報表的時候，會被發現虛飾的事實？可是他卻破例讓東京中央銀行融資，很有可能是因為淺野的策動。淺野或許告訴他，自己會想辦法替他隱瞞。

「在那之前的東田應該只想到虛報進貨金額偷偷存錢。就算要騙銀行，頂多也只能騙遲鈍的關西城市銀行而已。然而因為淺野出現，他的計畫改變了。」

垣內說：「淺野大概因為某種理由也需要錢。如果是這樣的話，東田的計畫性倒閉剛好給了他大好機會。可是審查不是淺野一個人進行的。要是被課長仔細分析，就會被發現造假，所以才指派新人中西當承辦人員，進行財務分析。而且他還催促要趕快提出請示書，不讓課長有仔細檢查的時間。」

「像這樣半吊子的授信過程，事後在追究損失責任的時候，就有理由把責任推給我。」

「真是周到的劇本。」

半澤感到憤怒。

「可是淺野也碰上了好幾個無法預測的情況。第一，東田購買夏威夷別墅的資金是在本行匯款的。他大概沒有想到這件事會偶然被發現。還有就是淺野出入東田住的大廈時，被竹下社長拍下來。另外就是這本帳簿。」

「要告發他嗎？」

垣內一本正經地詢問。

「還不要。」半澤回答。「首先要查封東田的隱藏資產。要以取回貸款為優先。」
「可是如果被淺野分行長知道要進行查封手續，東田搞不好會轉移資產。」
「所以要越過淺野來進行。」
「越過他？」
半澤已經和法務室的苅田談妥了。「只要一準備好，就可以去查封。」
垣內比了小小的勝利手勢回應。

第五章　黑花

1

「你找不到帳簿？」

電話另一端的東田發出非比尋常的聲音。

「你放在哪裡？」

「公事包裡。」

「公事包？你為什麼要把那麼重要的東西放在那裡？」

東田此時想必緊握著聽筒仰望天花板。淺野對東田的反應感到生氣。不，真正生氣的對象不是東田，而是「遺失帳簿」這個意想不到的狀況。

「我不會弄丟東西。」

淺野用自認冷靜的語調說話，但聲音在顫抖。不會弄丟東西？那麼帳簿跑到哪去了？那本帳簿可以說隱藏了自己所有祕密——

「你最後看到帳簿是在什麼時候？」

電話另一端的東田問他尋找遺失物時常問的問題。

「昨天。因為我有記帳。」

聽筒傳來嘆氣的聲音。

「你竟然會這麼粗心。」

淺野是為了股票而使用帳簿，但他連提都不想提這樣的藉口。太大意了。

「會不會是掉在哪裡？」

「也有可能。」

不過他完全想不到會掉在哪裡。

「掛失了沒有？」

兩人立場倒轉，東田反倒以幾乎像是銀行員的口吻詢問。

淺野先前確認過提款卡和印章還在，因此即使有人撿到了，也不會被提走現金。

「淺野，小心點。那東西要是掉在銀行裡，就會很嚴重了。你大概是記完帳要收進公事包的時候掉了吧？」

或許是這樣。畢竟淺野很難想像帳簿會在銀行裡面被偷走。

「你這人外表看起來很可靠，但是有時會犯下天大的失敗。股票的事也一樣。

不過多虧如此，我的計畫性倒閉才能成功。」

東田戳到他的痛處。

淺野是因為進行股票信用交易，因而損失慘重。

他自以為很懂，卻不知不覺就深陷其中，等到清醒過來時，才發現自己面對令人顫抖的損失。

太傻了。

他過去沒有碰過股票，只因為小小的契機，在一年前開始上網進行當日沖銷，才發覺到股票的趣味。他的個性容易著迷，一旦投入就會失去理智。這樣的個性造成災難，原本幾十萬日圓的交易膨脹到幾百萬日圓，沒過多久他就開始從事風險更高的信用交易。

一開始他連連告捷。

或許就是因為這樣才導致惡果。股票會賺錢、我有玩股票的才能——除了股票之外，淺野人生中蔓延的自信反而害了他。他應該要在傷口尚淺的時候認賠作收，這樣就只會損失幾百萬日圓的存款。然而淺野為了賺回這些錢，進行更大筆的交易，最終造成無法挽回的損失。

信用交易的結算日期是六個月後。

日期逐漸逼近。結算所需的金額是三千萬日圓。對於現在的淺野來說，這筆錢必須賣掉房屋才能勉強湊齊。可是他沒有告訴過妻子玩股票賠錢的事，而妻子雖然知道淺野在玩股票，卻相信淺野「進行得很順利」的說詞。

實際上他的狀況絕非順利兩字可形容。

有沒有什麼辦法？哪裡可以找到解決的途徑？在他煩惱的同時，結算日期越來越接近。如果無法結算，淺野的信用問題就會被揭露，不僅喪失銀行員的前途，還得賣掉尚未繳清貸款的房屋。

在這段期間，股價一反淺野的期待繼續下跌，事態越發演變到進退不得的地步。

每一天都像地獄一樣。他的心情陰鬱而沉重，不論做什麼事，就連露出笑容的餘裕都沒有，胃部感到劇烈疼痛。他覺得自己簡直就像陷入無底沼澤在掙扎，泥土已經淹沒到嘴巴的高度。

就在這個時候，他看到東田滿的名字。

「東田……」

他喃喃念出來。先前他也曾經聽過幾次這個名字。那是在開會的時候，淺野正在閱讀去外面開拓新客戶的課長代理遞交的報告。

東田的名字只有稍微出現在報告結尾處。

透過西大阪鋼鐵的波野會計課長，向東田滿社長申請面談遭拒——

當時淺野腦中浮現三十年前左右的景象。在豐中住宅區小小的公司宿舍，他遇見矮小卻體格健壯的少年。由於彼此的父母親熟識，因此雙方全家人都有來往。東田非常照顧剛從東京轉來、還無法融入學校的淺野。

東田的綽號是「滿坦」。這個綽號結合了替汽車加滿油（註9）的語意、以及從身材聯想到的輕坦克。

滿坦常常保護被惡童欺負的淺野，而且他從父母口中得知淺野的成績很好，因此對他另眼相看。和滿坦在一起時，平常找淺野麻煩的那群人也會躲得遠遠的，不會接近他。滿坦的臂力很強，在柔道社擔任主將，所有人都對他敬畏有加。

「滿坦……」

淺野腦中輪流出現「不會那麼巧」和「有可能」的想法。

淺野把負責開發新客戶的行員找來，要他立刻拿西大阪鋼鐵公司的資料過來。

他首先檢視的是社長的經歷。

9　日文中加滿油稱作「満タン（Mantan）」，坦克稱作「タンク」。

住家地址當然已經不一樣了，不過年齡和滿坦相同。信用調查公司的資料記載著東田滿念過的學校。淺野看到豐中市區高中的校名之後，心中的猜測得到確信。他知道滿坦在國中畢業之後，應該就是進入這所高中。

在那之後，滿坦（東田滿）進入大阪府的大學，到一般企業上班。後來他獨立創業，成立西大阪鋼鐵公司。

創業老闆——

這個稱號非常符合那個臂力強大的滿坦形象。滿坦這個人既可靠又具有披荊斬棘的精力。

淺野瀏覽西大阪鋼鐵公司的簡介。

他知道這是一家不錯的公司，但沒想到竟然有這麼大的規模。營業額五十億日圓的企業老闆，就是分開三十年後滿坦的身分。對東京中央銀行的新客戶開發工作嗤之以鼻的強者、難以攻陷的公司——如果去找滿坦，或許能夠解救現在的淺野。唯一擔心的是……

「他還記得我嗎？」

淺野為了避免讓其他人聽到，使用分行長室的電話，戰戰兢兢地打給滿坦。接電話的是女性。淺野沒有告知銀行名稱，只問：「社長在嗎？請轉告他，是國中時期的學弟淺野打來的。」

他等了幾秒鐘。

「淺野嗎？好久不見。」

東田接起電話，以完全感覺不到三十年歲月隔閡的隨興口吻打招呼。唯一不同的是他沒有像過去那樣稱呼「阿匡」，而是稱呼「淺野」。

「很抱歉這麼久沒有聯絡。聽說你相當活躍。真不愧是東田。」

淺野也沒有稱呼他滿坦，而是稱呼他東田。

「不不不，沒什麼了不起的。話說回來，還真是令人懷念。你現在在做什麼？

我只聽我媽說過，你進了銀行。」

淺野還沒做好心理準備，就面臨公開自己身分的時候。

「我現在在大阪。」

「大阪？你什麼時候來的？」

「去年六月。」

「什麼？真冷淡，怎麼不早點聯絡？你在哪家銀行？」

「東京中央銀行的大阪西分行。」

一聽到大阪西分行，電話另一端原本滾熱的氣勢瞬間冷卻。

東田問：「大阪西分行？就是在我們公司附近那家分行嗎？」

「是的，我在擔任分行長。」

東田終於警戒地沉默不語。

淺野原本準備好聽他質問「有什麼事」，不過東田沒有笨到去問三十年沒聯絡的兒時好友這種問題。能夠利用的對象就要加以利用——淺野現在已經深刻理解，這就是東田的作風。

「來找我吧。我會好好款待你。」

在這個瞬間，兩人的命運睽違三十年再度交錯。

「不過就算弄丟帳簿，應該也不會怎麼樣吧？就算撿到了，也沒辦法提出現金。而且除了相關人士之外，不會有人發現到跟我們公司的關係。不是嗎？」東田對淺野說。

「那當然。聽你這麼說，我就稍微安心了。也許我變得太神經質了。」

「沒錯，就是這樣。」東田用教誨的口吻說完，又問：「對了，半澤的事怎麼樣了？跟帳簿比起來，我更在意那傢伙。就算當時只是巧遇，還是感覺很危險。」

「東田，銀行員是憑立場行動的人種。」淺野這麼說。「他現在是負責西大阪鋼鐵的融資課長，所以才會掙扎著要迴避自己的責任。不過一旦轉調到別的單位，他就無計可施了。銀行就是這樣的組織。」

「可是決定轉調的是人事部門。」

「我以前待的就是人事部門。把那傢伙逼走的計畫已經逐步在進行了。明天又會有新的面談，到時候半澤就會深陷火海。」

淺野雖然為了帳簿的事憂心，不過此時總算感覺到自己恢復原本的氣勢。他確認了自己擅長玩弄權謀術數的銀行員資質，感到心情爽快很多。

「我會好好期待。自從上次那件事，未樹就說她不想自己一個人去買東西。」

東田在意的是自己的情婦。就連淺野都覺得他花太多錢在那個女人身上。

「這只是遲早的問題。明天的事情我會再聯絡。」

淺野放下聽筒，鼓起臉頰嘆了一口氣。

餐桌上擺著先前沒喝完的啤酒罐。他喝下變溫的啤酒，打開電腦連上網路。

他檢視信箱收件匣。

工作方面的信件會寄到銀行的郵件帳號，至於這個信箱則是收家人和好友寄來的信件。

不過這天卻剛好沒有收到家人或朋友的信件。

他只收到一封信。

寄件人名稱是「花」。

怎麼回事？這是惡作劇郵件嗎？淺野正要按下刪除鍵，看到標題欄中「祕密」的文字，突然停下滑鼠。

淺野全身僵硬，無法將視線從信中的文字移開。

——我知道你的祕密。原來你拿了五千萬日圓。分行長可以做這種事嗎？花

他感覺面前彷彿有塊深灰色的厚重簾幕降下，擦過鼻尖遮蔽視線——和東田談話時短暫瞥見的光明希望瞬間消失，取而代之的是宛若在惡夢中呻吟的不快感與絕望的現實。

這裡是專門給隻身派駐外地的分行長居住的分行長宿舍。淺野在房間角落的電腦前方全身僵硬，緊盯著這封郵件。

原來你拿了……五千萬日圓……

這是淺野的祕密，而且是絕對不能被人知道的祕密，卻被某人揭發了。淺野感覺到心臟被壓迫，彷彿被留著長爪、瘦骨嶙峋的指尖玩弄一般。他吞了好幾次口水，用襯衫袖子擦拭從額頭冒出的冰冷汗水。

「花」——

帳簿掉在哪裡？

歸根究柢——我幹麼隨身攜帶那麼重要的東西！

疑問、懊悔與自責的念頭一古腦湧上心頭，擾亂他的情感。淺野剎那間陷入恐慌，用力抓頭。然而當他趴在桌上好一陣子，又想到別的事情。

等等，冷靜下來想想看，對手是誰？是誰撿到那本帳簿？

淺野抬起身體，解除螢幕保護程式，重新觀察信中的字句。

首先，這封郵件的寄件人知道淺野是分行長，這樣看來應該是工作上會接觸到的人。雖然他覺得機率很小，但也可能是下屬。

淺野以慌亂而快要硬化的大腦思索這個可能性。他或許在走上分行樓梯時，從公事包裡取出東西，勾到帳簿掉出來——他無法否定這個可能性。沿著太陽穴流下的汗水從下巴滴落。

不，仔細想想，這個寄件人真的是看過淺野的帳簿才寄信的嗎？不見得吧？

也可能是在與帳簿無關的地方發掘出某些線索。只要沒有帳簿這個無可動搖的證據，或許能夠設法辯解。

然而說中五千萬的金額，不就足以證明「花」擁有帳簿嗎？郵件內容寫著「分行長可以做這種事嗎」。不是用「那種事」而是「這種事」，不正是因為寄件人手中掌握了證據嗎？

另外還有一件事讓他在意：自稱「花」的寄件人為什麼會知道淺野的私人郵件帳號？

淺野和許多銀行員一樣，分開使用兩個郵件帳號。

一個是銀行分配給他的帳號，另一個則是這個私人信箱。名片上印的也是銀行的帳號，私人帳號不會使用在工作上。

知道這個帳號的人有……家人、親戚、好友——還有誰？

淺野交叉雙臂，瞪著變溫的啤酒罐，搜尋過去的記憶。分行的行員應該不知道。客戶也一樣。難道他還告訴過別人？不，他沒有印象。

淺野度過無法入睡的一晚，次日早晨揉著睡眠不足的眼睛到銀行分行上班。

「分行長，業務統括部的木村部長代理來了。」

一進入二樓辦公室，江島便跑過來，似乎一直在等他。木村是以難以取悅著稱的男人。接待木村的江島顯然焦急地等著淺野上班。

淺野因為那封信的事，差點忘了今天是業務統括部來調查的日子。

「你好，歡迎歡迎。」

淺野壓下內心不安堆起笑容，進入木村等候的分行長室。

2

「他就是半澤融資課長。這位是木村部長代理。今天他們要來調查融資課，所以要讓員工一個個來接受面談。」

江島介紹過後，半澤鞠躬說請多多指教。這時慵懶地坐在沙發上的木村說：

「你就是那位有名的課長嗎？」

「有名？請問是什麼意思？」

半澤注視著朝向自己、帶有敵意的視線反問。

「你現在很有名了。聽說有個融資課長喜歡對抗總部的調查役、欺負次長。」

「像這種不好的傳聞都擴散得很快。」

半澤正要張嘴反駁，淺野就以順從的表情插嘴。他憎惡地注視半澤，蒼白的臉上帶著欣喜的神色。

查出淺野私人帳號的其實是垣內。他和淺野的學弟很熟，因此查出了刊登在大學同學會名冊上的帳號。

寄信的是半澤。「花」這個筆名當然是取自他太太的名字。當他思索寄件人要取什麼名字的時候，忽然想到用這個名字，不禁暗自竊笑。他的妻子平常總是有話直說，一定要分出是非黑白才甘心。在這次的事件進展中，她對半澤的態度是斥責多於同情，因此半澤覺得這也是報復妻子的好機會。要聲討淺野分行長，沒有比這個更適合的名字了。

此刻看到淺野的臉，就知道那封信發揮了極大的效果。

半澤閉上嘴巴，木村則以從容不迫的態度說：「早上的會議結束之後，就慢慢開始吧。」

半澤離開分行長室，幾乎就在同時接到融資部渡真利的電話。

「業務統括部的人過去了吧？」

「來了。是個討厭的傢伙。」

半澤這麼說，渡真利就告訴他：

「就是那傢伙。你記得我提過，近藤在分行剛開設的時候一起工作的分行長

——就是那傢伙毀了近藤。」
「我知道。」半澤回答。
「不例外地，他是唯我獨尊的專制君主型人物，自信滿滿，態度很強勢。」
「自信滿滿的男人為什麼會停留在部長代理的職位？」
渡真利低聲笑了。「人事部大概也覺得，讓這種傢伙當部長會很慘吧。」
「近藤怎麼辦？為了這種傢伙，他的人生就白白浪費了嗎？」
「沒錯。半澤，是他毀了近藤的。」
渡真利的情緒變得激昂。
「聽好，那傢伙雖然有部長代理的頭銜，感覺好像很了不起，可是實際上卻完全沒有管理能力，只是個暴君。他根本沒資格去你那裡對融資課體制說三道四。這點我可以很肯定地斷言。」渡真利繼續說：「那傢伙跟被你打倒的人事部小木曾也很要好。他們是一丘之貉。你知道是怎麼回事吧？木村想要證明：姑且不論小木曾做的事，他對你的評價是沒有錯的。」
「真是辛苦他了。」半澤以悠閒的口吻說。
「小心別被他報仇成功。」
渡真利掛斷電話。垣內看準這個時機，召開早上的會議，確認簡單的數據並宣告傳達事項。結束之後，面談的第一棒中西就進入木村等候的會議室。半澤的血液在沸騰。

「員工都很能幹嘛！可是卻只有這點成績，真是太奇怪了。」

木村直高以充滿惡意的口吻說完，不等半澤說話，就在記錄板上寫下一些字。該不會是寫他反應很遲鈍吧？

在一般行員之後，課長代理垣內接受面談。

「要小心。」

這是剛剛半澤進入室內之前，垣內擦身而過時給他的忠告。沒有管理能力的人一旦站上指導者的立場，就會無視自己的缺點大肆批評他人。

「現在還是期中。」

半澤若無其事地回答，等候對方的反應。

木村指責他：「你竟然說得出這種話。成績之所以會惡化，不就是因為西大阪鋼鐵公司的巨額呆帳嗎？那是你的過失吧？不論你的下屬如何努力，也不可能挽回五億日圓的虧損。你對此有何想法？」

半澤以冷靜的口吻說：「你似乎誤認事實了。」

木村怒眼瞪著半澤。

「誤認事實？」

「這件事是不是我的過失，應該還沒有做出結論。至少我從來沒有承認過這是自己的過失。在關於這件事的調查中，我也明確地否定了。還是說，有人跟你這麼說嗎？」

「你真會辯解。我聽說你很喜歡找理由，可是你到現在竟然還不承認過失！到底是什麼樣的性格！」木村狠狠地斥責。「發生倒債損失，當然是由融資課長負責吧？」

「你今天到底想要在面談問出什麼？」

半澤緩緩地開始準備反擊。通常在總部的上級來到分行時，融資課長不可能會反駁。木村之所以使用挑釁的言語，也是因為料想對方不會反駁，然而他卻猜錯了。

不用渡真利多說，半澤也無法原諒這傢伙。絕對無法原諒。

別小看我——半澤抬起頭，冷冷地注視對方。木村似乎將意料之外的反擊當作侮辱，滿臉通紅地開口說話，卻被半澤打斷。

「如果說被倒帳是融資課長的責任，那麼同時也是分行長，以及通過融資案的融資部的責任。西大阪鋼鐵的案子明明有特別的情況，針對這點你又怎麼看？」

「特別情況？」木村以攻擊的態度哼了一聲。「你是指你沒有看出財報虛飾、還強迫融資部調查役允諾的情況嗎？」

「那個案子原本是淺野分行長拉來的，而且要求在談妥的隔天早上立即提出請示書。」

「你要把自己的實力不足當成分行長的責任嗎？」

「分行長的責任？」半澤思索片刻，說：「就某個角度來看，或許的確如此。這點我希望你們能夠記錄下來：拉來西大阪鋼鐵五億融資案的淺野分行長，的確在授信判斷上明顯地超乎常軌。」

「真不敢相信！」木村把手中的原子筆摔在紀錄板上，氣急敗壞地說：「你的年薪是多少？你可不是一般行員。在自己工作領域上發生的事情，當然應該由你來負責！」

「如果的確屬於我的責任，那麼你說得沒錯。」

「這就是你的責任！」木村情緒激昂地提高聲量。

「我說過這不是我的責任。」

「實在是太不像話了！我第一次看到像你這麼沒常識的人。」

「如果你一開始就不打算聽人說話，那麼不就失去了支付昂貴交通費過來調查的意義了嗎？」半澤擺出鮮明的對戰態度。「而且你一口咬定這是損失，不過我們還沒有放棄討回西大阪鋼鐵的貸款。」

「這倒有趣了。」木村臉上泛起挑釁的笑容。「不過我要先提醒你一點。我不管你的主張怎麼樣，如果沒辦法回收那筆錢，你一定會被追究該負的責任。你要有心理準備。」

「是的。不過請別忘了，也有相反的情況。」

「相反的情況？」

木村以憎惡的口氣問。

「如果因為無聊的包袱而扭曲事實，等到真相變得明朗，就會被追究責任。要來分行調查是你們的自由，我想你們大概也打算寫出對我不利的報告，不過事後發現報告內容與事實完全相反的時候，就只會暴露出你作為報告者的能力不足。」

木村狂怒的臉色從紅色轉變為鐵青。

「如果發生那種事，我就會對你土下座道歉。不過根據我長年在第一線工作的經驗，你敗部復活的可能性幾近於零。」

「我會記得你說的話。」

面談結束了。

「半澤，你在想什麼！」

木村最後面談的對象是分行長淺野。這兩人加上江島，大概在分行長室待了一小時左右。當兩人送木村離開分行之後，淺野把半澤叫到面前怒叱。

在緊閉的分行長室中，江島以流氓般的銳利視線瞪著半澤。

「你知道你做了什麼嗎？老實承認自己的責任吧！你身為融資課長，難道不覺得很可恥？」

半澤冷靜地反駁狂怒的淺野：

「如果我有責任，那麼我會老實承認。身為融資課長，或者應該說身為銀行員、甚至身為上班族，這都是理所當然的。但是如果要對不是自己責任的事情謝罪，那是更可恥、更不負責任的行為。」

「半澤，你根本不夠格當融資課長。」

在一旁聽他們說話的江島用自以為是的口吻這麼說。這傢伙沒有自己的意見，只會遵從淺野的說法，認為淺野說的任何話都是正確的，而淺野不認同的事就是錯誤的。半澤不理會江島，一直觀察淺野的表情。

「半澤，不會有下一次了。」淺野以充滿惡意的口吻說。「給我記住。」

半澤說：「像這樣暗示自己握有人事權的做法，等於是暴露身為組織管理者的無能。」

「你說什麼？」淺野憤怒到臉色蒼白。「你還想回嘴！」

「關於西大阪鋼鐵公司的案子，你似乎在總部大肆宣傳自己完全沒有過失、都是我的責任，不過那原本是分行長你去談來的，而且不給我們研究時間，就硬推五億日圓的融資。不論怎麼想，都是很不自然的。即使對方是東田社長，也應該要撥出足夠的審核時間。不這麼做太奇怪了。還是說，有什麼無法這麼做的理由嗎？」

這真是一場好戲。淺野的眼中明顯浮現狼狽的神色。這個狼狽的情感就如風中殘燭般，在他的眼珠子中央搖曳，不久之後憑意志力量被壓到情感深處。其反作用力帶來的狂怒也在半澤的預期中。淺野的怒罵聲穿過緊閉的門傳到整個樓層，看起來就好像是敗犬在咆哮。

不久之後，當淺野罵累了，肩膀上下起伏喘氣，江島似乎覺得輪到自己出場，便插嘴說：

「半澤，分行長說得沒錯。你要好好反省，從明天——不，從現在就要全力以赴。木村部長代理那邊，我會事後去道歉。」

半澤努力忍住笑意，站起來說「那就麻煩你了」。這實在是太好笑了。

3

「郵件？」

電話另一端的東田問完便沉默不語。在淺野報告帳簿不見的時候，東田還能從容地想到別的可能性，但此刻他似乎終於理解到事態的嚴重。

「我會轉寄給你。應該是撿到帳簿的傢伙寄的。」

「現在立刻寄過來。」

淺野握著無線電話，使用已開機的電腦傳送關鍵郵件到東田的信箱。過了一會兒，他聽到電話另一端傳來類似呻吟的低沉聲音。「這樣不妙吧？」東田沒有針對特定對象發出責難。

「淺野，你對『花』這個名字有什麼印象？」

不待東田問起，淺野早已想過這個問題。

「總之，淺野，你先去找出這封信的寄件人是誰。」

「我知道，不過實在很難。」

淺野說完，立刻想起東田也知道自己的帳號。

「東田，你有把我的帳號告訴別人嗎？」

東田罵了聲「白痴」代替回答。

「我怎麼可能做那種事！」

「那個女的呢？」

東田不悅地問：「哪個女的？你在懷疑未樹嗎？」

淺野支支吾吾地說：「也不是懷疑……」

東田冷冷地回答：「她不知道。順帶一提，我也沒有告訴板橋。」

「是嗎？很抱歉懷疑了你。」

「算了。」東田說完，又問：「會不會是那個半澤？」

淺野也想過幾次這個問題。如果是的話，可以說是最糟糕的情況。光是想像就很可怕，甚至讓他胸口感到噁心。

「弄丟帳簿的確是事實，不過我覺得帳簿剛好落入半澤手中的機率很低。」

東田說：「不用管機率。只要不是零，就得去懷疑看看。這個計畫不容許失敗，不能發生任何差錯。」

的確如此。淺野腦中浮現半澤反抗的態度。他沒有在銀行這樣的組織看過對上司如此明確反駁的下屬。他以前待在人事部，自認看過許多行員，但很少會有當面頂撞的下屬。

而且淺野自己雖然不想承認，但是半澤針對西大阪鋼鐵公司的授信提出的指責相當銳利，正好戳中他的痛處，令他不禁感到慌亂。

協助西大阪鋼鐵公司計畫性倒閉，然後將責任推給半澤——

對於熟知銀行這個組織及銀行員個性的淺野來說，這應該是很簡單的事情，然而卻因為半澤意料之外的頑強抵抗，使他不得不體認到計畫有些粗糙。

他利用總部人脈進行遊說工作，讓關係很好的人事部小木曾次長、定岡、以及這次的木村部長代理依序來面談，原本在這個階段應該已經把半澤折磨得體無完膚、並且把他趕走，然而半澤卻公然反駁對他的責難，不肯承認過失。淺野原以為半澤這個下屬會更順從一些，沒想到卻完全盤算錯誤。

「今天的面談怎麼樣？」

這時電話傳來東田的聲音，把淺野從思考中拉回來。

「差不多按照我的想法進行。」

就某種角度來看這是事實，不過淺野說得有些逞強。依照淺野的劇本，以嚴格著稱的木村部長代理應該會徹底打倒半澤，不過實際上，雖然不知道詳細的對話過程，但半澤非但沒有被打倒，還攻擊木村的漏洞試圖反駁。

不論如何，這次的面談不可能對半澤有利。就這點而言，的確是依照淺野的想法進行。事到如今，木村一定不惜硬找理由，也要提出評斷半澤態度及管理有問題的報告。不久之後，這份報告就會傳到人事部那裡。淺野事先已經囑咐過人事部，要以能力不足的理由盡快調走半澤。他們在看到這份報告之後會做出什麼樣的判斷，可說是顯而易見。

「這個月內，人事部應該就會聯絡了。」

「也就是轉調嗎？」

「沒錯，這樣一來半澤也完了。我們只需要考慮自己的事情就行了。」

淺野聽到電話另一端傳來滿意的聲音，便放下聽筒。

不安的陰影暫時消失，淺野心中湧起類似滿足的情感。不論半澤說什麼，課長終究是課長。在銀行這個組織當中，分行長的權限是絕對的，仔細想想根本不可能不照淺野的想法進行。

「我也該少操點心了。」

淺野露出從容的笑容自言自語。

然而他的從容隨著接收新郵件的提示聲消失了。
寄件人，花。標題是「考慮中」。
淺野讀了信的內容，感覺到苦澀的滋味擴散在胃中。

——我一直在猶豫，該不該告發惡劣的淺野分行長與傲慢的東田社長之間的祕密關係。我越深入調查，越發現到你實在很差勁。帳簿影本應該寄到顧客服務處，還是應該寄到人事部或主管室祕書室或是總務部呢？告發與否取決於你的態度。置身絕地的分行長先生，你要怎麼辦？要我替你的人生畫上句點嗎？

淺野「咕嚕」地吞了一口口水。
他的手指、手掌以及全身都在顫抖，視線無法離開郵件的文字。
如果對方做了那種事，淺野的銀行員生涯毫無疑問會結束。
他的胸膛起伏，肩膀晃動著喘氣，再度意識到自己的將來被掌握在素不相識的人手中。
這時電話突然響起來。淺野猛然一驚。
是「花」嗎？

——越深入調查，越發現……

這個人調查過自己。這麼說，應該也知道這支電話號碼。

——取決於你的態度。

我的態度？我的態度……難道要我對素不相識的你畢恭畢敬？竟然要我如此屈尊……

在幾乎使他失去意識的屈辱感與焦躁中，電話持續響著。

他接起電話。

「爸爸？」

當他拿起聽筒，聽到的是小孩的聲音。

「怜央？」

淺野全身的力量都虛脫了。長子怜央今年小學二年級，帶著稚氣的聲音感覺有些軟弱，而且像女孩子一樣尖銳。

「爸爸，下次可不可以去大阪玩？我跟佐緒里還有媽媽都要去。我們想要住那裡，可以嗎？」

面對突來的要求，淺野只能擠出一句：「好啊。可以換媽媽聽電話嗎？」

萬歲～他說可以！——淺野聽到電話另一頭的怜央欣喜若狂的喊聲，接著聽到利惠「喂」的聲音。

「真抱歉，你那麼忙還打擾你。怜央一直吵著說要去，不肯聽話。可以嗎？」

「嗯，沒關係。」淺野說完，又用公事化的口吻問：「你們要住在哪裡？訂得到飯店嗎？」

「嗯。住在梅田好嗎？」

「也好。」

「你也會過來住吧？要不要訂兩間？」

「好啊。」

淺野察覺到利惠話中有話，但回答得很冷淡。

「要訂雙床房，還是雙人房？小孩子訂雙床房吧。我們——」

「交給妳決定吧。」淺野打斷妻子的話這麼回答。

「這樣啊。」

妻子或許隱約察覺到淺野的焦躁，態度變得謹慎，接著又問：「要不要換佐緒里聽電話？」

佐緒里今年要升上小學五年級。她在上準備私立國中入學考的補習班。週末來大阪住一晚，意味著每週日的定期測驗要休息一次。淺野雖然覺得付了高額學費還讓孩子隨便請假有些浪費，可是聽到佐緒里活潑地問「爸爸，你最近怎麼樣」的聲音，他就壓下不滿的情緒。

「工作很忙嗎？」

「還好吧。」

「爸爸好努力喔！」

不知利惠事前說了什麼，佐緒里的發言比平常更體貼淺野。然而她說的每一句話，此刻都成了刺在他心臟的細針。

「對呀。佐緒里，妳呢？」淺野問。

「嗯，我也很努力。上次考試我考全班第三名。爸爸，你是不是有點累？」

佐緒里雖然是個孩子，卻相當敏銳。

「沒這回事。」

淺野含糊不清地回答，然後陪女兒聊了一陣子就說「再見」並掛斷，沒有再和利惠交談。

此刻家人的存在對淺野來說太過沉重，就好像沉入汙濁內心的鉛塊。

歸根究柢，事情的開端是——他試著回想。

對了，一開始是當沖。接著不知不覺發展為信用交易，產生巨額損失。

如果在「輸」幾百萬圓時認賠作收就好了。然而到現在，就算懊悔也來不及，只會感到空虛。

為了填補破洞，導致損失擴大。

淺野犯的可說是最基本的錯誤。而且因為無聊的自尊心妨礙，使他無法告訴妻子這件事。

就這樣，淺野為了隱瞞過失，犯下更大的錯誤。

淺野的行為是「背信」與「詐欺」，足以吃上刑法官司。如果事跡敗露，他在銀行無疑會失去前途。不僅如此，大概還會丟掉銀行員的工作。兩個小孩看到父親坐在法庭的被告席，不知會作何感想。

他們還會支持他，說「爸爸加油」嗎？

淺野無法承受繼續思考，想要藉由酒精逃避。當他站起來，才發覺自己雙膝顫抖，不安到幾乎無法走路。

自己一直不肯放棄的自尊心，到現在已經失去意義，也毫無根據。為了守護那種東西，才害他陷入深到無法脫身的泥沼中。太慚愧了。他想要詛咒這樣的自己。如果能像看了無聊錄影帶時那樣倒帶，不知有多好。

他搖搖晃晃地走到冰箱前，拿了罐裝啤酒，回到仍開著的電腦前，再度檢視那封信。

他想要回信。

他放下罐裝啤酒，把手放在鍵盤上，打開回信的畫面。

——你似乎誤會了什麼，請不要再寄這種惡作劇信了。如果太過分，我會報警。

他凝視著自己打的文字，立刻刪除。不能刺激對方。話說回來，也不能寫出讓對方得寸近尺的內容。

——你是誰？

這樣寫如何？或許不錯，可是未免太簡短了，因此淺野接著又加了幾句話。

——你是誰？你好像誤會了什麼，可以直接見面談談嗎？

這樣如何？

不壞。「誤會」這個詞很像政客的辯解詞，感覺有些勉強，不過作為一開始的試探，這樣應該就行了。

傳送。

等等。

剛剛「花」寄來郵件之後，已經過了二十分鐘左右。「花」會看到淺野的回信嗎？

淺野邊喝罐裝啤酒邊等了十分鐘左右，終於等得不耐煩，先去淋浴。

他無心做任何事，也無法轉換心情，又過了一個小時。他原本以為今天「花」不會回信了，不過卻在半夜十二點多總算收到。

——我讀過你的回信了。「誤會」是嗎？是不是誤會，就由銀行或警察來判斷吧。

淺野在讀到回信的瞬間感到錯愕，幾乎陷入恐慌狀態，無法不寫回信。

在。

——請你不要恣意妄為，我會很困擾。我們來談談吧。請說清楚你的目的何

他繼續等。等了五分鐘、十分鐘，又過了三十分鐘。時間過了凌晨一點、兩點，淺野仍舊持續等候，但這天晚上「花」沒有再回信。

4

「看來近藤的外調大概快要正式決定了。」

渡真利在次日早晨打電話給半澤，談業務統括部的事。

「到哪裡？」半澤簡短地問。

「京橋分行的一家客戶。這是我私下聽人事部的人說的，他過去之後大概會擔任總務部長之類的。雖然說是部長，可是那是一家中小企業，下屬大概只有幾個人，他應該得自己去處理實務。而且這當然是單程車票。」

也就是說，他不會再回到銀行。

雖然也有不少在外調公司適應不良而「回老家」的情況，不過這一來通常又

會立刻被調到其他公司，運氣不好還會被到處輪調。如果最終自己感到厭煩而能夠辭職還算好的，可是對於小孩還年幼、需要花錢的近藤來說，也無法選擇辭職。

「那傢伙想要在大阪買房子，前陣子好像才付了訂金。」

渡真利的情報讓半澤感到心痛。

「這件事銀行不知道嗎？」

「知道。他應該也有計畫要貸款。」

半澤嘆了一口氣。也就是說，銀行明明知道，卻刻意選了必須離開大阪的外調職場。

「會不會是不想貸款給近藤？」渡真利又提出尖銳的見解。「畢竟是那個王八蛋人事部做的事。他們只把我們當成遊戲中的棋子。」

「近藤知道嗎？」

「還不知道。你別告訴其他人。」

「我知道。」

半澤想起剛獲得銀行錄取、談論將來夢想的近藤——我想要協助社會上的公司，所以我打算成為中小企業融資的專家——這就是近藤的夢想。

然而他卻被愚蠢的事件絆倒，生過病之後，此刻在系統部遭受形同圈養的待遇。害近藤的人生走偏的，正是銀行本身。

「關於那件事，發展得怎麼樣？你們的分行長——」

「他來信說想要直接見面解開誤會。他還在那邊假裝不知道。我打算要讓他更深刻體認到自己的愚蠢。」

電話另一端傳來渡真利的竊笑聲。

「半澤，你要徹底打倒那傢伙。」

不用他說，半澤也打算好好做個了斷。

然而——

這天下午兩點多，法務室的苅田打來電話，使局勢出現變化。

「老實說，關於那件海外不動產的事情，可能有些困難。」

苅田劈頭就以僵硬的聲音告訴半澤。

「你說有困難是什麼意思？」

「我詢問過夏威夷當局，可是反應非常遲鈍。我也檢視過其他案例，可是對方沒有遵從我國法律的義務，因此沒有強制力。這件事會花上一段時間。」

「這幾個星期就得決勝負了。在那之前，我希望能夠確定回收的可行性。」剩餘時間並不多。

「我可以了解你的心情，不過你沒有其他回收途徑嗎？比方說國內的金融資產呢？」

半澤告訴他紐約哈博證券的事。

「那就查封那筆錢吧。」

「我不知道那家公司和東田之間是不是真的有交易。假設有交易，也不知道是什麼種類、有多少資產。如果沒有萬全準備就出手，不僅會查封失敗，也會讓東田察覺到我們的動作，那就得不償失了。」

半澤聽見苅田嘖了一聲，然後說「無計可施了嗎」。

日光燈「唧〜」的聲響傳遍和室，不知從哪裡飛進來的小飛蛾瘋狂畫著圓弧飛舞，然後從視野消失。

這裡是竹下住家的客廳。半澤在晚上八點過後，離開分行造訪竹下家。他在秋老虎仍舊發威的夜晚從分行走到這裡，竹下便拿出冰過的啤酒和他簡單地乾杯。接著他們開始討論要如何回收西大阪鋼鐵的帳款，但談到白天苅田說的話，兩人就陷入凝重的沉默。

竹下打破沉默說：

「也就是說，要放棄夏威夷的不動產，改追紐約什麼證券的資產吧？」

「大概就是這樣。不過如果不知道詳細狀況，就無從出手了。」

竹下從鼻子猛然吐出煙，不悅地把臉轉向旁邊。

「有沒有什麼好方法？對了，淺野分行長應該知道吧？要不要恐嚇他，逼他說出來？他不是嚇破膽了嗎？」

半澤也想過，可以用「花」名義的郵件威脅淺野，打聽出東田的祕密情報。然而這個方法對半澤他們來說是雙刃劍。順利的話對取回貸款會有很大的幫助，但如果失敗，好不容易抓到線索的黑錢又會消失到不知何處。東田和淺野可說是共犯。如果東田被抓，連淺野都會有危險。對淺野來說，出賣東田就等於是出賣自己。

「要讓淺野和東田分開，應該會很困難。我希望能有更確實的方法來掌握情報。」

「怎麼想都不可能會有那種方法。」

竹下說完，皺著眉頭喝下變溫的啤酒。

兩人再度沉默。接著竹下突然抬起頭說「那個女的」。

「什麼意思？」

「就是東田的情婦——也許可以從她那邊得到情報。」

半澤想起那兩人在百貨公司停車場親密地挽著手走入店內的背影。

「你打算怎麼做？」

「反正是接客的行業，應該會到某家店上班。可以調查她的工作場所，跟她見一次面。交給我吧。你去想想看有沒有其他方法。」

即使苦思停滯不前的回收方式，日子仍不斷逝去。與其在這裡思考，不如先採取行動。半澤點頭，然後很快地結束提不起勁的對話。

5

「怎樣？是誰在恐嚇你？有沒有找到什麼線索？」

這天晚上八點多，淺野接到東田的電話。

「沒有。我完全不知道是誰。」

不僅如此，昨天寄出的郵件也還沒有回音。淺野皺起眉頭。想到那本帳簿和告發信不知何時會寄到銀行，他就坐立不安。

「不過對方既然有回信，就表示還有交涉的餘地。」

「我覺得不太可能。」

「沒這回事。目的是錢吧？那傢伙一定是故意要讓你焦急。等著看，不久之後一定會來信問你，要用多少錢來買帳簿。」

「如果是那樣還好。」

能夠用金錢解決的話，那就再簡單不過了。比較麻煩的是金錢無法解決的情況。想到這裡，原本保持平靜的淺野便面露憂色。

「對了，我下個禮拜要去中國。」東田改變話題。

「你終於要開始行動了嗎？要去哪裡？」

「深圳。」

「東田社長終於要發揮本領了。」

這可以說是東田的夢想。在建設熱潮不減的中國，每去一次就看到新的道路和建築。東田看上未來的發展潛力，打算現在就去當地設立公司，獲取成功。為此他花了幾年的歲月，有計畫地存錢。

他在二十年前獨立創業，隻手建立西大阪鋼鐵公司，卻因為主要客戶改變經營方針而急遽失利，對於大企業形同欺負承包商的做法感到憤怒。不由分說地砍成本、能利用就利用、不需要就立即拋棄的冷酷態度，在在都讓東田感到無法忍受。過去業績很好的時候，他曾經被國稅局盯過一次，也使他對稅務當局產生不信任感。

對銀行也是一樣。

淺野是在和東田重逢不久後，聽他提起這件事：過去西大阪鋼鐵公司資金運轉不靈時，前產業中央銀行的新客戶開發人員來到公司，在關鍵時刻撕毀貸款承諾。東田因為仰賴這筆貸款而被逼到瀕臨倒閉，也讓他更加討厭銀行。

淺野覺得東田這個男人是以逆境為跳板，走到今日這個地步。

計畫性倒閉的背後，存在著對於客戶、對於國稅局或是對於銀行的怨恨，可說是東田策劃的一場復仇劇。

就這樣，東田對於封閉而不合理的國內市場感到絕望，轉而將生意賭在中國市場。

淺野因為騎虎難下的財務狀況而加入計畫，心中懷著難以分辨是後悔或羨慕的複雜情感，持續和東田來往。當然他內心有一部分也打算著，萬一被逐出銀行，就只能投靠東田。

「在深圳每個月只要兩萬日圓就能過最低限度的生活。工人薪水是日本的十六分之一，就算只有那麼低的工資，也可以招募到很多尋求謀生工作的人。市場活絡到大家要搶奪建築材料，而且那樣的建設熱潮應該暫時還不會衰退。如果衰退，就代表中國的國勢衰退，更是攸關世界經濟勢力版圖的問題，不可能發生。這是一輩子難得一見的商機。」

每個月兩萬日圓——然而以兩萬日圓薪水生活的人家中，沒有令人滿意的基礎設施，室內是水泥裸露的牆壁，自來水打開會有孑孓一起流出來。在那樣的環境，脆弱的日本人大概撐不過三天。

「這次我要和當地顧問公司簽訂契約，設定成立新公司的時間表。快的話今年就會成立，我也打算飛到中國。淺野，你要是能一起來就好了。」

最後一句話聽起來不像開玩笑。淺野如果能去，幾乎也想要跟去。就某種角度來說，他很羨慕可以破壞並捨棄一切、跳入第二人生的東田這個男人。

淺野問：「錢還在證券公司嗎？」

東田應該在那裡存了超過十億日圓。要做就要做得徹底——這就是「滿坦」的原則。

「沒錯。等到成立公司的計畫有了眉目、決定往來銀行之後，我就要把錢移到那裡。應該沒有任何一個債主會想到，我竟然會特地把那麼多錢存在東京的外資證券銀行。淺野，你給我的建議實在是太好了。多謝、多謝。」

東田完全不在意被逼到絕境的淺野心中感受，在電話另一端發出高亢的笑聲。

他得意地說：「一切都很順利，這也要多虧我平日行善積德。所以說，淺野，你也不用擔心。幸運女神站在我們這一邊。那個號稱『花』的對象一定會暴露身分，到時候就可以一決勝負了。也許今晚左右就會打電話來吧。」

「如果是這樣就好了。」

淺野和興致高昂的東田對話，感覺越談越苦悶，因此便掛斷電話。他待在分行長宿舍的房間。公司宿舍雖然乾淨且設備齊全，但是沒有轉換心情的對象，一旦陷入沮喪的心情便無法自拔。

然而這是他必須獨自思考、解決的問題。他不能丟開這個問題不管，卻也沒辦法積極解決。

他在悄然無聲的房間裡想到這件事情，幾乎要因為不安與焦躁而發狂。他打開威士忌的瓶子，粗魯地將冰箱內的冰塊塞入玻璃杯，將冰冷的威士忌倒入喉嚨。他的酒量並不是特別好。此刻他只想要喝醉，因此一口氣喝下酒，接著劇烈咳嗽。即使如此，他還是勉強喝完，然後倒了一杯又一杯。襲來的不是他期待的睡意，而是頭痛。他不禁自問：難道我連好好喝醉都辦不到嗎？

就在淺野咒罵時，手機響起接收到訊息的提示聲。

是「花」傳來的。

——什麼叫恣意妄為？你的行為才是恣意妄為吧？我現在只想著什麼時候要把這本帳簿寄給監督你的人。將來或許還會有新的樂趣，就是想像你在獄中的生活。為此我會向三方面告發：銀行、警察還有媒體。我想要早點看到你最愛的家人被記者包圍的場面。

「家人」這個詞映入眼簾的瞬間，淺野感到腦中一片空白。

利惠啜泣的表情、可愛的小孩哭喪著臉的模樣閃過他的腦海。如果因為填補股票交易損失而犯下的背信罪遭到逮捕，他的家人要怎麼辦？勤勉的佐緒里是否會緊閉嘴脣、忍受同學的嘲笑？怜央個性纖細，或許會拒絕上學。利惠大概也得承受媽媽們各種傳言和中傷——都是為了我。只因為我一時著魔。

他感到坐立不安。

——請你絕對不要這麼做。請放過我的家人。

他這麼寫。寄出這封信等於是承認自己的罪行，但他已經無心顧慮到這種事。他只能不顧一切地央求。

淺野按下傳送鍵，無力地垂下頭。他在沒有旁人的房間裡獨自抱著頭。悔意宛若漣漪般湧上心頭，逐漸增高潮位，幾乎要淹沒他。

不論如何責備自己或是逞強，都無法改變過去。他拋棄自傲與自尊，現在只想到一件事，那就是自保。

不是為了將來的夢想或希望，而是為了守護目前地位與家人的防衛。淺野痛切地體認到，自己被逼迫到人生的關鍵時刻。

第六章　銀行迴路

1

毛毛雨打濕了北新地。時間是星期二晚上八點多。或許因為時間還早，或許是因為景氣，路上交錯的傘並不多。半澤和竹下毫不理會看起來很清閒的拉客人員招呼聲，默默向前走，來到一棟住商兩用大廈前方停下來。

「就是這家店。」

乾淨美觀的大廈牆面，嵌入進駐這棟大廈的店家招牌。竹下指著其中一塊「阿緹蜜絲」的粉紅色招牌，然後率先走進去。

竟然能找到這種地方——對於竹下的執著，半澤感到欽佩不已。

竹下決定要從東田的情婦著手，於是拜訪了幾個和東田熟識的社長探詢，終於找到那個女人工作的酒家。

「那女的叫未樹。東田是這裡的常客，聽說和未樹已經交往快兩年，現在似乎也常陪她到酒家上班。倒閉的社長還真闊綽。」

竹下嘲諷地扭曲嘴脣，按下電梯的按鈕。這是一棟頗新的大廈。電梯門打開的同時，有幾個酒家女陪一名將近六十歲的老人下電梯。她們身上散發著香水的氣味，穿著開衩高到幾乎看到內褲的旗袍。

半澤和竹下走進空無一人的電梯。那家店在三樓，位於走道盡頭。

一推開沉重的黑色大門，突然傳來大音量的卡拉ＯＫ聲音。時間雖然還早，卻聽見熱鬧的嬌嗔聲，拿著麥克風的年輕男子搭配動作，高唱走音的南方之星。

「歡迎光臨～」

即使聽見美女迎接的聲音，竹下仍舊板著臉孔，只舉起一隻手。「好高興喔～你又來了。請到這邊。」

他們被帶到角落的餐桌座位。半澤坐在靠牆座位，中間隔著一位小姐。他掃視仍有許多空位的店內。

「歡迎光臨。」

臉上仍帶著些許稚氣、個子嬌小的小姐在半澤的對面說話。由於沒什麼客人，因此有許多小姐分配到他們這桌。竹下問：「未樹不在嗎？」

「未樹？真抱歉，她還沒來。應該快要來了吧。」

竹下以加水威士忌乾杯，吃了兩、三口下酒菜，銳利的視線注視著店內一角。

「你看那邊。」

半澤聽竹下這麼說，若無其事地把視線朝向那裡，看到兩名男子在喝酒。雖然有三位小姐陪伴他們，但兩人不苟言笑，只是默默地喝酒。

「他們就是徘徊在東田大廈前的傢伙。是國稅局的人。」

「也就是說，他們正在進行祕密調查。」

半澤沒有掌握到國稅局的動作，不過他們顯然也得到情報在進行調查。

這時店門打開，媽媽桑以格外高昂的聲音說「哎呀，歡迎光臨」。一名男子走進來。

是東田。

他和未樹在一起。未樹迅速接過東田的行李，拿到店內後方。那是很大的行李箱。東田身穿深藍色麻質外套和泛白的褲子，將手中的塑膠袋遞給媽媽桑。

「這是禮物。」

「哎呀，這不是烏龍茶嗎？是高級品吧？你去中國了？」

「有很多，分給店裡的小姐吧。」

小姐們紛紛向東田道謝，不過他的好心情沒有維持多久。

他被帶到座位、張開雙腿坐下，立刻發現坐在對面的半澤和竹下。

從口袋取出香菸、正要叼住的東田臉上，原本滿意的笑容消失了。雙方彼此互瞪了幾秒，不過東田假裝什麼事都沒發生，把打火機的火焰湊向嘴邊，津津有味地點燃香菸。

半澤還來不及阻止，他身旁的竹下便站起來。

「你還真是悠閒，欠錢不還竟然還在外面玩，混蛋！」

這時卡拉ＯＫ剛好唱完，店內變得很安靜。東田只是「哼」了一聲，把臉別開。

「你說話啊！你應該有話該說吧？」

在顧客與陪酒小姐屏息關注之下，竹下與東田當面對峙。險惡的氣氛在狹小的店內擴散，所有人的視線都朝向竹下和東田，等著看接下來的發展。

東田說：「這樣會對店家造成困擾。安靜坐下吧。」

「對店家造成困擾？你對我們造成那麼大的困擾，還好意思說這種話？你連一句抱歉都不說嗎？真是厚臉皮的小偷。」

竹下說完就把餐桌上的點心盤丟向東田。東田閃開，玻璃盤砸到他背後的牆壁粉碎。陪坐在附近餐桌的小姐發出慘叫跳起來，逃到在遠方觀望的夥伴身邊。

「喂，媽媽桑，報警吧。這傢伙毀損器物。」東田仍瞪著竹下，聲音低沉地說。

「你說什麼？」

竹下一說完就抓住東田前方的餐桌，在周圍誇張的尖叫聲中高高舉起來。

「竹下先生！」半澤連忙阻止竹下，把餐桌放下來。「你應該也知道，做這種事也不能解決問題。」

竹下的臉因為憤怒而變了一個樣子。平常帶些幽默的表情消失了，眼底燃燒著猙獰的光芒。

「你能原諒他嗎？這種傢伙根本沒資格活著！」竹下氣喘吁吁地怒吼。

「竹下先生——」

半澤正要制止，從他背後傳來東田揶揄的聲音：

「原來銀行員也在一起呀？你也該好好跟這位不懂事的大叔說明一下，如果有話要跟我說，就要透過律師。不論如何，必須遵守法律規定才行。你應該也反對暴力吧？」

「什麼？」竹下差點要衝向前，被半澤制止。東田坐在玻璃碎片散落的椅子上，挑釁地抬頭看他們。半澤瞪著他說：

「東田先生，如果你以為這世上只由法律構成，那就大錯特錯了。還有更重要的東西吧？給我聽好，你也只有現在可以在這種地方得意了。我會依循你口中的法律，很快就讓你哭喪臉。等著瞧吧！」

東田發出冷笑。

「哦，真可怕。最近的銀行都比高利貸還凶，要違法討債嗎？這樣的話，我也可以去報警喔。明明只會汪汪叫、夾起尾巴逃跑，還敢說！」

半澤拉住想要撲上去的竹下，對他說「我們走吧」，然後走出店。

「那個王八蛋！」

竹下走進電梯，用幾乎讓小小的電梯箱震動的聲音咆哮。他的身體因為憤怒而顫抖，頂著灰白頭髮的頭皮變得通紅。

半澤雖然沒有說出口，但是也同樣感到憤怒——不，甚至更為憤怒。然而如果受到挑釁而使用暴力，就正中東田的下懷。

竹下走出大廈之後說：「你先回去，我要留在這裡。」

「你要留下來做什麼？」

「不用擔心，我不會對東田出手。」

竹下以凶狠的眼神仰望剛剛走出來的大廈。「繼續監視他，一定可以找到線索。既然沒有頭緒，只要有一點可能性就得去嘗試。現在已經找到這家店，應該還能發現一些我不知道的事情。比如說，東田是怎麼到這裡的？搭電車還是開車？如果是開車，車子停在哪裡的停車場？他離開這裡之後會直接回去、還是到其他地方？我打算徹底調查那傢伙的所有行動，其中一定會有找到他隱藏資產的線索。我要讓他嚇到說不出話來。你等著，我一發現任何線索就會立刻通知你。這就是我現在的工作。」

竹下果斷地說完，走入對面掛著招牌的雪茄吧。在那裡監視「阿緹蜜絲」所在的大廈再適合不過。半澤稍稍舉起右手目送竹下，然後在雨勢變得稍大的新地開始走向車站。

2

淺野感覺生不如死。

他覺得自己簡直就像是俎上肉。

是今天，還是明天？或者告發自己的信件已經連同帳簿影本寄到某處了？

他夜晚無法入眠，食不下嚥，注意力渙散，幾乎已經無法集中精神。此刻映入他眼中的景象，是沒有色彩的灰色世界。

就如混濁的鉛色汙水流過一般，今天又過了陰鬱的一天。

淺野參加朝會，回應打來的電話，如果有人對他說話應該也有答覆，可是他的腦子幾乎沒有記住其中的大半部分。淺野處於朦朧意識的底層，一切都顯得虛無縹緲，彷彿在做一場惡夢——當然，如果這是夢，不知該有多好。

不過有一件事他倒是記得。

那就是利惠寄來的郵件。

——我們會在這個星期六的十一點到新大阪站。請你來迎接我們。

內容應該是這樣。淺野感到不安：和家人見面時，他是否能夠像以前一樣，扮演父親的角色？

對於現在的淺野來說，擠出笑容這樣的舉動感覺比天涯海角還要遙遠。就這點來看，淺野的精神狀態已經被逼到瀕臨崩潰。

此刻——

淺野在自己住的分行長宿舍打開電腦，等候收件。昨天、前天以及之前的每一天，淺野回家草草吃過飯之後，就一直坐在書桌前等候「花」寄來的郵件。

距離最後一次郵件往返，已經過了十天左右。

東田安慰過他，應該有交涉的餘地。對於淺野來說，這等於是通往最後希望的一絲光明，然而目前淺野不知道這樣的餘地在哪裡。

淺野也無法樂觀地認為這些日子是「花」的撤退期間。他沒有天真到以為放著不管這件事就會自然消滅。不僅如此，各種不安就如盛夏的積雨雲般升起，聚合為白色塊狀物遮蓋天空，從淺野的精神中奪走生氣。

被判處死刑、卻不知執行日期與時間的囚犯，或許會在等候獄監來迎接他的漫長時間當中耗費掉所有精力，而不是在洗淨的脖子套在繩索上的瞬間。

淺野此刻也是同樣的心境。

郵件沒有寄來。

今晚又是一樣。

在這段期間，淺野的寄件備份信箱累積了無數「哀求」信。

電話響了。淺野望著有人打來的電話，眼睛眨也不眨地茫然凝視，然後緩緩地伸出手，看著自己的手指握住聽筒。

「喂。」

他聽見自己朦朧的聲音好似來自遠方。

「原來你在家啊。」

說話有點快的宏亮聲音從聽筒傳來，滲入淺野變成海綿狀的大腦。

淺野恍惚地說：「啊，東田。你從中國回來了嗎？」

東田沒有回答這個問題，滔滔不絕地說：

「你們公司那個叫半澤的太誇張了。他竟然找到未樹的店，跑去那裡埋伏，害我在店裡丟光了臉。我真的很想去報警。」

「半澤嗎……」淺野回答。「他本來就是個到處惹麻煩的傢伙。」

「你還說得這麼悠閒！跟銀行討債有關的事情，你竟然不知道，太奇怪了吧？他還公然用言語挑釁我，他以為他是誰？淺野，那傢伙到底什麼時候才要調職？快點把他趕出大阪！」

「反正只是遲早的問題。」

就如淺野預期的，業務統括部的木村批判半澤的報告已經送到人事部。不久之後，人事部應該就會聯絡他，討論半澤的處置方式。

淺野意興索然地回答：「不用著急。反正不論那傢伙如何狂吠，也沒辦法做什麼。即使是他，應該也無法承受組織的重量。不用等太久了。」

「是嗎？那就算了。」

東田有些無奈地說完，開始告訴淺野去中國視察的內容。

「目前日本還沒有很多基礎建設相關的公司前往，像是建築、土木、鋼鐵公司之類的。這一點跟我預期的一樣，絕對是值得投資的目標。問題在於賄賂。」

東田繼續說：「基礎建設屬於政府管轄，聽說那裡的公務員會要求賄賂。關鍵在於這些暗地裡的交易要怎麼操作。不過我運氣很好，透過熟人找到一個很優秀的中國人，應該有辦法解決。我已經找好會計事務所，付了契約金，要他們替我辦理正式的成立手續。一切就快完成了。」

「真令人期待。」

「你的口氣怎麼沒有很開心的樣子？你還在為那些恐嚇信傷腦筋嗎？別擔心，如果有什麼萬一，就到中國來吧。今後是中國的時代。」

東田在中國的準備計畫似乎進行得非常順利。他剛剛為半澤的事發怒之後，此刻心情變得很好，一副好像已經在中國經營成功的口吻。

「的確。到時候就拜託你了。」

淺野掛斷電話，深深嘆了一口氣。

這天晚上，「花」仍舊沒有寄信來。

3

加油吧——

半澤對說這句話的自己感到厭惡。他覺得銀行這個組織低劣的部分直接濃縮在自己這句話，以及說話時的音色當中。

渡真利來到大阪的夜晚，同窗同梯的四人睽違許久再次聚會。

這次的聚會令他感到很難受。

人事部在前一天對近藤提出外調的意願探詢。這天晚上聚會的名義是替近藤舉辦激勵會。

渡真利和半澤都假裝毫不關心外調這個詞，刻意輕鬆帶過，反而讓近藤感到不好意思。包括苅田在內，四人之間無可避免地產生不協調的感情氣流。

「你的獨棟房屋怎麼辦？」

苅田有些謹慎地詢問，近藤反倒以乾脆的表情回答：

「沒辦法，只好放棄了。」

「喂喂喂，怎麼可以說沒辦法？我為了你的事，對人事部那些傢伙很火大。」

渡真利首度將憤怒說出口。當他想到「糟糕」的時候，心情便沉到谷底。

「事到如今再抱怨人事部也沒用。」說話的是苅田。「你應該也知道，銀行就是這樣。」

「苅田，你被馴服了。」渡真利似乎對近藤外調一事相當憤怒，比平常更嗆。

「就是因為大家都這麼說，才會讓人事部得寸進尺。你們聽好了，人事部是為了試探我們，才故意安排我們不喜歡的調動。買了房子就把你調到必須搬家的地方──這種事根本就是家常便飯。他們把剛完成的住家當作公司宿舍，租給素不相識的行員，屋主本人則住在遠方的公司宿舍。哪有這麼蠢的事！這一來不就像中世紀的初夜權嗎？」

「渡真利，你說得太過分了。」

半澤說完，拿走渡真利比平常喝得更快的燒酒加熱水的玻璃杯。他正在把酒調淡，渡真利卻擅自添加燒酒。

「怎麼會過分？我本來以為銀行是工作一輩子的職場。現在雖然已經不這麼想了，不過就結果來看還是待在這裡。可是銀行又是怎麼對待我們？銀行有做過任何事來回應我們的期待嗎？回顧我們三十多歲的日子，理所當然地忙著處理呆帳，零加薪、獎金減少也變得理所當然。剛進來的時候還被捧為菁英，現在大家一聽到銀行員，非但不會羨慕，還會感到嫌惡。我們的人生到底算什麼！」

渡真利用拳頭輕敲桌子。苅田也喃喃地說：「這樣說也沒錯。」

「到頭來，我們銀行員的人生一開始是鍍金，接著表層慢慢剝落、露出紅色的底，最後大概就只能漸漸生鏽。」

近藤笑著說：「別說這麼哀傷的話。我還不想要生鏽。我是覺得，凡事都看你怎麼想。」

「這就叫妥協。」

近藤不理會苅田的揶揄，繼續說：

「銀行不是一切，天底下不是只有銀行員這種職業。銀行的壞處就是煽動恐懼感，讓你以為世界上只有銀行是第一，不當銀行員就沒辦法生活下去。所以我打算把夢想寄託在外調工作。雖然不再擁有銀行員身分，不過可以從內部替一家公司付出貢獻，這樣感覺也不錯。我不認為這是鍍金剝落的結果。我對外調很滿意。」

半澤壓抑內心想說的話，看著近藤。

「說實在的，只要待在銀行，我就不能期待更好的工作內容。就算病癒了，也無法抹去曾經生病的經歷。一旦被打上的叉號會永遠留下來。既然如此，在新天地得到從零出發的環境，反倒讓我比較開心。即使是中小企業，我還是寧願外調。我的夢想就託付給你們吧。」

近藤說話時，看起來並沒有不甘心的樣子。

銀行這個組織處處都是叉號主義。提升業績的功績在下次轉調時就會消失，但叉號卻永遠不會消失。這個組織就是搭載著如此特別的迴路。在這裡沒有敗部復活的制度，而是一旦下沉就再也無法浮上來的淘汰賽。所以只要下沉過一次，就只能消失。這就是銀行迴路。

即使如此——

不論世人如何評價銀行這個組織，在這裡就職、工作，就是賭上了自己的人生。在金字塔結構中必然會有勝者與敗者，這點是可以理解的。然而如果敗因是無能的上司管理方式，或是裝作不知情而不負責任的組織，那麼可以說是褻瀆了一個人的人生。我們不是為了這樣的組織而工作，也不想要讓組織變成這樣。

這個想法在三人心中靜靜地湧起，被看不見的攪拌棒攪動。

苅田脫離這樣的尷尬氣氛，露出牙齒笑說：「反正也不是所有人都能如願。像半澤這樣沒有特別夢想的傢伙，或許最幸福吧。」

「別傻了。」渡真利立刻插嘴。「你不知道半澤在求職面試的時候說什麼。喂，半澤，你告訴他吧。」

「你在說什麼？」

半澤笑著回應，不過他忽然憶起當時面試會場的熱度。

那是泡沫經濟的顛峰時期，蜂擁到銀行窄門前的學生難以數計。在場的所有人應該都是那場難關的勝出者。

渡真利以惡作劇的口吻說：

「我忘了是在哪一個面試會場——好像是太平洋飯店吧——我在等面試人員的時候，剛好聽到隔壁面試座位傳來的聲音。那個聲音很耳熟，我馬上就知道說話的是半澤。當時這傢伙說——」

渡真利忍不住發出「科科」的笑聲，開始模仿他的說話方式：

「呃，我很感謝銀行協助我父親的公司度過難關。我也希望有一天能夠自己去運作銀行這樣的組織，對社會做出貢獻——」

「吵死了，渡真利。」

三人發出竊笑聲，半澤不禁「啐」了一聲。

「有什麼關係，說得很好啊。」

渡真利笑嘻嘻地搭起半澤的肩膀，探頭看他皺起眉頭的臉孔。

「對了，半澤，你討回貸款了嗎？」

激勵會在十一點左右結束。

他們目送近藤回去、和住在離梅田一小時車程的公司宿舍的苅田道別之後，渡真利邀半澤「再去一家」。兩人進入位於大阪希爾頓的酒吧。

半澤露出苦澀的表情說：「今天喝好多。都是因為你多嘴。」

「你是指你的夢想嗎？那是很正面的話題吧？應該算美談才對。」

「從你口中說出來，聽起來就像是在吹牛而已。」

「不論是從誰口中說出來，聽起來都像在吹牛吧？不知道當時的面試人員是誰，竟然會錄取那種呆學生。」

酒杯端來，兩人互碰杯子之後，渡真利開口說「對了」，然後就支支吾吾說不下去。

「是關於我的人事嗎？」

渡真利沒有回答，不過半澤大概可以猜到內容。他會被外調。半澤用杯中的琴酒沾濕嘴唇，狠狠咒罵「可惡」。

接著他又問：「還沒有正式決定吧？」

渡真利有一瞬間露出憐憫的表情，但立刻收起來。

「還沒有決定。不過如果繼續這樣下去，就可想而知了。畢竟你們分行長依舊要求把你調職。雖然是很誇張的推卸責任，可是沒有人能夠當面指摘。順帶一提，也沒有證據——我是指公開的證據。你什麼時候要把那個拿出來？」

半澤仍舊拿著玻璃杯，回答他：「這個嘛，我還在想。」

「淺野的反應如何？」

「他在苦苦哀求，感覺甚至有點可憐。他像發狂一樣每天寫信來，要我放他一馬。如果叫他付錢，他大概多少錢都願意出吧。」

渡真利眼中出現幾近恐懼的神色，吞了一下口水。

「喂喂喂，你打算怎麼做？」

半澤用力握緊手中的玻璃杯。

「我基本上相信人性本善。對方如果心懷善意、表現出友好態度，我也會誠心誠意回應。可是如果侵犯到我，我一定會報復，不會忍氣吞聲。我會十倍奉還，然後——徹底打倒對方，讓他再也爬不起來。我只是要讓淺野領教到這一點。」

「這樣啊。」

半澤假裝沒看到渡真利眼中的一絲恐懼，喝光杯中的酒。

4

——你該做的只有一件事。你要對銀行和下屬承認自己的過錯，並且贖罪。

寬限期到下星期一。花

這天晚上，淺野看到深夜一點多傳送到電腦的「花」的郵件，感覺內心好像被撕裂成碎片。

恍惚的視線朝向牆上的月曆。下星期一……？今天是星期三，只剩下五天了。不過在這封信中，他感受到過去沒有的調性差異。

銀行和下屬——

如果是局外人，應該不會說出這些詞。這麼說，「花」果然是分行內的某個人嗎？

淺野緊盯著信上的文字，無法移開視線，腦中再度開始尋找犯人。

分行的行員包含兼差在內，總共有四十人。

「花」會不會就在這些人當中？

淺野慎重地想起每一個下屬的臉。

他努力驅動因睡眠不足與精神疲勞而殘破不堪的大腦，不去管時間流逝，專注思考「花」的人選。由於太過疲累，一不小心就會反覆思考同一件事，不過他的思考逐漸集中，聚焦到一張臉。

是半澤。

他並沒有確切的根據，但是讓自己如此痛苦的對手，除了半澤之外別無他想。手段巧妙，又不會露出馬腳。雖然事實令他惱火，不過這個「花」非常冷酷，毫不留情，寄給他的郵件都經過仔細計算，讓他絕對無法鎖定對象。

這時淺野發覺到一件事。

「花」——不，恐怕是半澤——會不會是故意在這次的信中留下這樣的字句？他會不會是為了留下關於自己的線索，在曖昧模糊的濃霧中豎起一根路標？

淺野全身起雞皮疙瘩，但他也束手無策。

如果對手真的是半澤，那麼被他握到把柄的淺野可說已經失去未來了。他逐一回想起過去和半澤的對話，焦慮與絕望逐漸升高，宛若熾熱岩漿般黏稠的觸感開始浸泡胃部。

他實在無法入睡。現在不是睡覺的時候。

半澤，半澤，那個半澤……那張臉在他腦中重疊好幾層，閉上眼睛就會執拗地出現在眼皮內側。

不不不，還沒有確定是他——淺野如此安慰自己，卻因恐懼而縮起身體，膽顫心驚而無法自持。

淺野在無法入睡的狀態下迎接黎明。他等到上午八點半，打電話給分行。

「喂，副分行長嗎？很抱歉，我今天身體狀況不好，想要請假……」

「不要緊嗎？如果要去看醫生，要不要派分行長座車過去？」

對於對方體貼的問話，淺野只能氣喘吁吁地回答，簡直就像真正的病人。

明亮的陽光從緊閉的窗簾照射進來，然而此刻這些光之微粒子無法到達淺野內心的網膜。

他腦海中一再浮現信中的字句。

寬限期到下星期一——

腦中的某處傳來「喀嚓」的聲音，定時炸彈被按下開關。它計算的時間具有無可救藥的沉重質量，將淺野的心沉入深不可測的黑暗世界。

次日早晨，淺野在早上八點半上班，看到未裁定文件箱中堆積如山的請示書，嘆了一口氣。他感覺一切都很沉重。不論是朝會上發表的成績，或是江島向他報告昨天請假一天發生的事，聽起來都只是連串的聲音，沒有任何意義。他對任何事都提不起勁，感覺一切都無關緊要。淺野此刻的神經大概是以一根毛連結的，菁英意識與特權意識都消失得一乾二淨。這樣的精神落差，幾乎就像是從全世界最高的瀑布落到底下的深淵。

他感到身體沉重，很想嘔吐。

「分行長，你的臉色不太好，不要緊嗎？」

江島表達關心，淺野便稍稍舉起左手回應。融資課長的座位距離分行長座位不遠。淺野一直避免去看那個座位，不過這時因為突然爆發的笑聲而不小心抬起視線。

融資課正在召開晨間會議。他不想看到的那張臉也在場。是半澤。這個男人現在搞不好——不，應該有極大的機率——掌握了自己的未來。半澤似乎察覺到淺野的視線，忽然回頭，以冷淡的眼神看他。

在執行西大阪鋼鐵公司的計畫之後，他和半澤之間的信賴關係便破壞了。破壞關係的是他自己。然而半澤受到他這個分行長欺壓時，非但沒有退縮還加以反駁，這點讓淺野無法原諒。不論理由與原因是什麼，違逆身為上司的自己這樣的態度令他感到不快。叫他去死就去死，叫他代替自己承擔責任就要乖乖吞下——淺野只知道、也只需要這樣的下屬。

半澤的抵抗激起淺野的反感，不斷找他麻煩，毫無理由地退回請示書，還在過去待過的人事部大力詆毀半澤身為融資課長的能力，指責他不肯承認自己的過失。然而——

你就是「花」嗎？

淺野想要立刻把半澤叫到面前，問他這個問題。

對於寫信哀求原諒，淺野感到無可奈何的自我厭惡。半澤也瞥了他一眼，這回的視線似乎在嘲諷他，或者也可能是看好戲、折磨對方的視線。會不會是他多心了？

可惡的傢伙，只不過是個融資課長——淺野產生類似豁出去的情緒，忘卻如果被「花」告發會有什麼後果，差點要以自己此時此刻的自尊優先。

然而他在快要爆發之前抑制自己。因為他腦海中浮現了妻子和兒女哭泣的臉孔。他沒有想到會在此時想起他們，眼中泛起淚水。

我——在哭嗎？

淺野的氣勢被削弱，再度陷入無法自拔的不安。他的胃在絞痛，真的快要吐出來了，連忙從座位上站起來，衝入洗手間。

他沒有吃什麼東西，因此吐出來的只有胃液。他淚眼模糊，內心再度被拉向漆黑的世界。色彩在視野中散開，隨著激烈的水流沖走。在這段期間，淺野的定時炸彈仍舊滴滴答答地計算著時間。這個炸彈上面沒有電視劇中常見的藍線與紅線。也就是說，這不是賭贏右邊或左邊就能假裝什麼都沒發生、讓計時器停止的情況。如果真有這樣的線，他早就剪掉其中一條，立刻決定生死。然而此刻的淺野卻連這樣的手段都不被容許。

淺野察覺到，讓他在既定期限之前嘗到極度的苦惱，也是「花」經過計算的惡意。

「半澤，是你嗎？」

淺野看著自己映在鏡中的蒼白的臉，喃喃地問。他並不想要說出聲音，但這個問題卻自動從嘴脣間跑出來，像飄舞在空中的灰塵般，附著在耳膜邊緣，然後不知消失到何處。

5

監視東田的竹下在當天、也就是星期五的傍晚，打電話到半澤的手機。

半澤看到來電畫面上顯示竹下的名字，便離開座位，到無人的會議室重新打給他。竹下的聲音聽起來雖然因為疲勞而沙啞，卻顯得很興奮。

竹下對他說：「我發現很有趣的事。你今晚有空嗎？」

他們約在七點到難波站前見面。半澤匆忙結束當天的工作，快步前往距離分行步行一分鐘距離的地下鐵車站。

竹下已經先到約定地點等候，看到半澤就稍稍舉起右手，然後默默走向鰻谷商店街。

這一帶雖然很幽靜，不過有許多較為隱密的有趣店家。竹下走進一家看似熟店的小餐廳。店內很小，只有吧檯座位和三個榻榻米座位。竹下選了後方的榻榻米座位，隔著餐桌坐在半澤對面，一開口就說「你看這個」，並從包包拿出幾張照片給半澤看。

「這是你擅長的攝影嗎？有什麼好照片——」

半澤還沒說完，就驚訝地住口。

「怎樣，很驚訝吧？我昨晚拍到的獨家。」

半澤抬起視線。竹下像是惡作劇成功的頑童般，露出得意的笑容。

照片中拍到的是一對情侶。

他立刻認出女方是東田的情婦。至於在她身旁的男人，他也似曾相識。

「是板橋。住在菖蒲池那個倒閉公司淡路鋼鐵的社長。就是和東田勾結的傢伙。」

「那個板橋和東田的情婦在一起？」

第一張照片的背景是夜晚的鬧區街道。竹下解釋「這裡是新地」，不過因為色彩暗沉，因此看不太出來。第二張是賓館區。鏡頭確實捕捉了兩人手牽手進入賓館的畫面。竹下的攝影技術相當不錯，連板橋喜孜孜的表情都拍得很清楚。

「他們兩個有一腿。東田當然沒發現吧。如果他發現了，末樹和板橋應該都會被他拋棄。這樣一來，姑且不論末樹，板橋下落會很淒慘。」

這時啤酒端來，竹下便把照片收到包包裡，兩人先乾杯。竹下向過來替他們點餐的女侍點了兩、三道菜，然後說：「先點這樣。剩下的等另一個人過來再說。」

「另一個人？」

半澤問他，竹下便露出忍俊不禁的表情。

「是板橋。我剛剛打電話叫他過來。」

半澤驚訝地問：「你告訴他這張照片的事情了嗎？」

「我只有稍微暗示。光這樣他就慌張得不得了，連聽筒都拿不穩掉下去。」竹下說完，看了一下手錶。「我跟他約七點半，應該快來了。這下就有好戲可看。」

竹下還沒說完，入口的玻璃門就被很大聲地打開，一名客人衝進來。「歡迎光臨」的招呼聲沒有得到回應，只聽見砰砰砰的腳步聲接近。

「嗨，歡迎光臨。先坐下吧。」

竹下催促他坐在墊子上。板橋的表情僵硬，瞪大的眼珠子在眼窩中微微顫抖。

「板橋先生，你快點坐下來吧。」

竹下再度催促他，他便草草脫下鞋子踏上榻榻米間。

「你、你說要談關於未樹的事，到底是什麼意思？」

「你先別急，待會我會慢慢告訴你。先喝一杯吧？」

板橋接過遞給他的杯子。他喝了一半杯中的啤酒，然後用手背擦嘴巴。

「你要點什麼下酒菜？」

竹下似乎以板橋的慌張為樂，這樣問他。板橋雖然回答「不用了」，竹下還是點了一道馬鈴薯燉肉。

「別客氣，喝酒吧。」

板橋激動地說：「請你別再顧左右而言他了。你特地找我過來，卻不談正事嗎？」

從他這樣的態度，可以看出他是個很膽小的男人。半澤盯著他這副德性。雖然不知道板橋是怎麼和東田的情婦勾搭上的，不過看來他還有一點腦袋可以追求女人。

「是嗎？我本來想要待會慢慢聊，不過這樣的話你大概也吃不下東西吧。」

竹下說完，緩緩把包包拉向自己，從裡面取出先前的照片給他看。

板橋的態度狼狽到可憐的地步。

他拿著照片的手在顫抖，打翻手邊的杯子，弄濕褲子。即使如此，他的視線還是無法離開照片上拍到的人物，嘴脣不停抖動。竹下叨叨絮絮地繼續說：

「板橋先生，你也真有一手。這是東田的情婦吧？東田知道這件事嗎？你不是欠東田恩情？我知道你因為協助計畫性倒閉，跟東田很熟，不過沒想到你跟他的情婦也很要好。」

「請、請等一下，你怎麼可以做這種事？」

聽到板橋脫線的反駁，竹下哈哈大笑。

「你協助他的奸計，造成大家的困擾，還敢問這種問題？你根本沒資格說這種話。想否認嗎？」

「你、你在說什麼？從剛剛就說什麼奸計、計畫性倒閉之類的……」

「都到這個地步，你就不要再演這種蹩腳的戲。我們已經知道了。」

板橋問：「你、你們的目的是什麼？錢嗎？我真的沒錢。」

竹下悠然地說：「沒什麼目的。我只是想要把這些照片寄給東田。在那之前，看在之前是同行的份上，想先告知你一聲。就這樣而已。」

「請別這樣。」板橋的驚慌程度非同小可，轉眼間臉上就失去血色。「如果你做出那種事，我會——」

「你會很困擾嗎？」

沒有回應。竹下看到他這樣的態度，以斥責的口吻詢問：「到底會怎樣？說清楚！」

「我、我會很困擾。如果我和未樹的事情被知道……」

「你們從什麼時候開始在一起的？」

「什麼時候……」

「說說看。視情況，也許我可以考慮一下。」

板橋不情願地開口。

「我跟未樹在一起，已經大約一年了。她說東田先生雖然有錢，可是也僅止於此，所以才想和我交往。未樹是個很寂寞的女人。」

聽他說得有模有樣，半澤忍不住笑出來。令人意外的多情男子繼續說：

「當我的公司快要倒閉的時候，東田先生幫了我，可是那也是未樹婉轉替我求情的關係。」

「這樣的話，如果你們的關係被發現，那就很糟糕了。」竹下刻意裝出猶豫的態度折磨板橋。「聽你說這些話，我也沒什麼感覺。半澤先生，你打算怎麼做？還是告訴東田吧？」

「請、請等一下。」

板橋離開餐桌，以正坐的姿勢深深低頭。「拜託你們，請不要對外說出去。求求你，這是我一輩子的請求，竹下先生。」

「怎麼辦？」

半澤對頭頂光禿的男子懇求的視線感到噁心，不過還是說：

「有一個條件。我想要得到東田在紐約哈博證券存放的資產明細。如果你有辦法拿來，這件事我們就幫你隱瞞。」

板橋慌張地說：

「請等一下。我不可能做那種事。即使是我，也不會知道東田先生的資產內容。」

「不是有那個女的嗎？可以讓她去調查。板橋先生，你得多動動腦筋才行。就是因為這樣，公司才會倒閉。」

素來討厭窮酸經營者的半澤以尖銳的口吻對他說話。板橋反駁：

「可、可是，你們打算扣押那筆錢吧？如果那樣的話，我的未來也完蛋了。」

「你是白痴嗎？」竹下插嘴。「你想跟東田一起被逮捕嗎？」

「逮、逮捕？」

板橋臉上出現膽怯的表情，另外也有一絲疑慮。他的眼神在懷疑竹下是否在唬他。

「東田做的事情明顯是詐欺，我們也掌握了證據。不久之後，我們就打算去告發他。只要你聽從指示，我們就不會對你不利，也願意替你在法庭作證。冷卻一下腦袋，學聰明點吧。東田已經無路可逃了。你應該也知道，跟誰站在一起比較有利吧？」

板橋的表情變得錯愕，有好一陣子連聲音都發不出來。

第七章　水族館假日

1

星期天，半澤和竹下來到位於大阪站前的大阪希爾頓飯店二樓酒吧。這裡是半澤經常利用的酒吧。店內很寬敞，椅子坐起來很舒服，和隔壁的桌位有適度距離，不用擔心對話被人聽到。另外，這裡的酒也很美味。

「你們的分行長現在怎樣？」

竹下說完，露出不懷好意的笑容。

半澤聳聳肩說：「自作自受。他看起來好像隨時要死掉一樣。中午過後我有寄信給他，不過目前還沒有收到回信。」

「再怎麼說，他都是你的上司吧？不是應該稍微尊重一點？」

「我非常尊重他呀。徹底尊重。」

「這才符合禮儀是吧？」

竹下放聲大笑，不過他笑到一半就停下來。

「來了。」

是板橋。他在寬敞的店內左顧右盼，注意到稍微舉起右手的竹下，就快步朝他們走來。

「先坐下吧。」

竹下催促穿著Polo衫與長褲的板橋坐在空位，然後立刻問：「情況怎樣？」

「我跟末樹談過。她似乎也很苦惱，不過還是答應了。」

板橋的表情很深刻。他談到女人時無可言喻的軟弱態度感覺很滑稽。

「然後呢？」

板橋把捧在膝上的褐色信封放到餐桌上。半澤拿起來，打開信封。

信封裡是紐約哈博證券公司開給東田的證書影本。這一來就可以了解運作狀況和餘額。

影本有兩張。

「好像就只有這些。」沒有人問，板橋就壓低聲音說。「這是末樹趁東田不在的時候影印的。聽說是銀行分行長告訴東田，可以利用這家證券公司來運作金錢。東田只是照他說的去做。」

竹下問：「真的只有這些嗎？沒有別的了吧？」

「東田放在神戶住宅的文件好像就只有這些。根據未樹的說法，他自己家裡那邊也有一些錢，不過應該沒有多少。」

板橋說完之後仍舊沒有離席，探出上半身說：

「竹下社長，半澤先生，拜託你們，請你們就此放過我吧。我希望你們別再來找我了。」

竹下冷冷地說：「能不能放過你，要看結果如何。如果順利的話，我可以考慮看看。」

「怎、怎麼可以！這樣跟當初的約定不一樣。你不是說過，這一來我跟未樹就不會受到懲罰嗎？」

半澤開口說：「那個女人一開始就跟這件事無關。問題是你。」

「求求你們。未樹跟我說，她已經不想繼續和東田交往，想要跟我一起生活。可是像這樣下去，不就完全失去希望和夢想了嗎？」

竹下毫不容情地說：「你有沒有搞清楚？失去希望和夢想的是我。總之，如果這一來事情進行得順利，對我們造成的困擾全數解除，那就可以原諒你。事情還沒有結束，怎麼可能光拿兩張影本就免責？你既然也是經營者，就得記住這社會沒那麼好混。知道了嗎？」

板橋被徹底打敗，無力地垂下頭。

半澤瞪著板橋叮囑他：「這件事別告訴其他人。要是讓東田知道，我會親自把你送上毀滅之路。了解嗎？」

「我、我了解。我絕對不會讓東田知道這件事。我也再三叮嚀過未樹了。不過，你們打算查封那筆資產吧？這樣的話，不就會被發現是誰洩露出明細嗎？」

「你怕東田嗎？真沒用。你的女人在跟東田上床耶！」

竹下冷笑著說，板橋的臉色就變了。

「沒這回事！她和東田沒有發生過肉體關係，只是被叫到家裡去陪酒而已。」

「她不是在東田家過夜嗎？」

「不是的！」

這傢伙真是蠢到極點。不過從未樹拿出這份文件看來，她似乎也差不多打算要離棄東田了。板橋雖然完全狀況外，不過那女人卻很精明。

「誰知道。哼！」

竹下把頭別開，半澤代替他說：

「他不可能知道情報是從哪裡洩露出去的。你去叫那個女人不要說出去。」

「在那之前我該怎麼辦？」板橋無助地詢問。

「就擺出平常的態度。時候到了你就會知道，到時你就——」

「就怎麼樣？」

「帶著那女人逃亡吧。」

板橋有一瞬間啞口無言地看著半澤，然後連忙道謝，匆匆起身離開。

「真是無可救藥的男人。半澤，讓他跑掉真的沒關係嗎？」

「反正他只是個小角色。」

半澤說完，仔細檢視板橋帶來的資料上的數字，上面有大約十億日圓的餘額。

竹下問：「什麼時候要動手？」

半澤回答：「明天。我會立刻進行假扣押手續。」

「好。終於要開始了。」

「竹下金屬的帳款也一起回收吧。」

「辦得到嗎？」

「當然了。」

半澤看著竹下的臉，露出得意的笑容。

「為討回帳款乾杯。」

竹下舉起啤酒杯，半澤也拿起萊姆琴酒的杯子敲了一下。

2

透明水槽內，海葵細細的觸手在水中漂動。在眾目睽睽之下，海葵好似掙扎著要抓住看不到的東西。

淺野心想，就和現在的自己一樣。

他轉移視線焦點，看到以深刻表情注視玻璃的自己的臉。

他今天和全家人來到這座水族館。兩個孩子格外興奮，伶央一直糾纏著淺野不肯離開，佐緒里嘲笑他「愛撒嬌」，不過她看起來也很開心。

伶央拉著淺野的手說：「爸爸，我們快點去看鯨鯊！」

「要按照順序看。伶央好愛撒嬌！」佐緒里輕輕敲了一下他的頭。

「好痛～」

「佐緒里，妳自己不是也很愛撒嬌。從剛剛就一直跟在爸爸身邊。」

「有什麼關係。」

佐緒里嘟起臉頰，利惠便苦笑著說「真拿妳沒辦法」。

淺野感到很難受。

家人的存在不曾如此沉重、痛苦、壓迫他的內心。

我不夠格當你們的爸爸。

「爸爸～快點過來。快點！」

小學二年級的兒子在呼喚他。他很尊敬淺野，總是說「爸爸最棒了」。不知道是不是利惠灌輸的形象，怜央總是以淺野為傲。

「爸爸，我上次的社會科測驗考很高分喔！」

佐緒里邊走邊若無其事地聊起自己。

「如果每次都這樣就好了。」

利惠插嘴，佐緒里便笑著說：

「好囉唻！我下次也會努力。」

「沒錯。要像爸爸那麼努力才行喔。」

淺野仰望天花板。他聽見心臟發出怦怦聲，感到頭暈而面無血色，雙手掌心流了大量冷汗。

這間水族館位於淺野擔任分行長的分行營業區域內，處處可見帶小孩來的訪客。

穿過綿延不絕的鋼鐵批發街，就來到面向大阪港、位於天保山的這座大型遊樂設施。

在開車到這裡的途中，坐在前座的利惠說明「這一帶就是爸爸負責工作的地方」，不過小孩子只是索然無味地回應「哦」或「嗯」。

小孩子看到這種地方，怎麼可能覺得好玩。

從大阪市中心往港灣一帶，街上的景象非常乏味。荒涼的景色穿過前窗玻璃，侵蝕握著方向盤的淺野內心。

兒童看到魚兒天真歡笑的聲音，聽起來也好像在責難淺野的欺瞞。

「你不要緊嗎？」利惠突然小聲地問他。「你的臉色很差，是不是哪裡不太舒服？」

「沒有……我沒事。」淺野勉強回答。

「是嗎……」

利惠的表情變得憂慮。淺野感到胃在絞痛。如果沒有發生那種事，他就能對妻子展現更多笑容了。現在的淺野背負著太過巨大的重擔，只能違反意願擺出冷淡的態度。

而利惠或許發覺到淺野正拚命隱藏在心中的祕密。

淺野現在的生活中，充斥著疑神疑鬼的要素。

這樣的狀況讓他更加沮喪，榨乾他的靈魂，另一方面又讓他感到厭煩。

「我打算在大阪多待一晚。」

利惠是在下午三點左右說出這句話。他們兩人剛好走累了，在咖啡廳找到空位坐下來。兩個孩子則去看鯊魚了。

正在看菜單的淺野感覺到一陣寒意流入心中。他抬起頭，看到利惠以認真的神情注視著自己。

「我很擔心。」

「擔心什麼？」

「擔心你。」

「妳在說什麼？」

他的胸口湧起苦澀的滋味，同時也覺得很麻煩。他知道自己臉上露出在孩子面前勉強壓抑的不悅。妻子的表情突然變得憂愁，問他：「不要緊嗎？」

「當然不要緊了。」

淺野以游移的眼神回答。利惠繼續說：

「我問過母親，她說可以幫忙照顧孩子。我剛剛打電話拜託她了。只要讓姊弟倆從新大阪站坐上新幹線，她就會到東京站去接他們。」

「妳怎麼擅自……」

「對不起，可是讓我在這裡多待一晚吧。拜託。」

「隨便妳。」

淺野說完，雖然還沒決定要點什麼，仍舊舉手招呼女服務生。

「花」給的期限是明天。

今晚左右或許就會收到郵件。或者「花」也可能已經寄來了，正在等候淺野的回覆。

想到這裡，他就坐立不安。此刻他正處在人生最大的分歧點，根本不該在這裡做這種事。他想要在電腦前等候。他想要等候，然後和「花」進行交涉。

傍晚送孩子坐上幾乎滿座的新幹線之後，淺野在梅田和妻子吃晚餐。飯後他對妻子說「我還有剩下的工作要做」，把妻子獨自留在飯店，自己回到分行長宿舍。

淺野慌慌張張回到公司宿舍，衝入放置電腦的房間，連外套都來不及脫，就打開筆記型電腦。

他連上網路，收到幾封信。看到其中一個寄件人名字，淺野的心臟便發出劇烈的跳動聲。

是「花」。

——下定決心了嗎？分行長先生，你的人生完蛋了。

收信時間是晚上六點四十分。

「可惡！」

淺野「啐」了一聲。他在水族館晃蕩的時候，信就寄來了。現在已經是晚上八點。

他連忙回信。

——今日白天外出不在家，此刻才拜讀您寄來的信。我會依照您的吩咐去做。可以請您指點具體該做什麼嗎？另外如果方便，希望能有機會見面詳談。盼您能夠予以考慮。

傳送。電腦畫面上出現傳送中的對話框，不久後也消失了。淺野深深嘆了一口氣，靠在椅背上。

他已經告訴妻子會忙到很晚，有可能不會回飯店。他淋浴後，泡了咖啡，守候在電腦前方。他一開始就不打算回去。今晚就要決勝負了。

然而回信卻遲遲沒有寄來。

明天就是「花」設定的期限。這一來就結束了嗎？或者還保有希望？

淺野感到忐忑不安，在等候的時間裡，他的內心逐漸變得焦躁，開始受到無法抑制的不安折磨。

三十分鐘、一小時過去了。

怎麼了？為什麼？他反覆自問沒有答案的問題。難道他不在乎我的回信？還是因為拖太久沒有回信，所以在生氣？

然而——過了兩小時左右，收件提示音再度響起，讓淺野從漫無邊際的思緒中清醒。

是「花」的回信。這三個小時感覺格外漫長，幾乎可說是拷問。

一聽到收件通知鈴聲，他便立刻打開郵件。然而在看到信的內容之後，他倒抽一口氣。

——分行長先生，你謝罪了嗎？我們不是約好了？你是如何對銀行和下屬謝罪的呢？花

「謝罪……」細微而乾燥的聲音從淺野的嘴脣間吐出。「要我謝罪？」

他覺得被戳中盲點。

他並不是要刻意忽略，然而他以接觸「花」進行交涉為最重要的事項，太過執著於這一點，以至於對關鍵的要求沒有採取任何行動。這點的確是他太大意了。不過即使要他謝罪，他也不知道實際上應該如何進行。

第一，如果真的要謝罪，就得公開自己的罪行才行。一心想要隱藏罪行的淺野不可能這麼做。

——我會去謝罪。在那之前，我想先跟你談談。

他再度等候。

時間拖著緩慢的腳步逝去。一分鐘過去，接著又過了一分鐘。

快點回信！我已經受夠了！淺野因為難以忍受苦惱而猛抓胸口。

不久之後，回信來了。這次是在大約一小時後。

但是——

——愛說謊的分行長先生，明天你要有心理準備。花

「等、等一下……」

淺野在只有自己一人的房間發出悲鳴。他連忙打回信。他的手指在顫抖，遲遲無法打字。

——我會謝罪。請你具體指示我該怎麼做。請讓我跟你談談。

這不是顧及顏面的時候。

他再度被迫等候。此刻淺野領悟到，這是故意的。「花」一定知道淺野在電腦前目不轉睛地等候信件，也知道單憑「花」的出招方式，就足以徹底毀滅淺野的銀行員生命。「花」看穿淺野極度畏懼這點，故意在折磨他。

「住手，別再折磨我了……拜託，原諒我，拜託。」他用雙手遮住臉。他已經達到忍耐的極限，開始啜泣。「原諒我吧。拜託……」

淺野趴在桌上，痛苦不堪而持續發出細微的呻吟。

然而即使過了一小時、兩小時，「花」的郵件仍舊沒有寄來。在這段期間，淺

野嚎啕大哭，最後當淚水也哭乾了，他與生俱來的任性、或者應該說是被寵慣的菁英性格顯現，開始拿房間裡的東西發洩。他忘記自己的所作所為，反倒去憎恨「花」。他踢翻桌子，搥了床上的枕頭好幾拳，還把拖鞋朝窗簾丟了好幾次。不久之後連發洩也感到疲累，他便「咚」一聲坐在床上，盯著電腦螢幕。此時螢幕上剛好出現收到信件的符號。

淺野靈魂出竅般地緩緩站起來，打開收到的新郵件。簡短的信件內容立刻映入他的眼簾，但他花了好一陣子才理解這段文字的意思。

——向下屬坦承自己的罪行並謝罪吧？要如何處置你，就交給下屬來決定。

交給下屬……決定……

要讓他決定我的人生嗎？我可是分行長啊。

這時淺野腦中浮現的下屬臉孔只有一張——半澤。

淺野無法忘記上次木村部長代理面談結束後、他叫半澤過來時看到的挑釁眼神。他對當時被半澤指出矛盾就慌張失措的自己感到生氣。

他想到當他懷著恐懼與疑慮到分行上班時，以冷淡的視線看著他的表情。

在銀行這樣的組織中，分行長的地位應該遠遠高於半澤，然而實際上，自己卻懾服於自稱「花」的半澤。

怎麼會這樣？

不論他如何告訴自己「我明明更偉大、更有力量」，這樣的自我暗示在那張可恨的表情面前，就會被徹底粉碎。

淺野憔悴到極點，趴在桌上，抱著頭感到苦惱。他大哭大叫，好幾次用拳頭搥桌子，然後在不知不覺中，陷入很淺的睡眠。

3

他在半睡半醒中度過夜晚，再度迎接早晨。

這是他當上銀行員後第幾次的早晨？淺野想著與他個性不符的問題，比平常更早走出公司宿舍。

昨晚利惠似乎不想打擾他的工作，因此沒有聯絡，對他反倒是一件好事。當他因為「花」的郵件而抓狂失控的時候，如果妻子打電話來，他不知道會說出什麼話。雖然對妻子很抱歉，但淺野現在的狀況實在無法保持平常心。以他現在的精神狀態，能夠在週末花時間陪家人反而比較不可思議。

不論如何，過了一晚之後他稍微冷靜下來。夜晚似乎會微妙地擾亂人類的情感。昨晚他無法做到，但現在他覺得自己總算能夠客觀判斷狀況。

他在八點十五分到達銀行。職員已經有一半以上都坐在位子上，把工作攤開在桌上。

「早安。」

看到淺野出現，辦公室裡的人紛紛向他打招呼。

「早。」

淺野回應他們，不過他發覺到融資課的課長座位沒有傳來道早安的聲音。是半澤。看到他泰然自若的側臉，淺野差點要停下腳步。

淺野無言地進入分行長室，把公事包和外套放入置物櫃，然後到自己在外面辦公室的另一張辦公桌。副分行長江島立刻過來跟他說話。

「早安。星期五分行長回去之後，人事部的田所次長打電話來，希望你能夠回電。我想應該是——」江島瞥了一眼融資課長座位，壓低聲音說：「有關半澤的事。」

「我知道了。」淺野喃喃回應，一抬起頭，發現江島盯著自己。

「分行長，你的身體狀況還不太理想嗎？」

「我沒事。」

「這樣啊……那還有另一件事。」

江島再度瞥了半澤的方向一眼，然後這次抬高聲量說：「業務統括部已經寄來上次面談結果的報告。得到的評價是很嚴厲的『待改善』。」

江島雖然是故意要讓半澤聽到，但半澤仍舊背對著他們，完全沒有表現出應有的反應。

「喂，半澤！」

江島對於半澤不如預期的態度感到惱怒，便把他叫到面前。

半澤以緩慢的步伐走過來。淺野完全不想看到這張臉。他心中頓時湧起各種念頭，開始想吐。

「什麼事？」

「你還好意思問！」江島把雙肘放在桌上，瞪著他說：「都是因為你，害得本分行的評價一落千丈。」

他說完用指尖敲敲業務統括部寄來的報告書。

「這是你的責任。」

半澤注視著江島的臉，沒有說話。

「你給我安分一點！」

江島看半澤毫無反省之詞而發怒，脖子轉眼間就變得通紅。然而半澤依舊面色不改，對於江島的恫嚇也表現出不以為意的態度。此刻半澤的視線朝向默默坐在旁邊的淺野。

淺野無法直視他的眼睛。

謝罪——

他腦中閃過「花」的郵件，內心再度產生動搖。原本以為過了一晚平靜下來的心情再度產生漣漪。淺野被迫強烈地體認到，不論他的心境如何變化，他的處境都沒有任何改變。

半澤，是你嗎？寄信的「花」就是你嗎？

他心生恐懼，陷入無可自拔的不安。

我身為本行最傑出的菁英，命運卻被掌握在這傢伙——一介融資課長的這個男人——手中。

這個事實讓他感到焦躁及無可救藥的不甘。

有沒有什麼辦法？

應該有辦法解決。

應該可以威脅或迴避這個男人，照我自己的意思來做。畢竟我是分行長。

沒錯，分行長。

淺野在心中念念有詞：我是分行長。

不論眼前的這個小課長說什麼，只要我否定，不就解決了嗎？難道不是嗎？沒有錯，就是這樣，就是……這樣……

「分行長，分行長……」

淺野的思緒被江島呼喚自己的聲音打斷，總算回到現實。看到一雙燃燒怒火的眼睛盯著自己。「可以進去一下嗎？」江島指著背後的分行長室，然後呼喚半澤：「喂！」

三人進入分行長室。

江島對半澤的憤怒完全是單方面的。

他怒聲咆哮了好一陣子，最後說：

「都是因為你的態度不好，事情才會演變成這樣。」

「是態度的問題嗎？」

原本一直默默聽話的半澤搖晃著肩膀大笑。淺野心想：這傢伙竟然樂在其中。對這傢伙來說，江島根本連根蔥都不算。他的態度就是這樣。

「你說什麼？」

「砰！」的響聲迴盪在分行長室。這是江島敲桌子的聲音。「要不然是什麼問題？聽好了，半澤課長，分行長命令你進行西大阪鋼鐵的授信判斷，結果你辜負了他的期待。你竟然不承認這一點，像什麼話？分行長，你也罵罵他吧！」

淺野不知該如何反應。過去的他應該會附和說「真的很不像話」。他會跟著江島指責半澤的缺失，嚴厲逼迫他承認自己的錯誤。然而現在——

當他看到半澤的眼睛，就說不出任何話來。

「我們不能繼續包庇這種傢伙。請分行長狠狠教訓他一句。」

淺野腦中浮現「花」的句子。

你謝罪了嗎？

可惡！憑什麼謝罪！憑什麼……

「分行長——」

在江島持續催促下，淺野正要張開嘴巴，就聽到有人敲門。融資課的橫溝從門口探頭進來。

「副分行長，時間快到了。」

「已經這麼晚了？」江島看了一下手錶。

「分行長，很抱歉，我今天早上要去拜訪立賣堀鋼鐵公司，先告辭了——半澤。」江島再度瞪著融資課長，狠狠地說：「你要向分行長道歉！」說完他便匆匆走出分行長室。半澤沒有回答。此刻室內只留下淺野和半澤。

淺野腦中縈繞著過去與「花」往返的許多信件。他沒有確切證據證明「花」就是半澤。

然而另一方面，他卻抱持毫無根據的確信，認定「花」就是半澤。

他雖然勉強裝出平靜的態度，內心卻感到強烈的不安。胃好像被扭轉般絞痛，腦部深處隱隱作痛。

要我拋棄自尊、向這傢伙道歉？太愚蠢了。憑什麼要道歉？不論這傢伙做什麼，我應該都有辦法壓下去才對……

然而半澤的視線就如鐵絲般，刺穿他的思考。

這傢伙不是普通的笨蛋。他如果說要做，就一定會去做。他在總部有深厚的人脈，勢必會加以利用。雖然他比淺野年輕，位階也較低，可是只要他有那個打算，淺野就會轉眼間被對方閃過身，自己摔到場外。這傢伙掌握了證據——他掌握了帳簿這項鐵證。

這已經不只是道義問題，也不能當作課長的玩笑話收拾。這件事足以發展為刑事案件。以半澤的個性，一定會徹底做到那個地步。要不要謝罪？淺野心中有各式各樣的感情縈繞起伏。

然而這些彼此相反、或者應該說是矛盾的情感，最終以無法違逆的力量歸納出一個結論。

淺野抬起先前落在地毯上的視線，再度看著半澤。

他看到半澤臉上帶著嘲諷般的表情，自尊心彷彿隨時要著火。

竟然被這種傢伙……可惡！竟然被這種傢伙……

這時他腦中溜進別的東西，使他的表情轉眼間崩潰。「爸爸！」怜央的笑臉在他腦中浮現。另外還有佐緒里鼓起臉頰的臉孔，以及妻子說「孩子長大了吧？」的聲音。

我……我……我對不起你們。

為了這傢伙，為了像你這種傢伙……怎麼可以有這麼愚蠢的事！

淺野瞪大眼睛，重新面對半澤。

4

「對不起。」

這句話唐突地從淺野口中吐出來。他把雙手放在桌上，深深低下頭。在這個瞬間，淺野終於承受不住而屈服。

「希望你能原諒我。」

有幾秒鐘的時間，半澤默默地注視淺野的頭頂，等候他再度抬起頭。

不久之後，淺野緩緩抬起頭，窺探半澤的反應。在淺野的表情中，可以看到無法消化的各種感情顯現。

「你在說哪一件事？」

淺野剎那間露出驚恐的表情，目不轉睛地注視半澤。看他變得狼狽並再度陷入糾葛的模樣，實在很有趣。

「關於西大阪鋼鐵的事。」淺野勉強擠出聲音。「我想要為那件事向你謝罪。」

「哦？為什麼？」

淺野繼續顯得糾葛與狼狽。

「那五億日圓不是你的責任。是我催促你進行授信判斷，所以是我的過失。」

半澤因為憤怒而沉默不語。什麼過失？別開玩笑。到這個時候，還想要優雅地找遁詞嗎？——他心中這麼想，狠狠瞪著自己的上司。

「……我想要謝罪。非常對不起。」

「過失？」

半澤反問，淺野便咬緊嘴脣，轉移視線到地板上。有好一陣子，淺野都沒有開口。

過了一分鐘或兩分鐘，或許更久。室外傳來星期一早晨慣例的廣播，宣布全體朝會開始，接著是所有人起身走向一樓朝會場地的腳步聲。不過由於分行長室的門是關上的，為了避免打擾，沒有人來叫他們。

「請、請讓我更正。」

不久之後，淺野開口了。他的臉色蒼白，嘴脣顫抖，眼神宛若光芒微弱的電燈泡般搖曳。

「我……我背叛了銀行。我背叛了這家東京中央銀行。身為分行長——不，身為銀行員，這是絕對無法容許的行為。我感到很愧疚。」

淺野深深垂下頭，徹底被打敗了。半澤仍舊沉默不語。淺野的表情出現蜘蛛絲般的裂痕，變得僵硬凍結。他緩緩地在椅子旁邊跪下，把頭貼在地板上。

「我向你道歉。很抱歉，請你原諒我。」

「我不會原諒你。」

半澤這麼說。他的口吻雖然平靜，話語中卻含有尖銳的意味。淺野啞口無言地仰望半澤。

這個上司至今為止說了無數刺耳的話，還去總部遊說，想要趕走半澤。半澤心中有無限的怨恨，甚至覺得殺掉對方都無法平息怒火。

「你是銀行員中的垃圾。我要讓你徹底毀滅。」

面對如此嚴厲的回應，淺野驚愕到無法反駁。他張合著嘴巴，卻沒有說出半個字。

分行長室的內線電話響起。

半澤命令他：「接電話吧。」

淺野緩慢地站起來，把聽筒貼在耳朵上，聽到對方的聲音，便不知所措地回頭看半澤。

「是櫃檯打來的。抱、抱歉，我太太來找我。她現在人在大阪——我會叫她回去。」

淺野重新講電話，最後說「我知道了，不過妳得馬上回去」就掛斷電話。他告訴半澤：

「她說帶了伴手禮到銀行，堅持要親自交給我……」

不久之後，有人敲分行長室的門。淺野開門，一名穿著Polo衫與夾克、腳穿運動鞋、外表樸素的女人站在那裡。她的身材嬌小，看起來很聰明。當她察覺到半澤在室內，便靦腆地打招呼。

「很抱歉，突然來打擾。」

這句話不是對淺野、而是對半澤說的。

「別客氣。」半澤小聲回答。

這時淺野的妻子似乎察覺到室內微妙的氣氛，露出驚恐的表情，瞥了丈夫一眼，然後又回頭看半澤。她的表情變得僵硬，但說出來的話卻平穩溫和。

「那、那個，這是……」她遞出餅乾禮盒。「雖然不是什麼高級品，不過希望各位能夠品嘗看看。外子平日以來受到大家關照，非常感謝。呃，這位是……」

淺野介紹：「他是融資課長半澤。」

淺野的妻子聽了便深深鞠躬，說：「真是失禮了。請您多多關照外子。」

「請問妳前日就到大阪了嗎？」

半澤想起淺野昨日寄來的信上，提到他白天外出不在。

「是的。小孩吵著說一定要來見外子，所以我們星期六就來了。小孩子昨天回去，可是我希望能夠務必到分行拜訪一次，所以待到今天。那個……最近工作是不是很辛苦？我覺得他好像無精打采的，很替他擔心。」

「喂，別說了。」

淺野雖然這麼說，然而淺野的妻子卻皺起眉頭，表情認真到令人感到痛心。

半澤不知道該說什麼。

「半澤先生，希望你能夠多多包容他。」

淺野的妻子緩緩拉起半澤的手握住。她的指尖傳遞的力氣意外地大，讓半澤感到驚訝。在她一本正經的臉上，一雙眼睛好似在哀求般看著半澤。

「拜託你，拜託，請多多包涵。」

她以依賴的口吻這麼說，遲遲不肯放開半澤的手。

或許是基於女人銳利的直覺，淺野的妻子顯然察覺到哪裡出了狀況。即使不知道具體內容，她也知道自己的先生被逼到絕境，先前在這緊繃的空氣中進行特別的談話。

淺野的妻子面對沉默不語的半澤，表情好像快要哭出來。

「喂，夠了吧？」

淺野看不下去這麼說，他的妻子便退後一步，深深鞠躬之後離開分行長室。她的背影顯得相當寂寞，半澤有好一陣子無法移開視線。

「真抱歉，她來打擾了。」

淺野送妻子到外面，回來之後向半澤道歉。

「希望你能夠原諒我。我求求你，半澤。寄信給我的是你吧？」

半澤沒有回答。此刻談論誰寄的信也沒有意義。他以自己的風格單刀直入地切入話題：

「我打算向銀行告發你做的事。」

淺野的臉上露出絕望的恐懼。

「原諒我。求求你。」他再度把頭貼在桌上。「我還有家人。我不想對家人造成困擾。」

這個理由太任性了。

「你的銀行員生涯已經沒有未來了。我會徹底舉發你，讓你吃上刑事官司。你最好要有心理準備。」

「拜、拜託，只有這一點——請你千萬不要做。半澤，我很抱歉說了你的壞話。我會做出應有的補償。我是說真的。只要我辦得到的，我都會去做。請你饒了我吧。」

淺野再度土下座，跪在地毯上以膝蓋前進，拉住半澤。他不顧一切地拚命哀求，彷彿是在為自己的生命求饒。

半澤內心的翹翹板開始緩緩上下擺動。

一開始翹翹板傾向「毀滅」，可是因為淺野太太意外登場，產生微妙的重心變化，此刻正逐漸傾向另外一邊。

淺野在哭泣。四十二歲、在東京中央銀行人事部一直走著菁英之路的男人，此刻毫不忌憚地流著淚水，抓住半澤哀求。

半澤坐下來，把身體倒向椅背。不知為何，他腦中浮現妻子花的臉孔。

「看條件，我可以放過你。」

淺野的身體變得僵硬，絕望的表情中出現一絲光芒。他停止嗚咽，目不轉睛地仰視半澤。

「什麼條件？」

「把我調到我要求的部門。這就是條件。」

淺野直盯著半澤的臉。

「哪個部門？」

「第二營業部。」半澤說。「哪一個組別都可以，不過我要擔任次長職位。」

「第二營業部……」

淺野驚愕地瞪大眼睛，喃喃地說。

營業總部在東京中央銀行當中，也屬於菁英群集的精銳集團。其中第二部掌握了相同資本系列的大企業交易，可說是東京中央銀行的保守中樞。

「這個……」

淺野咬住嘴唇。不用說也知道，這件事相當困難。原本就已經不容易了，再加上淺野自己先前又一再詆毀半澤，更加深了難度。半澤要求的職位以淺野宣傳的評價來說，絕對是不可能的選項。

「辦不到的話，你就會失去未來，不僅不能繼續待在銀行，還要有吃牢飯的準備。人事部不是打電話來了嗎？如果你珍惜自己的家人，就去想想辦法。另外還有一個條件：讓本課所有課員都擔任他們想要的職位。知道了嗎？條件就是這些。」

半澤說完，冷冷瞥了一眼錯愕的淺野，然後迅速離席。

獨自被留在分行長室的淺野無力地垂下頭，坐在地毯上。

他完全沒想到這樣的條件。課員人事方面姑且還好辦，可是要讓半澤擔任第二營業部的次長……？

這意味著道道地地的升遷。

若是要達成這項要求，就必須推翻目前總部內對半澤的評價，而這麼做就等於推翻前人事部次長小木曾、業務統括部的木村等人為這次事件給予半澤的所有負面評價。

辦公桌上的電話再度響起，淺野抬起頭，搖搖晃晃地站起來。一如預料，打來的是人事部的田所。淺野想起江島告訴他的話。

「關於半澤融資課長的事，目前部內傾向讓他外調。外調單位似乎也快要選定了，因此特地打電話通知你。」

「這件事可不可以暫緩？」淺野立刻這麼說。田所是淺野在人事部時的下屬，兩人關係很好。「好像有一點誤會。」

「誤會？」電話另一端的田所顯得很困惑。「淺野先生，這是怎麼回事？主張讓半澤課長外調的不是你嗎？」

「的確是這樣，不過我似乎誤會他的能力了。我居然會犯下這種錯誤，實在很難為情。對不起，請你幫我取消外調一事。」

「既然你這麼說，那也沒關係，不過——」

從田所的口吻，淺野也知道他感到不服氣。

「很抱歉。關於他的事情，我可以直接過去談嗎？」

「根據業務統括部的報告，我也覺得外調是妥當的方式。」

「不對！我不是都說了，事情不是這樣嗎？」淺野知道自己理虧，但還是明顯表現出焦躁。「總之，關於半澤課長的人事，我會重新提出建議。」

「好吧。大約是什麼時候呢？」

決定具體的討論日期與時間之後，淺野掛斷電話。半澤的前途已經等同於淺野的前途。他只剩下這一條存活之路。

淺野現在只能不顧一切拚命。

5

半澤和竹下走在北新地。時間是晚上九點多，或許因為景氣稍微好轉，鬧區街上的人潮源源不絕。他們來到一棟乾淨美觀的大樓前方。今晚和上次來到這裡的時候一樣下著雨。「阿緹蜜絲」的招牌被雨水打濕，綻放著粉紅色的光芒。不知是否心理作用，今晚的招牌看起來有些骯髒。

當他們站在電梯前方，竹下深深地嘆了一口氣。電梯門打開，有幾個喝醉的男人和三名穿著華美禮服的女陪侍一同走出電梯。

那些人走出來之後，半澤和竹下便走進電梯。

「他們會讓我們進去嗎？」

半澤感到擔心，竹下則很乾脆地回答：「別擔心。上次的損失我已經全額賠償，也道過歉了。」

「原來是這樣啊。」

竹下說：「我一直在想，如果有機會徹底打敗東田要怎麼做。要在他家門口等他，還是把他找到某個地方告訴他『你完蛋了』。不過上次和東田交手之後，我就決定要在這裡打敗他。在這家店裡，在東田的情婦面前，在過去他一直裝氣派的女人面前。」

懷著決心的竹下側臉顯得非常堅毅。他們在三樓下了電梯，直接走向通道盡頭的門。唱ＫＴＶ的吼叫聲從某處傳來。在女人嬌嗔聲與誇張笑聲此起彼落的夜晚一隅，半澤與竹下兩人明顯是異質的存在。

「歡迎光臨～！」

他們聽見迎客的聲音，媽媽桑走出來。不過當她看到來客是竹下與半澤兩人，表情立刻蒙上陰影。

因為東田也來了。

竹下先前說的果然沒錯。他向媽媽桑打聽出未樹的上班模式，得知這一天東田多半會光顧。東田通常會在晚上十點左右到店裡，等到酒店營業時間結束，兩人再一同回到東田位在神戶的大廈。

「那、那個……」

媽媽桑結結巴巴地開口，但竹下不理會她，大步走入裡面。半澤也跟在後方。

東田喝著酒，未樹陪坐在旁邊，另外還有幾名小姐環繞。他的心情非常好，發出豪邁的笑聲，周圍的女人也都笑翻了。

不過這些笑聲在看到竹下的身影時，就消失得無影無蹤。

或許是喝了很多，東田油膩的方形臉因為酒精而染成紅色。

「原來是貧窮社長啊。」

笑容消失的嘴巴首先發動攻擊，女人們立刻回頭看竹下。竹下默默地來到對面的餐桌，在沙發坐下。他空出一人份的空間，半澤也坐下來。「歡迎光臨。」媽媽桑為了緩和氣氛，迅速來到桌前，開始替他們調加水威士忌。

「有個白痴在罵窮人。」兩人以加水威士忌乾杯之後，竹下刻意說給東田聽。

「倒閉公司的社長還裝得一副了不起的樣子。」

東田用鼻子冷笑。

「仔細聽好，這世上能夠笑到最後的才是贏家。」

「你說的話還挺有趣的。」

一無所知的東田從容的態度，讓半澤在和竹下對看一眼之後也笑出來。

「喂，東田，你以為自己能笑到最後嗎？哈哈哈！半澤，聽到沒有？這傢伙真是樂觀。」

東田臉上原本的嘲諷表情消失了。他以燃燒著怒火的眼神看著他們。半澤接著說：

「喂，東田，你如果以為我們什麼都不知道，那就大錯特錯了。別小看我們。我們會徹底把你打垮。」

「你說什麼？」東田咬牙切齒地問。

「東田，你在中國成立新公司的計畫還順利嗎？」

半澤的話讓東田突然產生警戒。對他而言，在中國的計畫應該是絕對不能讓人知道的祕密。

「你造成竹下先生和我們銀行的困擾，騙到十億日圓。這筆錢你能用就用用看吧。」

東田整個人僵住，沒有回答。

「對了，半澤，你說的那個叫什麼證券公司啊？」

東田動了一下眉毛，臉部表情改變。他推開身旁的未樹替他調的加水威士忌。店內悄然無聲。

「紐約哈博證券公司，就是這個蠢蛋藏私房錢的外資證券公司。話說回來，這筆錢今天已經被查封了。」

發出「砰」的聲音站起來的不只是東田，還有坐在店內角落桌位的兩名男子中較年輕的一個。另一人按住他的肩膀，勉強讓他坐下。他的臉上明顯寫著「被搶先了」。不過當半澤開口說「國稅局先生」時，制止夥伴的男人驚訝地回頭。

「有時間來銀行耍威風的話，不如更仔細搜查吧？沒用的傢伙！回去向統括官報告，東田的隱藏資產已經全額扣押了。如果想要分一杯羹，就來跟我們低頭拜託。知道了嗎？」

他以冷淡的視線目送兩人慌慌張張離席，然後再度與東田對峙。

「在中國開公司？說什麼夢話！你該做的是向我們跪下來道歉吧？接下來我會

讓你深陷苦海，等著瞧吧，蠢蛋！」
「明天法院的通知就會寄到了。夏威夷別墅雖然會花比較多時間，不過也進入強制執行的手續。你的人生已經完蛋了，東田。在這裡喝酒的錢也不知道付不付得出來。」
竹下宏亮的笑聲迴盪在店內。東田周圍的小姐們以困惑的表情悄悄離開他身旁。
東田的嘴脣因為憤怒與羞恥而顫抖。
「騙、騙人！不可能的！可惡！」
東田起身衝向前，抓住竹下的胸口。
瘦削的竹下整個人被抬起來、用力朝隔壁餐桌拋出去。餐桌翻倒，竹下的身體轉眼間就滾到地板上，倒在散落的酒瓶與礦泉水瓶上方。
接著東田又朝著半澤衝過來，不過半澤因為沒喝醉而占有優勢。他抓起東田的手臂，往背後扭轉。
他以這樣的姿勢把東田推到店外，摔在公共走廊上。東田立刻站起來衝向他，但他閃避之後伸腳把對方勾倒。這簡直就像拙劣的鬥牛。這樣的過程反覆兩次左右，東田終於像被壓扁的青蛙般趴倒在公共走廊上，一動也不動。

在遠處觀望的一群女人低頭看著東田淒慘的姿態。

某家店響起卡拉ＯＫ的樂聲，有人開始唱走音的演歌。東田細微而低沉的啜泣聲也摻雜在其中。

女人一個接著一個回到店內，留到最後的末樹也進去了。半澤俯視東田說：

「東田，你記得我之前告訴你的嗎？這世上有比法律更重要的東西。你忘記了這一點，所以才會落到這個下場。要怨的話，就怨你自己吧。」

電梯再度送來新的一批客人。看到趴倒在地上的東田，每個人都驚愕地看了一眼，不過又立刻離去，進入某家店的門內。半澤和竹下也搭電梯離開「阿緹蜜絲」。

「謝啦。」

竹下說完朝半澤伸出右手。

「我才應該道謝。」半澤用力握手。

「正義偶爾也會獲勝！」竹下笑著說完之後，毫不在乎濕透的襯衫，開始走在下雨的街上。「怎樣，要不要再找間店續攤？這附近有家我常去的店，我請你吧。」

「沒問題，不過不要緊嗎？」

半澤替竹下的荷包擔心，不過竹下爽朗地笑著說：

「當然了。別看我這樣，我好歹也是個船場商人，跌倒了也要撈一把再站起來。喝酒的費用我還付得起。」

竹下發出高亢的笑聲，神清氣爽地率先走在前方。

最終章　謊言與新型螺絲

半澤整理桌子，找到了埋在迴紋針當中的螺絲。這顆三公分左右的螺絲看起來沒什麼特別之處。

「原來在這裡。」

他用指尖夾起這顆螺絲。剎那間，那年夏天的一幕浮現在腦海中。那是一九八七年八月底，在金澤老家的情景。

「真是沒想到，你竟然會進銀行工作。」

當時母親站在廚房準備晚餐。她似乎仍舊不敢相信自己的兒子要去銀行上班，一再地說這句話。空氣中瀰漫著燉牛肉的氣味。夕陽斜斜地射入客廳，依然強烈的陽光照射在院中的夏椿果實上。

求職戰線在二十日夜晚開始，獲得內定之後經過一星期左右的拘禁期間，到了昨天他總算能夠自由行動，於是這天他才返鄉，比往年晚了許多。

「你真的能做下去嗎？」

母親邊檢視燉牛肉的狀態邊問，然後又從冰箱拿出做沙拉的蔬菜。父親回到家的門鈴聲就是在這時候響起。

父親進入客廳，說了一聲「喲」。態度照例很平淡，彷彿他們昨天、前天都住在一起般輕鬆。接著他從公事包拿出紙盒，在餐桌上打開，拿出裡面的東西。

「那是什麼？」

半澤對滾出來的東西產生興趣，和父親一起探頭檢視。

父親說：「這是螺絲。」

「這個我看了也知道。是做什麼用的螺絲？」

「這個嘛，一言難盡。看起來像是普通的螺絲吧？不過你拿在手上看看。」

半澤聽父親這麼說，便從桌上十幾顆螺絲當中拿起一顆。

這時他突然感到哪裡怪怪的，看著父親說：「好輕。」原本以為是鐵製的螺絲，沒想到卻是樹脂製的。

「沒錯吧？不只是這樣。這顆螺絲具有過去的樹脂所沒有的強度。跟鐵製螺絲比起來，重量只有五分之一，可是強度卻幾乎沒有改變。」

父親接著說明這是用玻璃纖維來強化聚醯胺樹脂的複合劑云云，不過對半澤這個外行人來說，這段說明只是鴨子聽雷。父親說完抬頭挺胸，一副在問「怎樣」的態度。

「也就是說，使用這種螺絲可以讓產品輕量化，順便也能預防腐蝕吧？」
「嗯，差不多就是這樣。還有一點，因為很輕，所以運輸費用也會比較便宜。」
「所以這就是半澤樹脂工業的戰略商品。」
父親得意地哼了一聲，然後說：「你別去銀行上班，來幫忙我們公司吧？」
「我好不容易結束求職活動，又要被招募嗎？」
「又要？難道有其他公司要招募你嗎？」
半澤開玩笑地皺起眉頭。這時母親從廚房說：「你爸爸希望你去三共電機。」
三共電機的主要業務是樹脂成形，也是父親公司最大的客戶。半澤被戳到內心痛處。他知道父親真正的想法，是希望他到客戶三共電機那裡修行，最終繼承父親經營的公司。
然而父親卻否定：「沒那回事。我才沒有那麼小氣的想法。」
「是嗎？」母親顯得懷疑。
「沒錯，是真的。」父親以格外認真的表情回答，一屁股坐在沙發上。「今後國內的製造業會越來越辛苦，我們也不知道能撐到什麼時候。我不能讓兒子繼承那樣的公司。我也不打算讓和樹繼承。」
和樹是半澤的弟弟，就讀當地的國立大學。

「哦？沒想到你這麼悲觀。」

「不是悲觀，應該說是基於冷靜觀察發表的意見。」

父親取下領帶，解開襯衫的釦子，然後雙手在肚子上十指交握。這天傍晚很炎熱，但當時半澤家因為父親的方針沒有開冷氣。雖然不是沒裝冷氣，但是他們家在日常生活中並沒有開冷氣的習慣。

「景氣雖然好像還不錯，不過單看中小微型製造業，已經出現衰退的跡象。我聽三共電機的人說，再過不久，大企業就會把原本給國內承包商的零件製造加工轉移到成本低廉的亞洲其他國家。這一來，人事費也只需要日本的幾十分之一。如果變成那樣，我們這些中小承包公司的工作很快就會沒了。」

半澤看著父親有些寂寞的表情，對他說：「希望不會變成那樣。」

「老婆，給我啤酒。」父親這麼說，母親便端出兩罐啤酒，沒有杯子。父親隨興地拉開其中一罐的拉環。

「直樹，成本是很恐怖的東西。它會不斷縮小公司的荷包，把過去的交易往來、人際關係之類的全都放水流。今後的中小微型企業無庸置疑要面對成本競爭，應該會有不少公司被淘汰。即使留下來，業績也會變得很差。這件事跟你也有關係。」

半澤默默地看著父親。看他的臉就知道，他並不期待半澤回答。

「中小微型企業受創，就代表借錢給它們的銀行也會遭受打擊。只是你們銀行有政府保護，未必會因此倒閉。話說回來，搞不好今後真的會有銀行倒閉也不一定。」

半澤笑了。父親從以前就很容易擔心，不過看他一本正經地說銀行會倒閉，半澤也只能笑了。他獲得產業中央銀行內定的那晚，在學長帶他去吃飯的計程車中，對方才剛剛向他保證「這下你就一輩子不用擔心了」。那位學長告訴他，到銀行上班，除了自己以外，就連家人也得到一輩子生活無虞的保證。

「銀行如果倒閉，情況會很嚴重吧。」

半澤為了配合父親的話題，說了違心之論。

「如果演變成那種情況，你應該也會知道。」

父親把桌上的一顆螺絲丟給半澤。半澤連忙接住，再度體驗到外觀給人的印象與指尖實際感受的重量之間微妙的差異。素材似乎不是單純的塑膠，感覺有些冰涼，和鐵有一脈相通的堅硬特質，彷彿是很奇妙的物體。

「為了開發那顆螺絲，花了五年的時間。」

「哦。」半澤目不轉睛地看著給予手指奇特觸感的螺絲。

「我是在你上大學之前得到靈感。我想到有沒有可能做出那樣的螺絲，首先開始找材料，經過一次又一次的試製，甚至還自己打造專用機械，總算完成了。對你來說或許是顆很普通的螺絲，可是對老爸來說，這是偉大的一步。」

「這樣啊。」半澤暗中感到佩服。

「一寸螺絲也有五分靈魂。（註10）」

父親露出頑皮的笑容，但又立刻換上認真的表情說：

「直樹，你千萬不要變成像機器人一樣的銀行員。」

「什麼意思？」

「你記得之前我們公司曾經遇到危機吧？當時我覺得每個銀行員的臉看起來都一樣，只有幫助我們的金澤相互銀行例外。」

這是當地的第二地方銀行。半澤默默地喝下啤酒，想起在求職面試時說的謊。他對產業中央銀行的面試人員說「都市銀行解救了被地方銀行拋棄的公司」，事實卻剛好相反。

「反觀產業中央銀行有夠冷淡，立刻就撤掉融資。那傢伙叫什麼？就是那個臭銀行員。」

10 原來的諺語應該是「一寸蟲也有五分靈魂」，意指弱小者也有其心志，不容欺侮。

「木村。他叫木村什麼的。」

光是講臭銀行員，母親就聽懂了。半澤也一樣。

「喔，對了。關於你要到產業中央銀行上班這件事，我雖然不爽，還是原諒你。不過我絕對不原諒那傢伙。有一天你要讓他嘗到苦頭。報仇的事就交給你了。」

「你也真是的。」母親苦笑著勸戒，不過剛開發出新螺絲的父親豪邁地哈哈大笑。他看起來很高興，但眼睛卻沒有在笑。他的眼神流露著不論經過幾年、不論對方人在何處都不會原諒的決心。看到這雙眼睛，半澤再度想起父親對債主土下座求情、請求延後兌現支票的背影。他心中燃起怒火，隨著酒精循環到全身。

「交給我吧，老爸。我總有一天會打倒他。」半澤認真地說。

「你在說什麼？對方比你大十歲吧？反抗年長的人，就沒辦法升遷了。」

母親雖然這麼說，但是半澤不在乎。他說到就一定會做到。在那麼多家銀行當中，他之所以選擇產業中央銀行，是基於面試中絕口不提的動機。

半澤入行之後，輕易地查出那個「木村什麼」的底細。

木村直高——這就是當年在金澤分行負責半澤父親公司的男人姓名。那個臭銀行員受到父親許多照顧，可是一旦對業績感到不安，就立刻翻臉不認人，背叛父親。

半澤剛入行時，木村已經當上總行融資部的調查役。每當「人事公告」寄達，半澤除了追蹤朋友及熟人的調動狀況，也會注意木村的動向。產業中央銀行的行員人數有一萬七千人，因此他遲遲無法得到期待的接觸點。當木村擔任秋葉原東口分行的分行長、好巧不巧正是近藤上司的時候，就是兩人最接近的一次。就結果來說，則讓半澤的憤怒火上加油。接著又等了將近五年，木村終於以業務統括部部長代理的頭銜，出現在半澤面前。

「不管年長幾歲，那傢伙要是能夠爬到上位，產業中央銀行也完蛋了。有句話說，『先是人，然後才是銀行員』。這是很重要的觀念。」

「這是誰說的話？」

「當然是我說的。還有啊，直樹，既然要去銀行工作，就得爬到高位。如果不在高位，就沒有比銀行更無聊的組織了。你要爬上高位，幫助很多像我們這樣的公司。拜託你了。」

「交給我吧。我會當上董事長。」

父親再度豪邁地笑了。這回是意味著由衷期待的笑聲。

「不錯不錯，那這顆螺絲就送給你吧。這是值得紀念的實現夢想第一號。雖然不知道能不能當護身符，不過反正就送給你吧。」

父親明明酒量很差，卻喜歡喝酒，是那種令人無法憎恨的類型。半澤知道在這種時候最好乖乖聽話，因此就把螺絲收進牛仔褲的口袋裡。

「謝謝。我收下了。」

就在這個時候——

「要一直做夢是很困難的。」

父親以深刻的口吻說的這句話，至今仍留在半澤心中。「相較之下，放棄夢想是多麼簡單。」

「這樣啊。我會記住的。」

半澤一口氣喝下啤酒。

「半澤，這是怎麼回事？」

渡真利從聽筒傳來的聲音明顯帶著困惑。

「你是指哪一件事？」

這裡是位於東京的東京中央銀行總行營業部二樓。半澤舒適地坐在第二營業部次長的座位，愉快地面對同梯入行的男人驚慌的態度。

「我在問你為什麼會在那裡。」

「不曉得。看來似乎是淺野那傢伙痛改前非，推薦我來的。」

「你幹了什麼好事？」渡真利完全不相信這個說法。「我聽說在我出差的時候，你就收到了調職命令，還以為是被外調，結果竟然是這樣。太莫名其妙了。」

「有什麼關係。」

人事命令在昨天下達。

半澤的新頭銜是總行第二營業部次長。這是無庸置疑的升遷。聽到這個通知，最高興的當然是他的妻子花。

這一個月左右的期間，淺野的舉動令人看了就感到滑稽。

他開始稱讚過去一再貶低的下屬。一開始雖然有反對的聲音，但是在半澤成功回收西大阪鋼鐵公司的貸款之後，人事交涉的障礙就消失了。

半澤確定升遷時，淺野的表情實在是很複雜。安心、焦躁、羨慕——彼此相反的各種情感混合在一起，就連淺野自己似乎也不知道該如何表現。

「拜託，可以把帳簿還給我了嗎？」

淺野好幾次央求，但每一次半澤都回答「我不知道你在說什麼」，就這樣回到東京。

最精采的是昨天去拜訪業務統括部「臭銀行員」木村的時候。半澤是在前往相關部門打招呼的時候，順便來看他的。座位上的木村一看到半澤，立刻顯得狼狽不堪，想要從座位上站起來，卻被半澤一聲「木村部長代理」的招呼聲嚇得停止動作。

木村在調查報告中大肆批評半澤，並斷定西大阪鋼鐵公司的損失是因為融資課長能力不足，然而在那之後淺野卻全盤否定這個說法，造成形勢改變。

半澤向淺野提出條件之後，淺野選擇的是唯一避免吃上刑事官司的途徑。為此他承認西大阪鋼鐵公司五億日圓融資是出於自己的獨斷，而且他當時刻意不讓半澤參與決策。淺野也承認在這個過程中，他利用自己在總部的人脈，施加各種壓力要誣陷半澤。不久之後，淺野大概就會被解除大阪西分行長的職位，調到總部內等待外調的職位。

木村也被發現參與淺野的計畫，今後大概會受到該有的內部調查。此刻木村想必正迎接銀行員生涯最大的危機。

「是、是你……」

木村慌亂地左顧右盼，一副不知所措的樣子。面對新下屬與老鳥部長代理之間異常的氣氛，陪半澤四處打招呼的第二營業部副部長顯得有些狀況外。

半澤問：「你是不是有什麼話要對我說？」

木村沒有回答。

在業務統括部雜亂的室內，木村像被老師斥責的學生般低下頭，咬住嘴脣。

「請你現在就履行承諾吧。」

木村的臉頰顫抖，以求助般的眼神看著半澤，但半澤回以冷淡的視線。

「你寫的報告造成我很大的困擾。請你履行承諾。你說過要土下座道歉吧？」

副部長似乎總算察覺到狀況，用揶揄的口吻說：「半澤，你就原諒他吧。」半澤曾經和這位副部長一起工作過。他熟知半澤的實力與個性，兩人關係也很好。

「那可不行。如果不做個清楚的了斷，我的自尊心會無法容許。這不是行內處分就能解決的問題。這是木村部長代理和我之間的問題。」

「是……是我不好，半澤次長。對不起。」

木村開口道歉。然而聽到半澤問「土下座呢？」的聲音，他便僵住了。

周圍的行員聽到兩人爭論，紛紛停下手邊的工作，從遠處觀望半澤與木村之間的對話。

半澤看到低著頭的木村臉頰痙攣了一下，咬牙切齒。他似乎可以聽見這個男人的自尊出現裂痕、扭曲、崩落的聲音。

木村的表情變得扭曲。他緩緩跪下，穿著鞋子正坐在銀行地板上。

「很抱歉。請原諒我。」

他把頭貼在地板上。木村請求原諒的模糊聲音傳送到半澤腳邊。剎那間周圍的一切凍結，聲音也消失了。

「喂，我們走吧。」

在副部長拍肩之前，半澤一直冷冷地俯視屈服的敵人光禿禿的頭頂。接著他在所有人目瞪口呆注視之下，昂然離開這個樓層。

在銀行這樣的地方，人事就是一切。

在某個地方受到什麼樣的評價——做出評價的標準就是人事。

然而人事部門並非永遠公正。眾所皆知，升遷的人未必都是工作能力強的人，而在東京中央銀行也不例外。

老實說，半澤對於銀行這樣的組織已經開始感到厭倦。古板的官僚體質。只顧表面工夫、幾乎從來沒有根本改革的怕事主義。蔓延的保守體質，以及連筷子舉起放下方式都講究的幼稚園式管理體制。無法提出任何特色經營方針的無能幹部。即使被批評死不肯借錢、也不願給社會一個說明或交代的傲慢體質——

半澤覺得已經無可救藥了。

所以要由我來改變——他這麼想。

第二營業部的次長職位，只是為了達成目的的發射臺。不論採取什麼手段，要是不升上高位，就沒有比銀行更無聊的組織。

半澤在接受產業中央銀行面試時，曾經抱有夢想。他那天大的夢想，就是要憑自己的雙手運作這個偉大的組織。

在那之後過了十幾年，泡沫經濟的狂亂消逝，美化銀行的種種鍍金一片片剝落，此刻的銀行成了慘不忍睹的鉛之城。

銀行的特別地位已經是過去的事。現在的銀行只是存在於社會上的各行各業之一。要在衰落到面目全非的銀行這個組織尋找昔日榮景，可說是毫無意義。不過相反地，半澤想要親手運作並改變銀行這個組織的想法，卻以完全相反的意義更加強烈。

「沒想到你真的討回五億日圓。」電話另一端的渡真利感嘆地說。「真是厲害。而且你的強硬態度也太讓我欽佩了。反正你到了新的職場，大概也會照樣說出心裡的話。在銀行這種地方，讓上司出醜還能升遷的，也只有你了。」

半澤笑了。渡真利繼續說：「對了，近藤那傢伙也回來了，要不要再去喝一